岩岡中正

ロマン主義から石牟礼道子へ

――近代批判と共同性の回復――

木鐸社刊

はじめに

ロマン主義は病か、それとも再生の原理か。ロマン主義への私の関心は一九七〇年代にはじまるが、近代批判としてのロマン主義の思想的生産性への注目は、今日も変らない。それはつまるところ、近代（化）によって失われた全体知と共同性の回復にあるが、前著『詩の政治学――イギリス・ロマン主義政治思想研究――』で私は、ロマン主義の中に全体知としての「詩」の原理に着目して、その現代的意味を読み解こうとした。続いて本書では、とりわけロマン主義における共同性論に着目するとともに、その現代的展開として、今日その言葉の本来の意味で最も根源的《ラディカル》な思想家・石牟礼道子の近代批判と共同性論をとりあげている。共同体論争ののちの今日も、共同性の議論は私たちの重要課題であり、私は現代のロマン主義者・石牟礼道子の中に、人間と共同性の再生の可能性の豊かな示唆を見ることができると考えているからである。

つまり、ロマン主義は、市民革命・産業革命・功利主義という世界史における近代化への最初の全面的根源的批判原理として生まれたが、その近代（化）の極限ともいうべき水俣病の災禍から、市民主義を超える人間回復と自然・他者・身体など一切の根源的共同性の回復という石牟礼のロマン主義思想は生まれた。「ロマン主義から石牟礼道子へ」という本書のテーマは、ロマン主義の始源と現状をめぐるこうした私自身の問題関心のごく自然な展開を示すものであって、それは同時に、思想史研究を出発点として、近代と自由主義の限界と自己克服を課題とする今日の近代後の思想状況の中で、どこに自分自身の思想的定位を置くかという試みの軌跡を示すものでもある。

本書はまず第Ⅰ部「時代転換――解体から再生へ」で、「近代の終り」の出発点としての一九六八年の思想史的な位置と意味を明らかにし、今日における「近代」という普遍の解体と脱近代への思想パラダイムの転換の視点から現代の思想状況を描くとともに、そのコンテキストの中で、石牟礼における時代再生の思想萌芽を示唆する。また、これを思想的前提として、第Ⅱ部「ロマン主義と共同性」で私は、今日の近代批判と共同性論の源流とその現代的意義について、イギリス・ロマン主義の共同性論やJ・S・ミルの個性論にさかのぼって明らかにした。さらに第Ⅲ部「石牟礼道子のロマン主義――文明論と共同性論」で私は、現代のロマン主義思想家・石牟礼道子の内発的共同性論に焦点を当てて論じるとともに、その思想基盤である、石牟礼における脱近代の新しい知と思想について論じている。私はここに、たんなる近代批判にとどまらない近代の自己克服の方向を見ている。

私は、水俣という、近代の辺境でありその負の集約点であり、また時代転換の象徴点でもある世界史的な地点から、時代再生の思想を担う石牟礼道子というグローカルな思想家の中に、西洋日本を問わず近代主義・市民主義・機械論など一切の「近代」を超える新しい存在論・人間主義・生命主義および共同性論の誕生と復権を見ている。この点は、本書の補論Ⅰ「石牟礼道子と現代」で簡潔に述べているが、本書は全体として、西洋にはじまる近代の自己再生の再帰的な運動であるロマン主義の意義について示唆することを通して、この積極的な視角から石牟礼の思想を位置づけるとともに、その現代的意義を解明することをめざしている。

〈目　次〉

第Ⅱ部　ロマン主義と共同性

第Ⅰ部　時代転換――解体から再生へ

1章　思想史における「一九六八年」

――「近代の終り」のはじまり

はじめに

本章の課題は、時代の歴史的転換の起点としての「一九六八年」の意味と位置づけについて、思想史の側面から接近することである。そこでここでは、この接近のための座標軸を思想史における「近代」と定め、政治思想における「近代」の概念について考えながら、思想史における一九六八年の意味を探りたいと思う。副題に『近代の終り』のはじまり」と付したのは、その意味においてである。以下、当時の雑誌論文等の論調を素材に議論を進めていきたい。

一九六八年が提起した問題は多様であった。六八年は、先進資本主義諸国のアメリカ、フランス、日本、西ドイツ、イタリアにおける学生反乱や民衆運動が広がった年であった。フランスの「五月反乱」に象徴されるこの運動がめざしたものは、大学問題に端を発して、学問や社会、さらにはより広く体制や権威の一切を問い直す反乱であった。それは、豊かさのなかでの反乱であり、不満が吸収されがちな柔構造社会のなかでの漠然たる不満の噴出であり、反抗であった[①]。

他方、社会主義諸国においても、チェコの「知識人二〇〇〇字宣言」に典型的にみるように、自由主義国家におけると同様、共産党政権下においても市民的自由の要求が台頭し始めた年であった。中国では「造反有理」の名の下での反乱である文化大革命はその頂点に達し、またベトナムにおいては、テト攻勢にみるような、大国に対する民族の反抗も一段と強まってきた。国際政治における米ソの大国支配に対する抵抗の兆しがみえ始め、既成の政治体制が内外から揺らぎ始めたそのとき、洋の東西を問わず、また政治体制の違いを超えて、人間・思想・政治のあり方全体において、失われた「何か」を求めて、大きな地殻変動のたしかな予兆が感じられ始めたのである。

まず、この一九六八年という、冷戦の終りの始まりの時期に現れたこれらの予兆が問いかけた思想的意味を、最初にやや仮説的にみておきたい。それは、全体を一つの思想運動としてみるとき、自由主義と社会主義を問わず、既成体制全体とそれを支える近代合理主義に対抗する情念の運動であり、非合理主義の、ときに反合理主義の運動であった。たしかに、この運動における要求課題は、前近代《プリ・モダン》から近代《モダン》へという課題と、近代が抱える超近代《ポスト・モダン》的課題という二重の課題であった。つまり、アメリカにおけるブラック・パワーの公民権運動、東欧における自由化の要求、あるいはベトナムの民族自決の要求などは前者の、また先進資本主義諸国での学生や民衆の反乱や反公害運動などは後者の課題であった。とはいえ、これら両者の課題は、「人間解放」や「人間性の回復」という「近代」本来の課題のコインの両面にほかならなかったのではないか。そのことは、後でもみるように、たとえば西ドイツ学生運動の急進化が、たんに大学の権威主義的な「前世紀の遺風」への反逆であっただけではなく、高度工業社会におけるテクノロジカルな思考が人間の思考の自立性を破壊し、人間を体制内へと同一化していくことに対する内部からの反逆であった[2]ことや、アメリカのステューデント・パワーの反抗が大学管理における官僚制化と権威主義に対してだけでなく、教育の専門的部分化と技能化という現代的疎外に対して向けられたことからも明らかである。こうして六八年が問いかけた諸問題は、公民権運動における「人権」、学生運動における「実存」、東欧における「自由」と、それぞれ表出の姿は違っていても、現代における「人間解放」ないしは「人間性の回復」の一点に集約できるだろう。[3]

次に、このことを思想史のコンテキストにおいてみると、六八年に提起された「人間性の回復」は、近代が頂点に達した現代における「近代の終り」[4]であると同時に、あるべき近代への回帰の始まりではなかったかと思われる。やや逆説的にいえば、それは近代批判を通しての近代への回帰──つまり再帰的な近代化であった。これを歴史の長いスパンでみると、中世ヨーロッパのキリスト教的社会有機体という一つの調和的宇宙《コスモス》が崩壊し、ルネサンスの混沌《カオス》を経て形成され現代にいたって成熟と変容を遂げた近代が、現代の矛盾と桎梏を打破しようとして再び新たなサイクルにはいった、その折り返し地点が六八年であったと理解できないだろうか。つまり、この時期を転機として、中世カトリシズムにも比すべき、イデオロギーとしての、資本主義的と社会主義的という二つの「近代」自由主義・民主主義のシステムとしての現代の政治体制・世界体制が、全体として問い直され、「人間」を軸とした新たな近代への模索が始まったと考えられるのではないだろうか。

一．「近代」の変容──人間の原理から抑圧の原理へ

そこで、近代を軸とする思想史のなかで一九六八年を考察し位置づけるという本章の視角の前提としては、まず、「近代の初心」ないしは「回帰すべき近代」を措定し、さらにこの近代が極限にまで展開し種々の矛盾を抱えるようになった現代へと、どのように変容したかについてみておく必要がある。

（一）人　間

理念としての近代は人間とその知性のレベルでは、外面的にはルネサンスにおける能力と欲望の解放を通して、内面的には宗教改革における神中心主義の逆説を通しての個我の自立という、二重の意味での人間中心主義《ヒューマニズム》の産物として誕生した。もちろん、近代は一方で世俗化と知の合理化を通して啓蒙主義として完成していくが、そもそも近代はその発生時においては、それが生や快楽への欲望であれ宗教的情熱であれ、情念や神性と無縁でないどころか、むしろそれらによって支えられていたといえる。近代人はまず人間の能力と欲望の解放への情念によって生まれ、しだいにこの情念を自己制御していく理性によって完成していく。また、近代民主主義がもっている形成能力にしても、それは、本来たんに合理主義的知性によって成立していたのではなく、情念によって支えられる、生きた共同体を作る能動的知性によって成立していた。

この点で、一九六八年に、近代民主主義を支えるものについて根本的問い直しが提起されたことに注目せねばならない。つまり、新しいスタイルの学生運動が発生したこの時期、近代民主主義の原点としてピューリタニズムが、学生運動とのたんなるアナロジーを超えて取り上げられ評価されたのである。そもそもわが国の戦後民主主義において、近代民主主義の原点、さらには近代の原点としてロックとその思想が想定されたし、ときにこれとの補完関係において、あるいはもう一つの民主主義の原点としてルソーが想定されるのが一般的であった。これに対して近代の原点としてピューリタニズムを取り上げる視点[5]は、少なくとも論壇においては一般的ではなかった。それは、わが国の戦後民主主義が、近代の根底にある情念、ないしは近代を支えたエネルギーにまでは踏みこむことなく、ロックをモデルとする「制度としての近代」あるいは制度を支える合理的知性の側面の追求に傾斜してきたこととも関係するだろう。このような、そもそも制度としてのみ近代民主主義を理解するわが国の戦後民主主義は、民主主義を支える、完成され制度化されていく啓蒙主義的理性にのみ着目して、いま一つの人間性である情念を欠落させてきた。その意味で、戦後近代は人間知性の全体性も真の「人間」解放の課題も担いえなかったのではないかと思われるし、また、まさにこの点が、六八年を契機として「戦後民主主義の再検討」[6]という形で問われたのである。

この点について、「戦後民主主義の再検討」を試みた大木英夫論文「終末論的考察」は次のように述べている。「ここでわれわれはデモクラシーそのものについて考えなおさざるを得なくなるのである。デモクラシーは、ロック以来、熱狂《エンスージアズム》を捨て去り、単なる知恵《プルーデンス》にたよってきた。これは根本的な誤りを意味しないだろうか。……そしてそれが今日のデモクラシーの無力と危機とを生み出したのではないだろうか[7]」。ここでは、ロックにならって「熱狂」の語を避けるとしても、なおもデモクラシーには「エクスタティックな知性」が必要であり、「デモクラシーは単なる技術的知性や知恵によっては、それに固有な政治課題を達成することはできない」として、近代デモクラシーを「元来、終末論的なエクスタティックな雰囲気の中に誕生した政治理念であり、政治機構である」と結論する[8]。こうして、人間の原理としての「近代」は、人間の解放を志向する人間の全的知性によって支えられた、生きた共同体をつくる能動性そのものであった。つまり、本来、近代知性とは、客観的合理的で技術的ないし道具的な知性にとどまらず、より主体的形成的全人格的な知性にほかならなかったのである。われわれは、このような近代知性の原点を、ロックの「悟性」よりもピューリタニズムやルソーのなかに見いだすだろう。

このような近代知性に対して、現代人は知性の基底にあった情念を喪失し、合理的技術的知性という狭隘な知性へと偏するとともに、大衆社会状況のなかでの不安・疎外・故郷喪失の存在へと変質していった。つまり、現代においては、初発の近代がもっていた、情念に支えられた知性の全体性と能動性が失われていったのである。たとえば、最初の近代批判を展開したロマン主義思想家のうち、コールリッジを例にとると、彼は一方で、政治の場への最初の大衆の登場であるフランス革命におけるジャコビニズムのなかに「抽象的理性」や「形而上学的政治学」(meta-politics)の欠陥[9]を、他方で、産業革命とその時代精神である「商業精神」のなかに分析と計算の能力にすぎない「悟性の万能」の誤りをみた。[10]それはとりもなおさず、近代知性が偏頗で部分的な知性へと変質していくことへの批判であった。さらに、ルソーやワーズワスが提起した感情の復権もまた同様に、近代啓蒙主義の合理的知性の不完全性への批判であったことはいうまでもない。このような人間における全体的知性の回復の欲求は、六八年においても、現代文明のありようという点から、知性における弁証法的思考の回復の訴えにも[11]現れているが、後述の六八年の近代批判においても示されるように、技術的分析的知性の優位に対する、感情や想像力の復権とそれによる自己同一性《アイデンティティ》の回復の主張として現れたのである。

(二) 社会

次に、社会との関係でこの近代モデルをみると、それは、たとえば主権国家である全体と自然権という、共同社会の二元的分離とそれらの結合である社会契約論という形で提示された。しかし、近代の初心としての社会契約論は、ホッブズにおけるように恐怖という消極的情念を契機として見いだされる自然法とも、ロックにおけるようにたんに所有の確保をめざす功利的合理性としての自然法とも異質の、前述のピューリタニズムにおけるような、宗教的情熱に裏打ちされた合理性に基づく形成エネルギーの制度化の試みではなかったかと思われる。しかしそれ以降しだいに、人間知性の変質と並行して、社会関係における形成能力もまた衰退した。まず、近代における社会関係は当初の形成エネルギーを失って、ロックの自然権論からベンサム功利主義の社会モデルへの完成過程を通して、まさに数量として計算しうる、人間を単位とする原子論的機械的無機的社会関係へと変質していった。さらに一方で、自己同一性の喪失と管理化が進行する現代大衆社会の成立と、他方での政治権力の肥大化と集中によって特徴づけられる現代行政国家の成立によって、人々は民主主義の形成能力を喪失するとともに、制度としての民主主義国家もまたしだいに虚構化していく。このような問題状況は、近代民主主義政治体制の、とりわけ経済的矛盾の解決を標榜する社会主義諸国においてさらに顕著であって、ここでも、内に向けての長い一党独裁と官僚支配、外に向けての大国主義と権力政治のなかでの市民的自由と権利の抑圧を通して、制度としての社会主義の疎外と虚構化が進行した。

こうして、政治体制の違いを超えて現代の社会関係において進行してきたのは、民主主義政治における人間の不在と制度の虚構化にほかならなかった。一九六八年という二〇世紀後半における近代化の極限にいたって、この「近代の虚構」の結果である現代の諸矛盾が危機的なものとして人々に意識されたのであって、ここから全般的反抗が惹起されたと考えられる。

(三)　自　然

思想における近代の特徴は、その二元論にある。つまりその構造上の特徴は、たとえば絶対者や共同体と個我の分離による世俗化と近代的個我の形成、さらには社会契約論や功利主義政治論におけるような、国家と個人の二元的分離とそれらの機能的結合のうちに見いだすことができる。さらにまた、この二元論は自然についてもあてはまる。つまり、近代モデルは、自然に対する関係では、自給自足の中世共同体における自然と人間の調和的関係から、資本主義の発生から産業革命の展開による、自然と人間の二元的対立と自然に対する人間の全面的支配を意味したが、この支配構造は、大量生産・大量消費の現代資本主義への展開によって環境と自然の全般的破壊へと進むことが誰の目にも明らかになった。そのことは、人間生活をより豊かにするための近代システムが、その究極においては人間の存立自体を脅かす破壊システムへと変質するという、人間と自然の関係におけるサイクルが一つの終局を迎えたことを意味している[12]。

こうして人間・社会・自然というレベルで近代を全体としてみれば、一九六〇年代後半以来進行している状況は、文明史における一つの大きな近代化のサイクルが終焉を迎え始めたことを示している。そもそも近代は、中世コスモスから脱却した近代的個我が自然への働きかけと社会の構築を通して作りあげてきたものであるが、それは現代にいたって、初発の解放の原理からむしろ疎外と抑圧の原理へと転換していった。それは、近代知と社会の変質を通して、近代国家や近代民主主義という政治システム、および資本主義という経済システムが空洞化・虚構化していったことと一体であった。

二．一九六八年と近代批判

そこで次に、以上の文明史的な長いスパンでの視点から、焦点を一九六八年にしぼって、当時の論調の中で提起された近代批判の思想的意味をより具体的に検討してみよう。

（一）人間の回復

一九六八年を発端とする学生反乱は、日本をはじめとする先進資本主義諸国に共通する現象として、一般的に、都市の非人格的な人間関係や大衆化された大学におけるディスコミュニケーションの進展による自己の存在の不確かさと自己喪失の状況に対する、人間性回復の訴えであった[13]。西ドイツの学生運動もまた、マルクーゼを理論的背景とする「解放された感受性」や（もちろん功利主義とは異質の）「快楽の原理」に基づく運動であり、政治的啓蒙主義をこえて、「人間解放」と「人間性の回復」の「衝動」へと突き進む運動であった[14]。

また、一九六七年夏の「黒人叛抗」とほぼ時を同じくして発生したアメリカの「新左翼学生」のステューデント・パワーが提起した問題は、黒人青年と同様、白人学生も陥っている無力感《パワーレス》や、物質的豊かさとは裏腹の精神的貧しさや疎外感を背景とした、パターナルで官僚制化した大学教育や、教育の専門部分化、および非イデオロギーというイデオロギーである科学主義の強制に対する、「全人間的存在としての半自由人の訴え」にほかならなかった[15]。

さらにフランスでは、たとえば一九六八年の学生運動の象徴ともなったフランス五月革命の推進者コーン＝バンディは、学生反乱が全国の労働者のストライキへ波及していった時期、「革命的行動によって、あらゆる段階で社会の絶えざる変化を惹き起こすことをわれわれは目的としている」として、組織や綱領よりも無秩序を主張し[16]、サルトルもまたこれを「想像力に力をもたせる[17]」行動として支持していた。

こうして、先進資本主義諸国における学生反乱の問いかけは、「人間解放」、「人間性の回復」、「全人間的存在」、「想像力」とそれぞれ用語は異なっていても、それが体制の非人間化された管理社会の抑圧と自己の存在への漠然たる不安に対する、自我のアイデンティティの絶対性と自由の要求であったことは疑いえない。またその点からいえば、チェコやユーゴにおける学生の、批判の自由と自決権の要求もまた、フランスの学生反乱がめざしたものと軌を一にしていたし[18]、広い視野でいえば、このような「新しい欲求」は、先進資本主義諸国に特有のものではなく世界的規模のものであった。たとえばマルクーゼは、この欲求を、「一方では最高度に発展した社会に、他方では第三世界の民族解放戦争を闘っている部分」――つまり「ベトナムの人々」の「自由への欲求」のなかにも見いだしている[19]。

こうして、一九六八年に世界的規模で提起された問題は、近代社会の完成にともなって漠然とした不安とともに抑圧と感じられ始めた政治社会システム全体に対する「人間の回復」という形での、近代の初心への回帰の訴えであった。

（二）　理性の虚構

この人間の回復の訴えの思想的意味は、「理性の虚構」という視点から考えることができるだろう。なぜなら、近代思想の基底にあるものは、まず第一に思考様式としては、一切を数量化して把握するデカルトやニュートン＝ロック哲学以来の機械論であり、人間観でいえば合理的人間観であったからである。人間本性として理性を想定するこの近代合理主義の完成者は、いうまでもなくロックであった。たしかにロックは、基本的にルネサンス的人間をモデルとする、ホッブズにおけるような、欲望の主体としての人間観に対して、欲望に対する理性の優位を想定し、意志による欲望のコントロールのなかに近代人の自由を見いだした。しかし、そのことは、近代人のより大きな欲望や利己心の実現に向けての合理的な調節ではあっても、欲望それ自体を否定するものでもなければ、これを理性の完全な支配下におくものでもなかった。つまり、近代政治は、もともと制御困難でアナーキーな欲望を理性とその制度化によって制御しようとする、理性の虚構性のうえに成立せざるをえないという側面をもっていたのである。理性によって一切を制御しうるとする、ロックにおけるこのような理性の虚構性は、ロック以降、まずヒュームの破壊的な経験論と相対主義によって看破されたが、続いてベンサムの「最大幸福原理」という新たな虚構によってとってかわられることになった。人間をまったく理性的動物とみなして一切を理性によって支配できると考える近代合理主義における「理性の虚構性」は、人間が神という絶対者を中心とする調和的世界から離れて自らの足で立ち始めた瞬間から、近代に不可避のものであったが、それは時代とともにしだいに、人間における多様な「本性」と「理性」との乖離という形で、その矛盾を深めていった。とりわけ近代啓蒙主義のなかに典型的に表れたこの理性の虚構性ないしは疎外に対して、最初に最も根源的な批判を加えたのは、ルソーやロマン主義者たちであった。彼らが提起したことは、人間においては、感情・情念の復権であり、社会においては、制度を超えた、人間結合の直接性の回復であった。彼らにとって、たとえ啓蒙主義における近代人とその社会像がいかに合理的かつ理想的で進歩をめざすものであろうとも、いやそうであればあるほどそれは、人間本性に根ざさない虚構の支配に陥らざるをえないものであったのである。

思想における啓蒙主義、政治における合理主義と近代議会制民主主義という形で成立した近代に対する、もうひとつの民主主義の模索者、あるいはこの近代への最初の批判者がルソーやロマン主義者たちであったとすれば、その近代の完成と行きづまりへの批判を通して再方向づけの起点となったのが、一九六八年であった。「状況はどこでも安定しているようにみえた」この時期、先進資本主義諸国における学生反乱は、逆に安定の過程のなかで蓄積された不満の噴出であった[20]。しかしこの反乱は、ヒッピーズと学生運動がただその一点において共通する「人間らしく生きる」という問いかけであり[21]、つまりは、合理主義や啓蒙主義という名の近代が若者に漠然たる重圧としてのしかかっているものに対する人間的抵抗であった。こうして、「啓蒙主義以来の近代パラダイムとは、人間を解放する近代ユートピア観だけでなく、同時に違った意味で人間を束縛する近代支配思想体制でもあった」[22]が、六八年に提起された人間の解放と回復は、この「体制」化された近代、あるいは人間性から乖離し虚構化した近代的理性に対する抵抗であった。問題は近代民主主義の制度と国家を支える精神であるが、その精神としての理性そのものが、あるいはたんなる功利・打算の能力へ、あるいはたんなる機械的合理性へと変質・矮小化したことへの反省が、ここに始まったのである。このような近代的理性への反省は、七〇年代の反動期に一時的に伏流したものの、人間的生の回復という点で軌を一にする、生命の問題、環境問題、人権問題、南北問題、民族問題という個々の課題を通して、人々の意識・思想・運動の各レベルで、一大転換へ向けての世界的潮流を形成していったのである。六八年はその思想的転機であり、八九年に始まる冷戦構造の崩壊はこの延長線上にあった。

(三) 国家の虚構性

近代的理性の虚構化は、近代民主主義や近代国家の虚構化と表裏一体であったが、それは、さらに人間の生・主体・参加から乖離した現代国家の虚構性と、それを基本枠組みとする現代の国際関係の虚構性へも通底していた。これに対して、「近代の終り」として六八年の論調が提起したのは、この現代における国家、民主主義そして政治そのものの虚構性への批判、およびそれからの人間と政治の回復であった。

六八年の現象が生じた先進資本主義国家と東欧諸国を、「近代」というレベルで対比してみると、両者はその体制とイデオロギーで対立してはいても、ここで実際提起されたのは、たとえばチェコ事件についていわれたように、「マルクス主義だけが現代によってテストされていると考えるのではなくて、ベトナムやチェコ事件を契機に、マルクス主義をその一部として含むところの近代の思想伝統の全体を、基本的に再検討してみる[23]」ということであった。つまり、体制の違いを超えて問題とされていたのは、近代思想そのものであり近代的理性の虚構性であった。具体的に両体制の諸国家で同時進行していたのは、一方でエスタブリッシュメントの形成とその独占的支配と権力による管理化であり、他方で人々の、権力からの疎外であった。近代精神のタテマエとしての合理主義、進歩主義、自由、平等の諸原理に対して、実際に進行していたのは、制度の腐食と自己目的化と、それによる近代民主主義の形骸化であった。一九八九年の時点から六八年の諸反乱を振り返って、これを「一九六八年の革命」と呼んだウォーラーステインは、この「革命」の本質を「一八四八年以降、一九六八年にいたるまで」「支配的なイデオロギーとして君臨していた」「社会主義的自由主義」と「保守的自由主義」という二つの「自由主義的真理への挑戦」であり、「国家が自覚的な集団的意思の合理的な調停者であるという信念への挑戦」であると規定した[24]。体制の違いを超えて、すべての国家の中立性が幻想と考えられ始めたのである。

さらに、こうした一九六八年の胎動は、国家の虚構性が問われ始めた端緒であると同時に、国際政治のレベルでは冷戦体制の虚構性が問われ始めた端緒でもあった。つまり、人間から疎外された制度への国家の虚構化は、同時に近代民主主義そのものの虚構化をもたらし、さらに体制の違いを超えて国際社会全体をも、権力による闘争と支配という権力政治の舞台へと変えたのである。ウォーラーステインによれば、「普遍化した自由主義――ウィルソン版とレーニン版――こうした親密な馴れ合いこそ」が、「表面的な敵対関係とは裏腹のアメリカ合衆国とソビエト連邦の共謀関係[25]」を可能にしてきたが、一九八九年に始まるこの二極イデオロギー・システムとしての冷戦体制の崩壊の端緒は、六八年にさかのぼるのである。こうして、八九年に「東欧で我々が目の当りにしてきたことは、……一九六八年（プラハの春）の余震にすぎなかったのである[26]」。

また、このような近代国家の虚構化への批判は同時に、システムとしての近代、とりわけ近代民主主義制度自体の硬直化・虚構化への批判でもあった。であればこそ、六八年において先進資本主義諸国では民主主義制度の空洞化に対する要求として、また東欧やアジアの国々では市民的自由や民族的自立の要求として、体制の違いを超えて、基本的には近代の復権が主張されなければならなかったのである。つまり、「ブルジョア国家をつくる原動力となった思想と、その結果としてできた国家とは、分けて考えるべきもの」[27]であって、たとえばピューリタニズムにおけるような、思想面では情念と理性の結合、制度面では民主主義制度とこれをつくりあげていく精神のバランスのとれた、近代の原点が、「その結果としてできた」現代国家の虚構性に対して対置されなければならなかったのである。

以上の、近代以降の長い過程の中で虚構化してきた現代政治に対して、政治を人間の営みとして取り戻すために六八年が提起した問題は、「参加」と国民《ネーション》さらには民族《エスニスティ》の復権であった。最後に、この二点について触れておきたい。

第一に、参加とは、民主主義の危機に対する直接民主主義の復権である。サルトルによれば、ユーゴやチェコの学生の暴動は、フランス五月革命の学生の要求と同じく、管理社会における「批判の自由と自決権」の要求であり、学生たちは「自分の生産する『もの』や、果す『機能』によって、存在を維持することをもはや望んではいない。製品を、その使途を、そして社会においてはたそうとする役割を、かれらみずから、決定することをこそ、望んでいる」のである[28]。それは、「西欧デモクラシー・議会制民主主義の狭隘と頽落を克服する」ための、「自律的市民」による自己管理の要求であり[29]、ちょうどルソーにおけるように、参加を通して「市民になる」ことへの要求であった。それはまた、この時期のベトナム反戦運動においていわれたように、「生活・学業・思想・表現のあらゆる次元」での「直接性への要求」の表明であったし、そこでの運動スタイルも「動員」ではなくて「直接」「参加」、「生活者」の「部分参加」、「画一化」の「拒否」、「参加と感動」、「自己規律」、「小サークル」型というように、[30]従来とは異質の参加型を示していた。これは、E・トレルチの分類でいえば、教会型に対する教派型であって、ピューリタニズムの運動原理におけるような近代政治の原点にほかならず、その意味で、この「参加」の主張は、現代における政治の虚構化に対する、「近代の復権」の訴えにほかならなかったのである。

これと同様の、個の復権は、ネーションからエスニシティへのレベルでも提起された。つまり、近代民主主義とその制度の虚構化に対して、個のアイデンティティと直接性の要求が参加であったとすれば、国際社会におけるアイデンティティと直接性の要求が、ネーションによって担われた。それは、まず六八年においては、米ソという超大国に対するベトナムやチェコの抵抗にみるように、二つの超大国によって支配される戦後体制に対する個々の国民国家の自決の要求であったが、それは、個の復権という点からいえば、後のソ連崩壊に象徴される、八九年以降の冷戦体制の崩壊の予兆であった。そしてさらに、国際社会におけるこのアイデンティティと直接性の要求は、国民という虚構によって成立した近代国民国家を超えてエスニシティからの視点が登場することになる。その意味で六八年は、国際社会における国家から地域と民族へという、今日の世界的潮流の端緒であったといえるだろう。

こうして六八年は、人間・理性・国家のそれぞれのレベルで、また総体としては、近代がその初心の喪失と虚構化によって失ってきたもの、つまり「人間の回復」――いわば近代の原点への回帰という、世界的規模および文明史的文脈における思想潮流の一大転機をなしたのである。

おわりに

一九六八年に噴出した現象とそれに関する種々の議論は、歴史的転換への予感に満ちていた。この時期、民主主義をめぐる議論のなかで、近代の原点としてピューリタニズムが想起されたことはとりわけ興味深い。そのなかに、教派型の、参加による「自由な連帯」や自立のエネルギーを見ようとした論者もいた。[31]ピューリタニズムは、その運動スタイルでは、信仰という内面性に裏打ちされた人格主体の参加を基本とし、制度論的には、ピューリタニズムと対立しつつ名誉革命の時務性との妥協に傾斜していったロックの代議制民主主義よりもむしろルソーの直接民主主義への親近性をもっていた。ピューリタニズムの「集い」の政治を支えていたものは、参加と討論による「活発な気運（spirit of movement: リンゼイ A.D. Lindsay）」だったからである。さらに、民主主義はそれを支える知性という点からも問題にされねばならなかった。つまり問題は、近代民主主義の啓蒙主義的合理主義的体質とその機能化のなかで、「理性の支配」や「言葉の理性」によって、「人間の深層構造」ないしは「人間という全体性」が無視されつづけてきたのではないか、ということであった。[32]あるいは、近代民主主義を支える知性とは、「単なる技術的知性や知恵」にかわって、伝統的秩序を突破して「外へ出る（extasy）」、つまり自由によって支えられたダイナミックな、「終末論的」概念としてのエクスタティックな知性ではないかということである。[33]つまり、ここでは、理性《ロゴス》と情念《パトス》をともに備えた全人格性によって支えられる近代民主主義が、ひとつのモデルとして展開されたのである。

ただし、ここで注意せねばならないのは、歴史における「近代」が前近代に対するたんなる破壊ではなくて、何よりそれが理性と情念の力で新たに制度を作り出していく創造的積極的精神であったということである。その意味で、民主主義における近代のモデルとしてのピューリタニズムは、理性と情念の統合の上にのみ成立しえたのである。しかし、現実の運動が両者のバランスを失って情念へ傾き始めると、それは民主主義における「近代」とは無縁の、暴力とアナーキーへと転落する危険性を常にはらんでいた。その点は、この時期の学生運動の展開のなかで指摘されていた問題であった[34]し、また、学生運動のその後の軌跡はこの危惧を裏づけることになった。

いずれにせよ、このように理性と情念の統合によって成り立つ近代の初心は、しだいに近代知性の矮小化、制度の形骸化、さらには近代国家そのものの虚構化を通して、人間の生と無縁のものとなっていった。その意味で長洲一二は、六〇年代末の思想状況を振り返って次のように問題を提起した。「現在の時点で問われている問題は、もう少し原理的にその背後までボーリングしてみれば、もっと長期の文明史的問題と考えられるであろう。すなわち、この数世紀にわたって世界を統合し支配している〝西欧近代〟の文化が、今やある頂点に達したこと、他方その矛盾も極点にきて、それに対する根本的な抵抗と挑戦が生じたこと、そういう意味での〝近代の終り〟という問題である[35]。」

ここでいわれているように、一九六八年はたしかに「近代の終り」であった。しかしそれは同時に、近代の初心への回帰という意味で、新たな近代のサイクルの始まりでもあったといえる。つまり、六八年は、中世という有機体的世界秩序が崩壊し新たな近代の曙光が射し始めたルネサンスの混沌から新たな社会が形成されていった時代のように、人間・理性・国家・国際社会における一切の虚構を問い直し、生命の問題、環境問題、人権問題、南北問題、民族問題などの一切のレベルでの「人間の回復」へ向けての文明史上の新しい潮流の出発点であったのである。

2章　パラダイム転換と時代再生
――近代と近代後をめぐって

はじめに――時代転換と「近代」

一九六〇年代末から始まる種々のレベルでの近代の再検討の過程を整理すると、次のようになる。①まず、人間のレベルでは、人間の主体性の喪失とともに、悟性や手段的能力へと矮小化した近代理性の意味と限界の再検討であった。②また社会のレベルでは、近代化と豊かさとは裏腹の都市化・大衆化および管理社会化の中での人間存在の意味喪失と共同性の喪失による社会的無関心（アパシー）・社会的価値喪失（アノミー）・社会的無秩序（アナーキー）の出現およびこれに対する、「自由主義の再検討」、さらには、高度産業社会化の経済的発展の中での南北問題、公害、環境と生態系の問題などの人類的危機への反省であった。③さらに、国家と国際社会のレベルでは、一方での国内における分権化、他方で、情報化および経済や企業のグローバル化などによって、主権を中核とする近代国家の中央集権システムやイデオロギー体系によって動員され正当化されてきた国民国家システム、さらには主権国家の存在理由それ自体まで問い直されるようになってきた。またこれを国内政治制度の面からみれば、自由主義国家においては議会制民主主義システムの制度疲労が、他方、社会主義国家においては究極の近代化・管理化としての社会主義体制がその完成と同時に崩壊しはじめ、これら「近代主権国家システムのゆらぎ」はとくにその弱い環の部分であった社会主義国家群の崩壊によって、国際的冷戦体制全体の崩壊へと連動したのである。

こうした六〇年代末にはじまった世界史的変動は、八〇年代末ないし九〇年代初頭にひとつの加速期に入ったが、今日までその途上にある。この変動の崩壊から生まれてきたものは、キーワードでいえば、多極化、文化の多様性、分権化、地域の浮上、ネーションからエスニシティへなどといった、「解体」にほかならない。これを上述の各々のレベルでいえば、①人間レベルでは人間の存在と知の解体、②社会レベルでは社会的共同性と人類的共同性の解体、③政治レベルでは、主権国家と国際システムの解体であった。つまり、我々がこれまで人間理性や社会倫理や国家システムを通して依拠してきた「近代」というひとつの「普遍」からの解体が今日の世界史的現象であって、[1]近代をめぐる今日的課題は、この「普遍」の再検討を通して、この普遍の解体ののちに我々が直面する形成の問題、つまり「新たな近代」あるいは「近代後の近代」または「未完の近代」のあるべき途をさぐることにある。こうして本章の課題は、「普遍」・「解体」・「再生」をキーワードとして、「近代」の普遍としての実相、近代後の「解体」の諸相、さらにはあるべき「再生」へ向けての近代の可能性を考えることにある。

一・近代――解体から普遍の形成へ

（一）中世的普遍の解体と近代の形成

中世は、トマス・アクィナスに代表されるように創造主体としての神を頂点に、ローマ・カトリック教会を中核として、万物が神学的存在論的秩序の中にはめこまれた「キリスト教的社会有機体」（corpus christianum）という普遍として成立した。ここでは普遍は、中世ヨーロッパ社会の序階的な存在様式として現れていたし、実体的には一切の存在が神の創造の意図を分けもち、その意図によって貫かれる目的論的存在として存在するという意味で、実体としての普遍であった。この実体としての普遍はいわば、一切の存在と価値の源泉であって、この存在様式は主客未分というよりも、主客を超えたひとつの調和のコスモスの中における存在であった。こうして中世目的論的世界という、一切のものがその存在の目的と意味をもつ世界において、一切のものは神という価値の創造者であり独占者である普遍につながっていた。

いうまでもなく近代の形成は、中世的普遍の解体を前提とする。つまり、ルネサンスは、神なき自我の析出であり、自立した万能の天才に象徴されるような人間能力の発見であり、ここから欲望と行為の主体としてのルネサンス人が立ちあらわれる。他方、宗教改革は、神の前での自我の析出であり、近代的職業人に象徴されるような、不安を通しての勤勉と合理性の経済人が立ちあらわれる。両者はあいまって、有機体的全体の崩壊の中から、自己の理性を中核に経験と反省を通して主体を形成し、他者つまり社会と自然の対象化・支配・組織化によって近代市民社会をつくりあげていく。ここで、神の創造による存在秩序という普遍も固定化した循環時間も解体するとともに、他方、新たな存在原理として、デカルト的自我と二元論を中核とする機械論的世界が再構築されることになった。

こうした近代という再構成原理を私は、自我（われ）、行為（つくる）、時間（望む）という三要素に還元してみたい。つまり、近代とは、自我の側面からいえば、中世普遍社会に埋めこまれた自我から、ちょうどピューリタニズムにおけるエミグレ（亡命者）のように流出した絶対的自我は、不安と禁欲・勤勉を通して獲得した、自我の対象化としての労働による所有へと自己拡大をとげていく主体的「自我」と、たとえば教会契約や社会契約論にみるように、社会の改造と合理化を通して新たな社会を形成するという、行為によって成立する。さらに近代においては、時間もまた中世的循環的時間から、ちょうどピューリタニズムにおいて終末論や中間時代（インターレグナム）を契機として時間の流動化や未来待望の視点が生まれたように、新たな未来時間が成立する[2]。こうした自我・行為・形成および未来時間によって、中世の存在論的世界は流動化と崩壊をとげ、近代の機能論的世界へと転換していく。つまり、近代は、機械論的世界認識をふまえて、未来に向かって一切の合理化と機械論化を優位させる世界として成立した。そこでは、中世におけるような存在の意味と秩序ではなく、達成すべき目標とそのための機能が新たな価値基準として確立したのである。

（二）　近代という普遍の支配

このようにして中世の解体を通して、近代における新たな普遍が成立した。歴史的に以下のようにたどることができるだろう。つまり一六世紀宗教改革において成立したのは、内面的絶対的自我すなわち近代の出発点をなす絶対的主体としての個という普遍であった。それは、ルターにおけるような内面的自我にはじまり、カルヴァンらにおける社会的存在へと展開していった。こうした信仰的内面的自我の成立に加えて、一七世紀科学革命という、自然認識におけるデカルト的自我による主体的科学的認識が生まれ、ここに機械論的世界という平等・均質で原子論的な世界、つまり質的普遍が成立する。ここで中世的普遍は構造的に、近代的普遍にとってかわられる。また、一八世紀市民革命は、社会構造における均質の原子論的普遍、つまり自由・平等の市民ないし人権という名の普遍を生み出すとともに、国家論のコンテクストでは、この普遍の場として、国家理性・中央集権システム・ナショナリズムなどに支えられた近代主権「国家」（state）と「国民」（nation）という地域的普遍が成立したのである。この近代における普遍は、中世の実体的普遍とは異なって、あくまで近代的自我の集合体に対して命名された唯名論的普遍であったが、しかし同時にそれは一種の実体的普遍としての力を振いはじめる。さらに一九世紀歴史革命は、以上の近代の普遍の支配を決定づけるものであった。つまり、一八世紀啓蒙主義の「進歩」から歴史主義におけるような「発展」へとそのプロセスの概念は進化したものの、時間が歴史を支配し、その歴史は人間がその観念の中で支配し統御する時間はひとつの完成社会へ向けて進歩・発展し続けるという意味で、無限の未来時間という近代の普遍が成立したのである。

さらに、この普遍の支配は次の三つの側面をもつ。つまり、近代とは、デカルトにはじまりカントにおいて完成するように、何よりもまず自己への支配として生まれた。[3] つまり、「われ思うゆえに」存在する「われ」が自己の精神と身体に自律的統御を行うことにはじまって、カントにおける良心という、自己の内なるより高い自己によって自己を規律する近代市民道徳の成立は、近代の自己支配の道徳的側面にほかならなかった。また近代は、主観化され普遍化された意志による他者への支配であった。それは、他人を普遍化された目標へ向けて機能的に序列化・管理化・組織化し、究極においてこれを手段化し疎外していくような支配であって、これは近代の普遍による支配の社会的側面であった。さらに近代の普遍の支配は、同時に自然という他者への支配でもあって、自然に対して人間が労働を加えることによる価値を創出するロックの労働価値説と所有権論は、積極的な富の蓄積と資本主義的な生産の衝動によって容易に自己目的化され、その結果、調和ある自然の存在秩序を破壊し自然の疎外をもたらす結果となった。また、近代は、進歩への信仰に象徴されるように、企図における目標到達意志が未来を取り込んですべての線型の無限の時間を支配するという、時間と歴史への支配でもあった。

こうして「近代という普遍」の支配は、人間の内面から自然界に至るまで一切を意志・理性・合理性という人間の主観的意図と目的合理性の支配下に置いたが、この支配は、いっそうの効率化の中でそれが支配する対象の機能を重視するあまり、たとえば疎外という形で対象の存在の意味そのものを失わせてしまうものであった。このような普遍の支配は、近代がもつ支配と無制限への衝動によって自己目的化され効率と目的合理性によって貫徹されたのである。つまり近代とは、自己・他者・時間への無限の支配の貫徹であって、一切の存在に対してこの存在・行動様式の貫徹をめざすという意味で、ひとつの「普遍」の絶対支配の確立にほかならなかった。

他方、こうした近代の普遍の支配の拡大は、排除と差別の論理を生んだ[4]。中世的普遍の成立がキリスト教教義における異端の排除と表裏一体であったように、近代という普遍による一元化・均質化は、絶えざる差異化への暴力的道程にほかならなかった。普遍は、中心としての「文明」とそれをモデルとする「近代化」という形で、周辺に対してはときにこれを「野蛮」と称しつつ、文化的植民地主義的同化という普遍化とそれへの忠誠をおし進めた。それはいうまでもなく、文明の問題に限らず、というよりもむしろ文明をその一部として含む、世界レベルでの近代主権国家システムと資本主義経済システムの成立拡大と不可分であり、この二つのシステムもまた政治と経済の側面における機能・効率・競争の支配をめざすものであった。近代（化）という普遍へ向けての差異化の衝動は、ちょうどルソーの『人間不平等起源論』におけるような、人間個人の内面においては、絶えざる競争と虚栄という近代人の自己疎外と不平等を生みだすことになった。こうして近代の普遍は、人間の内面外面において人間本性に対するひとつの疎外と虚構のシステムを人間に強いることになった。

このような近代における普遍の完成は、一元的価値の支配と一切の機械化・管理化・手段化・意味喪失という、人間にとっての疎外と虚構の支配の完成であった。

二．近代の解体の諸相

（一）先駆としてのロマン主義

こうして近代は、神という普遍から存在目的を与えられた中世キリスト教社会有機体という多元的有機体的構成体をいったん究極の原子論的個へ解体したのち、これを人間にとっての普遍である近代理性によって構成されまたそれによって説明可能な機械論的世界を形づくった。中世的普遍は解体し、近代という新たな普遍の支配が成立したのである。

この近代の普遍に対する最初の根本的批判は、それが完成しはじめたまさにその時点からはじまった。つまり近代が、政治的にはフランス革命という市民革命や議会改革（Reform）という議会制民主主義として、経済的には産業革命による近代資本主義という形で確立したとき、ロマン派による近代批判が提起されたのである。

ロマン派の思想家たちは、近代が一定の価値観に基づくひとつの普遍が支配する抑圧体系であることを、いち早く直観した。ここでイギリス・ロマン派に限っていえば、ロマン派の第一世代のS・T・コールリッジ、W・ワーズワス、R・サウジーら自身はいずれも、その初期においては思想的にはロック以来のJ・プリーストリ、D・ハートリあるいはW・ゴドウィンというイギリス経験論の影響下にあり、政治的にはフランス革命による進歩とユートピアの実現を夢見たイギリス・ジャコバンであった。この思想家たちのロマン主義は、彼ら自身が夢見た近代の実現であるべきフランス革命への幻滅から生まれた。ロマン派の思想家たちが理性への信頼の上に人間解放の希望を託したフランス革命は現実には自由・平等・友愛の理念とは裏腹に、その合理主義・個人主義・

自由主義の徹底がむしろ革命自体を裏切って、一方での革命のアナーキー化と他方での革命の暴力化をもたらし、ついにはこれを終息させるために、ジャコバン独裁からナポレオンによる軍事独裁へ、革命防衛戦争からヨーロッパ侵攻へと逸脱していった。ロック哲学にはじまりフランス啓蒙思想によって支配的地位についた近代は、その政治的実現としてのフランス革命においてその二面性を露呈した。ロマン派はこの近代思想の中に、人間解放とは無縁の、人間性に敵対するひとつの側面を見たのである。

また、ロマン派は、近代功利主義の機械論という近代思考に対し、たとえばコールリッジは、J・ベンサムらの哲学的急進派によって進められた原子論的・一元的で単純な統治形態をめざす議会改革論が、「議会専制」という過度の権力集中によって真の具体的自由を脅かすものとして、これに反対した。また、ナポレオンの軍隊に対してスペイン人民のゲリラ戦をよびかけたワーズワスの『シントラ協定論』の意図も、近代的軍隊に対抗する真にパトリオティックで自発的な庶民の共同体的絆の復権の訴えであったし、P・B・シェリーの『議会改革に関する哲学的見解』も、たんなる功利的計算的理性を超えた「詩の精神」による永遠の改革の主張であった。

さらに、社会・経済の面では、ワーズワスは経済的に豊かな「近代」の実現であるべき産業革命が実は農村共同体から家族まで崩壊させ、非人間的な人口集中と都市化をもたらしたことへの失望を隠さない。またサウジーは『トマス・モア』において、近代が自明の目標とする進歩そのものに疑問を呈し、近代が生みだした新たな貧富という不平等と、生きた人間を道具化して生産能率を競う人間疎外の資本主義経済システムを批判して社会主義思想に接近した。

これら政治的経済的側面における近代批判は、今日的文脈でいえば「功利主義批判」や「自由主義の再検討」であって、それは根本的には人間と思想の問題に帰着する。つまり、たとえばコールリッジは、ロック＝ハートリ哲学を「死の哲学」とよんで自らの生の哲学＝創造的理念哲学ないし実践哲学に対置し、ワーズワスは近代の機械論的自然観・社会観に対して、自らをその一部として含む有機体的全体の不可分の一部として自己が存在する、一種目的論的な世界のあるべき姿を追求した。こうしてロマン主義者たちは、デカルトからロックを経てフランス啓蒙主義やベンサム功利主義へと展開していく近代化哲学の中に、機械論的世界と、人間ではなく進歩・功利・同化を至上価値とする「普遍」の支配を見て、これに対してたんなる「総体（all）ではない有機体的全体（organic whole）」（コールリッジ）の中に個々の創造的生命が生きる、「有機性」・「多様性」・「内発性」の実践哲学を対置し、新たな調和ある全体をめざそうとした。しかしその試みは、産業革命以降のさらなる近代化の圧倒的な潮流の中で、たとえば、J・S・ミル『自由論』の中の人間の陶冶と成長における個性と自由の主張などの中にその思想的痕跡を残して伏流した。

（二）　パラダイム転換の諸相

近代批判といっても、何を近代と考えその近代のどの面の批判を強調するかによってその内容は大いに異なるし、そもそも現代思想の中で近代批判を含まない思想はあり得ない。とはいえ、たとえばニーチェや実存哲学といった個々の思想を越えて、ひとつの文化的運動・現象として近代批判のエポックを画したのは一九六〇年代末から七〇年代初めに生まれたポスト・モダンの思想と運動である。この運動は近代機能主義を批判してとくに建築やデザインなどの芸術分野や社会学などから拡大していった文化的運動にはじまる。従来一般的にポスト・モダンの運動の一過性がいわれてきたが、実はさらに広い思想的潮流として見れば、近代後の思考がその思想領域の幅と深さにおいて今日の時代精神を底流していることは否定できない[5]。

こうした近代パラダイムへの根本的問い直し――「脱近代パラダイム」――は、今日さまざまな分野で深く進行しているが、その動向は、以下のように要約することができるだろう。

まず政治のレベルでいえば、一九八〇年代末にはじまる国際政治における冷戦構造の崩壊は、世界の多極化や地域紛争およびエスニシティに関わる問題を浮上させたが、国内政治においても、従来の基本的枠組みであった近代主権国家や中央集権システムやその文化もまた今日、さまざまなレベルでの「地域」の浮上による国際化・分権化・多文化主義化によって根本的問い直しを迫られている。また、一方でイデオロギー政治と権力政治への反省、あるいは脱物質主義的価値変動という「静かなる革命」[6]（R・イングルハート）が進行する中で、これまでの利益政治や自由主義に対する反省から、今日、人間の生命＝生活（ライフ）と参加を中心価値とするライブリーな政治への方向転換が見られはじめるとともに、人々の生活の日々の課題に具体的に応える政策研究が重視されはじめ、公共性の復権による地域公共圏の形成が課題となっている。社会学においても、近代後の状況の下で、コミュニケーション論やシステム論による社会理論の再編が試みられるとともに、他方で、人間生活の具体的な場としての地域や福祉その他へもフィールドを拡大しはじめた。近代化や経済発展と表裏の関係にあった経済学もまた、持続可能な発展の中での人間と環境の学へと転換しはじめ、法律学も自己決定や自己組織性を重視する内発的な方法に配慮するとともにその法的主体の問題や裁判外紛争解決へと対象を拡大しはじめた。建築や芸術においても、ポスト・モダン運動という一種の文化的「ゆらぎ」を通して、近代の機能主義からそれぞれの個性や多様性あるいは創造性を重視しはじめたし、歴史学においても、普遍的な理論という「大きな物語」による歴史解釈ではなくて、人間と諸地域の日常的生と文化の多様な歩みに注目する地域研究・生活史・社会史へと関心が移りはじめた。哲学においても、分析哲学や理論哲学から、人間の生き方と社会の再組織化に関わる価値や生命をめぐる実践的な哲学や応用倫理が重視されはじめた。また、自然観についていえば、従来の近代的機械論的自然観から有機体的自然観へという転換が大きな潮流をなしているが、これが今日の近代後の時代転換や価値観の転換と並行していることはいうまでもない。さらに、他の学際的課題でいえば、「地域」および地域研究が、人々が自立し豊かに生きていく拠点として注目されるようになったし、また近代化論においても、国家単位の経済成長を目指す従来の近代化論に対して、それぞれの地域の人間の主体的成長を基礎とした内発的発展による持続可能な発展が論じられるようになった。

　このような諸学の脱近代パラダイムへの転換は、デカルト以来の①近代の自我（人間）中心システムと主体＝客体の二元論、②近代合理主義的人間観、③機械論的世界観、および④啓蒙主義的進歩史観（進歩への信仰）、に基づく「企図」[7]の普遍的支配による、一切の手段化、合理化、効率化、管理化、疎外に抗する、人間と自然のすべての存在の「意味」や「価値」の復権を示すものである。それは、近代の「普遍」の支配に対する、脱中心性・多様性・多文化性の主張であり、共生的有機的存在としての人間の回復を目指すものである。つまり人間・社会像が、近代的機械論的モデルから、生を中心価値とし多様性・内発性・創造性を特徴とする、いわば生命（有機体）モデルへと転換しはじめたのである。それは歴史的に見ると、①中世的普遍の近代による解体、②近代の普遍の支配から、近代後の解体と人間と社会の内発的再生へというサイクルとして表わすことができるだろう。

　さらに、自然科学における方法論としてのシステム論もまた、以上の人文・社会分野における近代後のパラダイム転換と同時期の一九六〇～七〇年代からいっそう顕著な展開を見せている。それは、たとえば「ゆらぎ」や「自己言及」による秩序形成を通しての自己組織論さらには自己生産論（オートポイエシス）などに見られるような、自然の機械論的モデルから生命論的能産的モデルへの転換であって、混沌から秩序を自ら形成していく自己組織化へ、つまり、存在と平衡から創造と生成へという方向転換ないしは方法論的進化を示すものである。それはいわば、近代の主体中心の二元論を超える内発的生成のシステム論的試みといえよう。こうして自然科学においても、人文・社会分野と同様に、近代の普遍の支配から内発的再生と組織化へというサイクルを見ることができるが、こうした自然科学と人文・社会科学の諸分野におけるパラダイム転換の類似は、偶然的なものではなく、近代後の世界が人間に課した生命という共同課題への応答としての共時的な現象として理解される。

以上のように脱近代パラダイムの動向は、普遍としての近代の解体をめざす人文・社会・自然科学の全分野にわたるものであるが、なかでもとくに普遍をめぐる特徴として、次の二点が指摘できるだろう。つまり第一は、普遍の解体にもかかわるものであって、中心性の解体（センターレスないしポイントトレス世界）あるいは多様性という特徴である。それは例えばリオタールの『ポスト・モダンの条件』にいう「大きな物語」の終焉に象徴される特徴であって、リオタールは、「自由」「平等」「人間解放」などといった普遍的価値の物語が時代に対して無力であることを説き、システムによる全体化やコンセンサスによる同一化を根本的に否定するとともに、限りない多様性と差異の受容を主張し、未知への感受性とそれへの問いかけの確保のみが「正義」の条件であると主張した[8]。それは、いわば時代の脱イデオロギー化への先駆であったが、同時にそれは、従来の安定システム的思考を根底から揺るがす脱近代パラダイム転換を示すものであった。

近代的普遍の解体をめぐる第二の特徴は、この安定システムと機械論的世界観がゆらいで、たとえば物理学においてニュー・サイエンス、生物学において生科学革命と呼ばれる動向に象徴されるような、一七世紀科学革命にも匹敵する新たな生命論的有機体的世界像が今日展開されつつあるということである。ここで、近代の機械論的「普遍」の崩壊はさらに加速されるとともに、さらに崩壊から再生へ、たとえば自己組織性論にみられるような「内発」にとってかわられつつあるのである。つまり、一九八〇年代に唱えられた「ゆらぎ」の理論についていえば、従来、同一化・管理・機能を至上視する近代システムにおいてはマイナス要因として排除されてきた「ゆらぎ」が、実はこれこそが生のあかしとしてその意義が見直され、ゆらぎを通して脱中心的脱管理的自己再生への道が模索されはじめた。またシステム論においても、自己言及（self-reference）の科学としてのオートポイエシス（自己生産論 self-production）が注目されるようになり、外とのシステム的安定化ではなく、自己への再帰を通して自己を触媒とする内発的自己再生産の仕組みが論じられるようになった[9]。つまり、オートポイエティック・システムは、今田高俊によれば、「構造上はインプットもアウトプットもない組織的に閉じた円環的なネットワーク・システムであり、要素を生産する要素が円環的な因果のネットワークによって再帰的に自己にかかわり、自己を再生産することでシステムを維持する[10]」のである。

今日、近代という普遍の解体から再生へ向けてシステム論をはじめとしてすべての分野で脱近代パラダイムへの転換が行われつつあるが、その基本的視点は、安定システムにおける管理・機能・効率という、いわば「外なるもの」から、自省による意味の問い直しや自己生産という、「内なるもの」へ、つまり外発と普遍から内発と再生へと大きく転換しつつあるのである。

三．再生へ向けて――二つの内発論

近代という普遍の解体からの再生のあり方は、旧来の普遍の復活でないことは当然であって、脱近代パラダイムは自己生産論的再生の無限運動としてあるだろう。こうした、いわば内発的再生論は、自然科学におけるそれと異なり、社会理論レベルではまだ形成過程にあるが、ここではこれを示唆する、鶴見和子と石牟礼道子の思想における二つの内発論を通して、その方向性を垣間見ておきたい。これら二つの内発性の思想の展開の場であると同時に両者の結節点として、水俣がある。いうまでもなく水俣は日本近代史において、急速な工業化という正とともにその負の部分を抱える、わが国の近代（化）のいわば象徴であるとともに、近代化の集約点という回転軸に位置している。この回転軸をめぐって、鶴見和子の内発的発展論と石牟礼道子のロマン主義的再生論という二つの思想が展開するのである。

（一）　鶴見和子の内発的発展論

社会学者・鶴見和子の内発的発展論は、まず柳田学への関心を基礎に、水俣体験、つまり水俣病調査のために訪れた水俣の民衆の中に内的発展と共生の世界を見ることによって触発された。それは、近代化論およびマルクス主義（これもひとつの近代化論であるが）からの離脱の道程であった。つまり、鶴見は、西欧社会近代化が内発的であったのに対して非西欧社会の近代化を外発的ととらえるT・パーソンズの西欧モデルの近代化論への疑問から出発し、次第に非西欧社会の近代化の内発性に着目して多系的内発的発展論を展開するとともに、内発型と外向型が交錯する中国近代化研究にも着手した[11]。

鶴見は、「内発的発展」の概念を次のように定義している。つまり、「内発的発展とは、目標において人類共通であり、目標達成への経路と、その目標を実現するであろう社会のモデルについては、多様性に富む社会変化の過程である。共通目標とは、地球上すべての人々および集団が、衣・食・住・医療の基本的必要を充足し、それぞれの個人の人間としての可能性を十分に発現できる条件を創り出すことである。それは、現在の国内および国際間の格差を生み出す構造を、人々が協力して変革することを意味する。そこへ至る経路と、目標を実現する社会の姿と、人々の暮らしの流儀とは、それぞれの地域の人々および集団が、固有の自然生態系に適合し、文化遺産（伝統）に基づいて、外来の知識・技術・制度など照合しつつ、自律的に創出する」[12]。

つまり、近代化論が近代主権国家を単位とし、経済成長を目標として自然をその支配下に置き、伝統と断絶したところで一部のエリートたちによって推進されるのに対して、あるいは、これと相補関係にある、内発的発展論は、地球的共生という目標に向けて、地域を単位とし人間の成長を目標として自然と共生・調和しつつ伝統に則ってこれを自立的に革新し再創造する常民のキーパーソンたちによって担われるものとされた[13]。こうした鶴見の内発的発展論の中に私たちは、経済から人間へ、自律と共生、伝統と創造へといった二一世紀的価値に向けての再生への方向を見ることができる。

（二）　石牟礼道子のロマン主義的再生論

鶴見の内発的発展論が近代化論をさらに批判的に展開して、いわば相補的により良き——つまり人類的共生と人間的成長にかなった——近代をめざしているのに対して、石牟礼における近代への絶望はきわめて深い。つまり、時代を「亡びの予兆」や「存在のたそがれ」ととらえる石牟礼の眼には、現代国家、現代企業、既成政党という自己目的化した巨大組織を頂点とする近代が、人間にとっての「喪失」を促すものとして映った。のみならず、この近代は、水俣病の過程に象徴されるように政治権力や経済力によって人間を差別し排除し究極において人間存在自体を否定するシステムであって、『苦海浄土』はそのような近代への怒りと全面対決の表現にほかならなかった。こうした石牟礼における近代批判の最大の方法的特徴は、近代を近代の中で育まれた知によって批判する一種の自己憧着的方法によってではなく、そもそも近代へのベクトルそのものを含まない原存在としての人間の地平から近代を根源的（ラディカル）に問い直す点にあった。つまり石牟礼は、近代とは全く異質の、反近代というよりもむしろ近代とは無縁の知性と感性によって、人間を含む一切の存在が意味をもちつつ生成し全体として調和を保ちつつ成立する有機体的存在論的世界を回復しようとするのである。こうした新たな知によって、狭められた計算・推理・分析の手段としての道具的理性の世界ではなく、ときに無文字の世界から立ち上がる声で自己を全体の一部として直観的に把握しうるより大きな理性の世界、つまり、この理性の上にひろがる、自我と対象との二元性を超えた、対象との一体化の豊かな世界が展開する。[14] 近代への深い喪失感と絶望の中から昇華されて生まれる理念（イデア）の世界の発見という点で、このような石牟礼の思想を、私はロマン主義的再生論とよびたい。

　このロマン主義的再生の理論によって構想され聖化される、「玄郷」（原郷）とよばれる共同世界は、ちょうどかつての不知火の海のように、連鎖しあういのちの賑わいの海として、豊かな「生成」と「充溢」のイメージで語られる世界である。[15] それは中世の目的論的有機体社会のように、万物がそれぞれの「存在」と「意味」をもつ調和的世界《コスモス》である。つまりそれは、個人や個物の一切が、歴史性・土着性・共同性を担うと同時にそれぞれがその種々の関係性の中で真に自立する個から成る、自立と共同の世界である。今日、個我の主張からのみ出発する西欧自由主義とデカルト的二元論的認識論的発想の行きづまりとその再検討が課題とされる中で、近代の普遍の崩壊ののち、西欧的近代知とは異質の、人間の本源的知や原初的エネルギーから新たな内発的再生と共同性の回復を求めようとする石牟礼のロマン主義的再生論は、再生の知のあり方と人間を含む有機体的世界のあり方に対して、ひとつの有益な示唆を与えるものである。

おわりに

「近代」があらためて問われている今日、これに対して私たちがとりうる立場として、次の四つがあげられるだろう。第一に「モダニズム」の立場であって、西欧近代市民社会を発展の一般モデルとする立場である。これは従来からの近代化論であって、西欧と非西欧の落差に注目すると、これは「近代主義」とよばれることもある。第二に「ポスト・モダン」の立場であって、第一のモダニズムへの批判的見解であって、モダニズム社会の終焉とそれからの超越を主張する脱近代の立場である。第三には「プリ・モダン」（前近代）の立場であって、近代以前への回帰を主張する。第四には「プロ・モダン」（親近代）の立場であって、近代の中に歴史的に持続し意義あるものを見出し生かそうとする立場である[16]。これらの中で、近代の普遍の解体の中から近代後へ向けての新たな再生の芽を見出そうとする私の立場は、基本的に第四のプロ・モダンの範疇にあたるものであって、私たちは、第二のポスト・モダンの問題意識を受けつぎつつ、第一の西欧型モダニズムもまた内発的近代のひとつの型と見て、その他、非西欧社会の中にも多様な近代の可能性を模索しようとするものである。

またこうした近代後の再生の時代を生きる私たちの知性や感覚も、近代の原初にその可能性を求めつつ再生の途をさぐらねばならないだろう。そしてこの、いわば「近代後の近代」の知や感覚とは、中心なき共同体や異質なるものとの共同性を生きるための、自己の内なる異者や多様性への反省ないし自己言及の精神であり、自己の内なる内発性と他者における内発性をともに配慮していく、繊細の精神と自己組織性の感覚を取り戻すことである。それは寛容や自己相対化能力として近代の出発点に存在し、のちに近代的自我の絶対化によって衰退していった近代精神の芽のようなものである。進歩といい富といい、近代が「外なる無限」を追及していくようになっていったのに対して、近代の原点の中にも存在した、パスカル的な近代後の繊細と内省という、いわば「内なる無限」[17]を見出しその追求を通して自己生産していく再帰的な方向を、今日再確認する必要があるだろう。こうした方向性こそ、普遍の解体後の新たな近代の再生と構築を可能にしていくものであるからである。

第Ⅱ部　ロマン主義と共同性

3章　共同性の諸相

——イギリス・ロマン主義

はじめに——ロマン主義の課題

イギリス・ロマン主義政治思想の最大の関心は、フランス革命や産業革命という近代化の中での人間とその知、および社会のあり方に向けられていた。産業革命社会は、その哲学である功利主義思想に代表されるように、個人をあくまで欲望の主体と規定し、この個人を最小の単位として機械的に再構成される社会であった。これに対して、近代的個我が、社会的結合や徳といった市民的実体を欠いた、たんなる欲望と利害追求の主体としての原子論的個我へと変質することによって社会が崩壊の危機にある、というのが、ロマン派の時代認識であり危惧であった[1]。この点で同様の認識をしていたＪ・Ｓ・ミルは、「永続的な政治的社会」の三つの条件として、「終生継続される一つの教育組織」の存在、「恭順または忠節の感情」の存在、および「同一の社会または国家の成員の間に存在する強力で活発な結合の原理」をあげたが[2]、これらを欠いた社会を、人間とその知の転換を通して、どのようにして再生させるかが、ロマン派が自らに課した課題であった。ロマン派はこの課題を、かつてのフランス革命におけるジャコビニズムの、抽象的理性と暴力の結合による権力政治にもよらず、功利主義の、いわば利益システムとしての議会主義という利益政治およびその社会の原子論的再構成原理にもよらずに、再生した人間にかなう新しい社会を構想することによって解決しようとしたのである。

このようなロマン主義の「再生理論」の中心概念が、本章でとりあげる「共同性」である。それは、ロマン派の政治思想における共同体的側面――つまり、コミュニケーションと一定の共通の文化や価値基盤の上で共同の社会を形成しようとする意識――であって、ここにロマン主義における社会形成の契機を見ることができる[3]――、そこにイギリス・ロマン主義がもつ現代的意義の一つがあると思われる。そこでここでは、イギリス・ロマン派における「共同性」に関して、S・T・コールリッジ（Samuel Taylor Coleridge, 1772-1834）については「文化的共同性」、W・ワーズワス（William Wordsworth, 1770-1850）については「民衆的共同性」、P・B・シェリー（Percy Bysshe Shelley, 1792-1822）については「詩的共同性」と定義して、それぞれの位置・特徴・相互関連などを通して、それらの諸相と位相について考えるものである。また、このような考察を通して、ロマン主義が欲望や利己心をどう乗り超えようとしたかという、自由主義の自己超越の問題、社会構成の基礎理論という面からの、共同性による社会形成の問題、およびそこでの共同性の位置づけ、そして、このような共同性の試みの歴史的有効性などの諸点について考えてみたい。

一　コールリッジと文化的共同性

（一）　人間と社会の再生

(1)　抽象的理性と悟性

まずコールリッジの時代批判についてやや象徴的にいえば、コールリッジは、フランス革命ないしはジャコビニズムが抽象的理性の産物であり、それは政治的にはアナーキーかその対極としての専制政治に帰結するとして、これを批判した。他方、産業革命と功利主義については、これを経験主義や悟性の哲学として欲望のアナーキーを是認するものであって、政治的には利益代弁システムとしての議会の万能ないしは議会専制主義に帰結するとして、これを批判した。前者はいわばイデオロギー・ポリティックスないしはパワー・ポリティックスへの批判であり、後者はインタレスト・ポリティックスへの批判であって、全体として時代の精神は、コールリッジによれば、人間の知と社会のそれぞれの分裂の様相を呈していた。社会や国家についてのコールリッジの批判と危惧は、それらがつながりのない個々人のたんなる集合体（whole ではない、たんなる all）としての原子論的機械論的構成体へと変質しつつある点にあった[4]。

(2) 理性論

このような近代の精神状況・社会状況に対してロマン派は、人間と社会の再生モデル[5]としてのロマン主義を対置した。つまり、たとえばコールリッジは、時代精神を、人間論のレベルでは抽象的理性や悟性に偏した人間知性の分裂あるいは人格の崩壊や疎外と見て、人格の再生とアイデンティティの回復の理論として理性＝理念論を提起し、その基礎の上で社会の再生を試みた。この理性＝理念論は、コールリッジがカントないしは一七世紀のケンブリッジ・プラトニストから継受し独自に展開したものだが、その主張は、つまるところ、人間における知の全体性とアイデンティティの回復にあった。つまり、コールリッジによれば、理性が「総体（all）を一者として包摂[6]」しようとする傾向をもった統一の力であるのに対し、「神の力の息吹」あるいは「生命の哲学[7]」である理念は、この理性によって把握されるものとされた。こうして、コールリッジの理性論は、啓蒙主義的人間理性とは異質の「理念を分有する理性」論――つまり、「神＝絶対者につながる理性」論であって、ここに、再生の自我、つまり神性を分けもった人間としての絶対的自我（I AM）でありかつ、市民としての「自由な主体」が成立する[8]。

このような人間再生の過程は、機械論的道具的合理性としての理性（コールリッジのいわゆる「悟性」）や感覚主義による受動的自我からの、主体的・積極的能動的な自我の回復にほかならなかったのである。

(3) 社会の再生とその方法

コールリッジの理性論が、このように、人間の再生の哲学であったのに対して、コールリッジにおける社会の再生は、文化の再生を通して語られた。コールリッジは、ジャコバン独裁からナポレオンの軍事専制へというフランス革命の挫折の過程の中に、政治主義と権力主義へという革命の堕落を見た。こうしてコールリッジは、たとえはパンティソクラシー（一切平等団）計画に象徴されるような、啓蒙主義的楽観的人間観に基づく改革万能主義への挫折への反省から、政治のレベルではなく、人間ひとりひとりの再生を促す「文化」という共通基盤を通して社会の再生をはかる方向へと転換したのである。つまり、文化およびその基底をなす陶治《カルチベーション》によって、欲望の自我をして一定共通の文化的社会的道徳的価値を自覚せしめ市民を創出することによって、いわば間接的に社会を再生するというのが、コールリッジの基本戦略であり、その手段が国民教会であった[9]。

（二） 国民教会（National Church）と文化的共同性

(1) 国家観の拡大と国民教会

以上の、文化による社会再生というコールリッジの戦略は、国家観の拡大を伴っていた。つまり、コールリッジは、たとえば功利主義の議会改革論にみられる議会主義を、議会自体が国家そのものであるような強力な主権を手中におさめる「議会万能論」あるいは「議会宗教の病」として批判する[10]。また、実際、この議会で行われていることは個別利害の機械的代弁にすぎず、コールリッジによれば、議会は、ちょうど「砂で編んだ縄」のような「俗衆（Populance）の下品な代表団」あるいは「国民の情念や願望の代表団」にすぎず、[11]しかもこの議会自体が、錯覚や党派的情念によって支配されるという根本的欠陥をもっているとした。[12]そこで、このような議会を「狭義の国家」と位置づけたコールリッジは、その国家観をさらに拡大して多元的重層的な諸力から成る均衡国家観を提示した。つまり、コールリッジによれば、国家ないし憲法の理念は、議会内での永続（Permanence）の勢力としての地主利益（Landed Interest）と進歩（Progression）の勢力としての貨幣利益（Monied Interest）との間の二元的均衡のみならず、組織化された力と知識や情報のような制度化されていない力との均衡、さらには、社会の現実の力と目に見えない潜在力の均衡といった、各種の均衡の上に成立しているのである。[13]このようなコールリッジの均衡国家論は、伝統的な立憲的自由主義を継承するとともに現代的示唆をも含むものであったが、この国家論の基本的意図は、議会＝国家という、議会改革論者の狭い国家観に対抗する、国家観の拡大にあった。

これに加えて、さらに重要な論点として、コールリッジは、国家観のいわば質的拡大を意図していた。つまり、コールリッジによれば、国家は、国民の生命・財産の保護という消極的目的とともに、国民に生活向上への「希望」を与え、理性的道徳的存在としての人間本性にとって不可欠の諸能力を発達させるという積極的目的――それは同時に、国家の一員、文明社会の一員として欠かせない諸能力を発達させるという積極的目的でもあるが――をもつとされたが、[14]とりわけ、この積極的目的に対応するものとして、コールリッジの国民教会論は展開された。このような、国家の積極的目的とそのための国民教会論こそが、コールリッジの主著『教会と国家』（一八三〇）の最大のそして最もユニークな主張であり、また、この国民教会論は、産業社会・大衆社会へと変容していく一九世紀イギリスの社会と国家における知的エリートの役割や知性と文化のあり方、および国家のあり方についての最初の問題提起であったのである。[15]

(2) 文化的共同性と市民の創出

この国民教会に与えられる財産は、コールリッジの用語法では、狭義の国家に対応する私有財産（Propriety）に対して、誰も私有することができない神聖な国民財産（Nationality）とよばれるが、その使途という面から国民教会の具体的な機能が明らかになる。それは、文明を支える諸学についての高等・普通教育の学校や教会およびその教師や牧師の維持、さらには老人・病人のための福祉に用いられるのであるが[16]、その目的は、つまるところ、人間と社会の再生のための文化的共同性の陶冶と、それによる市民の創出であった。

つまり、コールリッジによれば、この国民教会の担い手である教職者団体（clergy または clerisy）による教化の目的は、要するに知の全体性の涵養にあった。ここで教化の内容の中心として、コールリッジは神学（Theology, Divinity）をあげているが、それは具体的には、理念（イデア）の学としての哲学、歴史学、倫理学など、他のすべての学を統一し生かす根幹の学[17]——つまりは、知の全体性をめざす学問——として位置づけられており、コールリッジは、『政治家提要』（一八一六）では統治者階級に向けた政治家の手引きとして、聖書の中に現われた「理念」を学ぶように勧め、他方、一般大衆には「宗教」を勧めたが、「理念」といい「宗教」といい、それらが意図するところは、事物をその統一と究極目的から見る力である理性＝理念によって知の全体性を獲得し、またそれによって人間の全人格性の成長を促して「われわれの人間性を特徴づける諸特質・諸能力の調和的発展[18]」、すなわち「陶冶」（cultivation）をとげさせることにあった。そしてまた、このような各人の全人格性の成長によって、社会は全体として、陶冶に基づく良き文明[19]（civilization）を維持発展していくことができると、コールリッジは考えたのである。

この陶冶によって、コールリッジのいうところの「市民」が創出される。コールリッジによれば、国民財産は「各人の潜在的神性（potential divinity）のために聖別されてきたものであり、そしてこの潜在的神性が、その人の市民としての存在（civil existence）の根拠でありかつ条件であって、それなしでは、人間は自由でもなければ義務もない」、つまり「自由な臣民」（free subject）＝「市民」（citizen）たりえないのである。[20]また、『フレンド』の中でも、コールリッジは同様に、すべての人びとの中にあって人びとを一つにする神与の理性と自由な主体の力である良心を通して、人間は自由と服従を調和させることができるという。[21]こうして、人間知性の拡大によって、「国家の基本的利益を守り増進する」のに不可欠の市民の性質である civility（市民的資質）や共通利益に配慮した利己心である legality[22]（遵法精神）という、市民としての共同性が獲得されるのである。コールリッジは、この市民像を、「国家のために生きその防衛のために死ぬ用意のある、従順で自由で有用で組織可能な臣民・市民・愛国者[23]」とよんだ。ここで、コールリッジは、「人間になるためには市民にならねばならない」し、また、「市民になるためには人間にならねばならない」というように[24]、文化的共同性の獲得を通して、政治と国家における倫理性の回復をめざした。つまり、あるべき（広義の）国家とは、コールリッジによれば、「ひとつの精神的統一体[25]」（a moral unit）にほかならなかったのである。

(3)　二元論と救済

文化的共同性のための機関としての国民教会は、また別の角度から、大きくコールリッジの思想構造における二元論の構想の中に位置づけることができる。つまり、コールリッジの基本的発想には、絶対意志（自由）としての神と個別意志（罪）としての人間という二元論があり、これら両者をつなぐものが人間の側からの「意志」とされたが、コールリッジによれば、この意志の欠如・疎外こそが時代精神の最大の欠陥であった。[26]コールリッジの国民教会論は、これら両者を制度的につなぐものとして――つまり、人間および世俗全体への制度的救済装置として――構想されたものである。ここでコールリッジは、神という全体者へ向かう意志において人間は自由であるというアウグスティヌス的自由論の立場をとるが[27]、にもかかわらず、この救済によっても人間の罪性に変りはないという意味で、国民教会は、いわば「義認」のための装置――あるいはこれをイエス・キリストによる救済とのアナロジーでいえば、キリスト教会（Christian Church）と世俗（the World）の間の「仲保者」――として位置づけられるだろう。[28] こうしてみれば、コールリッジの二元論的構想は基本的に、この世全体の義認と救済という、プロテスタンティズムの思想的枠組みによって貫かれていたといえる。

こうして、コールリッジの国民教会論は、狭義の国家論を拡大したうえで、この狭義の国家と世俗全体に対して、陶冶による市民の創出という役割を担う文化的救済論にほかならなかった。その特徴は、まず第一に、市民の創出による、時代と世界の救済を、陶冶という非権力的・非政治的な、しかし積極的な方法で行おうとした点である。つまりそれは、フランス革命のジャコビニズムにおける権力政治や政治主義、あるいは功利主義における利益政治との両者を超える、文化国家論という、一九世紀における新たな積極的国家の構想であった。

次に国民教会論の第二の特徴は、コールリッジの、人間と社会の文化的救済構想がclerisyという教職者団体を通して、あくまで上からなされたという点である。それは、コールリッジの民衆不信と知的アリストクラシーに原因している。つまり時代は、コールリッジによれば、まさに「天才《ジーニアス》」なき「才能《タレント》」の時代、市民（Senate and People）ではなくて俗衆（Plebs）たちの大衆化の時代にさしかかりつつあった。[29] この時代にあって、「抑圧された人びとのために訴えるべきであって、彼らに向かって訴えるべきではない[30]」というのが、コールリッジの知的アリストクラシーの立場であった。このようなコールリッジの民衆不信は、J・S・ミルやT・カーライルにも見られる、一九世紀産業社会における少数知性擁護論と同じものであるが、この特徴は、後述のワーズワスにおける民衆知性への信頼とは対立するものの、ロマン派第二世代のシェリーの詩人立法者論と通底するものであった。

最後に、コールリッジの国民教会論の第三の特徴は、それが理論的には世俗全体に対する普遍的人類的救済を意図していたにもかかわらず、この普遍的救済は、具体的にはたとえばカトリック教会のように普遍的レベルで実現すべきものではなく、救済の具体的な場をイギリスという国民共同体に限った点である。つまり、コールリッジの理念論における全体と部分の有機的関係の場合と同様、普遍的救済は、それ自体では空疎で、結局はカトリック教会のように「反キリスト」(Anti-christ)的なものになるか、一七世紀のピューリタニズムにおけるセクトのような無秩序に陥らざるをえないことになる。[31] コールリッジにとって、普遍的救済は、キリスト教会としての普遍性をもちつつも、同時に、より具体的に、イングランドにおける普遍教会、つまり「あるべき国教会」によってのみ有効とされたのである。[32] 教会論におけるこのような発想は、フランス革命において普遍的抽象的権利を掲げ救済をめざしつつも結局アナーキーと専制に陥ったジャコビニズムに対するコールリッジの批判と軌を一にするものである。

二　ワーズワスと民衆的共同性

(一)　産業革命とワーズワス

本節では、ワーズワスにおける共同性を「民衆的共同性」と規定し、その特徴について検討するが、まずその前提として、ワーズワスの時代批判に簡単にふれる。ワーズワスも、時代を知性の変質と自我の喪失の時代と見た点でコールリッジと同じだが、後者が哲学的思想的レベルで文明批判を展開したのに対し、ワーズワスの文明批判は、より具体的に農村共同体の崩壊に強く影響されている。つまり、ワーズワスによれば、農民の人格的自律性の基礎は小土地所有にあるが、産業革命はこの小土地所有・家族共同体・農村共同体を崩壊させるとともに、人間知性の全体性や人格的自律性をも喪失させた。この点でワーズワスが最も注目したものが、ルソーと同様、感情と徳であった。つまり、たとえば、「偏頗な目先の結果を手探りする生意気な便宜計算」あるいは「良識（good sense）と自称する影のようなもの」や「生命なき細心の上品さ[33]」に対する、想像力や情念を含む感情と、ワーズワスが「徳の優雅で不羈奔放な断固とした威厳[34]」というときの、自律的で気高い生き方としての「徳」が、共同体の崩壊とともに、人間知性から失われたのである。

こうしてワーズワスの課題は、資本主義化と都市化という近代化の波に対して、どのようにして、人間の知の転換と再生を通して感情と徳を獲得し、人間的社会的共感と紐帯を回復して、人間の全人格性にふさわしい共同性をとり戻すかという点にあった。

（二）　羊飼いと農民の完全な共和国

ワーズワスにとっての共同体の原型は、彼自身が「羊飼いと農民の完全な共和国[35]」（a perfect Republic of Shepherds and Agriculturists）とよぶ湖水地方の農村共同体に求められる。ワーズワスが「共和国」とよんだように、この共同体は小土地所有農民（statesman）の完全に自由・平等な自給自足・相互扶助の社会であった。ワーズワスが描くこの社会では、どのメンバーも、それぞれ社会的存在としての意味と働きをもって共同体と有機的に結びついており、またそのことを通して、普遍的道徳的基盤を共有するとともに、そこで自己のアイデンティティを確認することができた。ここで人びとは、自己愛を、家族愛・隣人愛・祖国愛・自然への愛と同心円状に拡大することができたし、一個の小宇宙である自己への内省を通して全体を理解しうるとするワーズワスの有機体的思想は、一種の目的論的世界観に立つものであった。

しかし、このようなワーズワスの共同体論は、第一にその社会のメンバーがほぼ同じ小土地を所有するという経済的平等を基礎とした平等社会であること、第二に、後にも述べるような、民衆的理性に対する全幅の信頼という二つの条件——あるいはこれを「民衆的共同性」のための二つの条件ともよんでいいが——を備えているという点で、ちょうどR・サウジー（Robert Southey）におけるような封建的家父長制（パターナリズム）讃美とは一線が画されるべきである。そこで次に、このような共同体の原像から、さらに、この共同性がどのようにして得られるのか、あるいは、民衆的共同性を支えるものについて、『シントラ協定論』（一八〇九）によって、考えてみたい。

（三）　スペイン人民と民衆的共同性

(1)　スペイン人民と民衆的知性

『シントラ協定論』は、フランス軍の侵攻に対して決起したイベリア半島人民の戦いに水をさすようにフランス軍と休戦協定を結んだイギリス政府を非難する、ワーズワスの時局論である。この中でワーズワスは、半島戦争を、フランス軍の機械的物理的暴力としての近代的軍隊に対する、民族独立と自由という大義の下に結集したスペイン人民の根強い内発的な力によるパルチザン戦争として位置づけている[36]。つまり、ワーズワスは半島戦争を、いわば人間と思想レベルでの戦いと見ており、この戦争論を通してワーズワスが展開したものは、啓蒙主義批判であり文明批判であった。

ワーズワスは、近代化・都市化によって洗練されてはいるが所詮は悟性・計算・才覚が優位するフランス啓蒙主義的知性に対して、とりわけスペインの農民や職人たちのような庶民の中で育まれてきた民衆的知性を高く評価する。つまり、ワーズワスは、時代精神の誤謬を「半盲の計算」たる悟性の過剰に見て[37]、これに対して、感受性・人間および社会人としての本能・深い感動・無私の想像力・純粋な祖国愛や忠誠心といった、より拡大された知性を高く評価した[38]。

知性論からみた『シントラ協定論』は、二つの主張から成る。その第一は、知性における感情の復権である。つまり、啓蒙主義の普遍的理性に対して、ワーズワスは、人間性の複雑さ、なかでも人間を支える「感情のバネ[39]」に注目する。これは、人間本性＝理性という、啓蒙主義の普遍的等式から、より具体的な人間感情や心の活力に根ざしたスペイン人民の知性の評価へという、人間観の基本的転換であった。

第二に、このようなワーズワスによる感情の復権の主張は、この感情を最も生き生きと集団的にもっている民衆の知性への信頼としてあらわれる。ワーズワスによれば、「憐憫、愛、寛大さ、……憧憬、憎悪、怒り……」といった豊かな感情に支えられた、全体的知性としての民衆的知性こそが、とりわけ危機の時代にあって指導者が耳を傾けるべき「神託」――「神聖なものと真理」の殿堂からの神の声――にほかならない。つまり、民衆が声をひとつにして大声で叫ぶとき、それは神の声か悪魔の声かのいずれかだが、ワーズワスは、民衆の「霊感の健全さ」を信頼するのである[40]。このように、人間本性善という点でルソーに近いワーズワスは、前述のコールリッジの民衆観とは際立った違いを見せている[41]。

(2) 民衆的共同性の構造

ワーズワスにおける民衆的共同性は、以上の全体的知性としての民衆的知性から生まれる。ワーズワスによれば、「人間の魂の活力」は、魂が「自己の限界を破って」、たとえば祖国や人類といった、「より高次の存在の中に自己を忘失する」際に生まれるものであるが、人間は自らの魂自身から生まれたこの高次のものを観照するとき、他者と同じ高みにおいてこれを愛しこれに献身するのである。[42] つまり、自己超越によって自我を拡大し、より高次の共同体や大義へと自己昇華をとげるときに、共同性が獲得されるのである。ワーズワスにおける民衆は、抑圧された何百万人ものスペイン人民のように、「まるでひとつの希望をもった一人の人間のようにたち上る[43]」ものであり、想像力によって「新たに高貴となった存在に備わった威厳」をもつとともに、正義という啓示によって聖化された強力な情念によって、「より気高くすぐれた不思議」や「真の奇蹟」を生むものである。[44]

また、ワーズワスによれば、「誤った哲学」である啓蒙主義の影響を受けた人びとに対して、土地に根ざした小農民や手職人といった下層階級の人びとほど、国民的独立や自治の感情――これこそが、人間社会をたんなる「群れ」ではない人間社会たらしめているものであるが――を強くもっている人たちはいない。つまり、彼らこそ、「真の知恵」、つまり豊かな感受性や社会的感情、たとえば、小共同体への愛情から祖国の名誉への共感（パトリオティズム）というように、同心円状にひろがっていく社会的配慮（social regard）あるいは社会的想像力の持ち主なのである。[45]

こうして、ワーズワスの民衆的共同性の理論は、拡大した民衆的知性が、自己超越とより高次の存在との同一化の感情を通して共同性を得るというものであるが、それは同時に、この個々人の再生を通して国民全体が再生するという「国民的再生」（national regeneration）の理論[46]でもあった。

そこで最後に、ワーズワスの民衆的共同性論の特徴を、以下の三点にまとめてみたい。つまり、第一の特徴は、ワーズワスにおける民衆的共同性は民衆的知性に対する信頼の上に成立しているという点であり、その点においてコールリッジやシェリーとは異なる。それは、近代啓蒙主義的知性である普遍的理性の虚構性に対する批判であると同時に、啓蒙主義はもちろん、一部ロマン派の思想家たちにも見られる知的アリストクラシーへの批判であって、感情も含めた、人間の知性と人格における真の平等の主張であった。つまり、ワーズワスによれば、真に人間の共同性を担保するものは、啓蒙主義の理性の平等という一種の虚構の名の下に実際には人間の差異化をはかる近代的知性ではなくて、感情という点での普遍性における人間の平等であったのである。

ワーズワスにおける民衆的共同性の第二の特徴は、この共同性が、啓蒙主義や功利主義におけるような理性ないしは功利という名の合理性や計算ではなくて、民衆の内発的感情とエクスタティックな知性によって支えられているという点である。このように合理性からの一定の跳躍を必要としたという点で、ワーズワスの主張は、ルソーの民主主義理論にも、次に述べるシェリーの詩的共同性の理論にも通じるものをもっていたのである。

最後に、ワーズワスにおける民衆的共同性の第三の特徴は、この共同性の主張にもかかわらず、現実には、この共同性を支える階級とそれを支える社会経済的基盤そのものが崩壊を余儀なくされていったという点である。つまり、比較的、資本主義化の波が遅れて寄せて来た湖水地方の独立自営農民の共同体も、結局は、ひとつの理念としてはともかく、社会的歴史的担い手としては実際には次第に崩壊せざるをえなかったのである。この点で、ワーズワスの民衆的共同性の主張は、具体的には積極的な思想的有効性をもちえなかったし、またそのことは、トーリー寄りの保守的なワーズワスの政治的姿勢とも無縁ではなかったと思われる。

三．シェリーと詩的共同性

（一）　フランス革命と産業革命

(1)　未完のフランス革命

コールリッジ、ワーズワス、サウジーらのロマン派第一世代とシェリーやG・G・バイロン（George Gordon Byron, 1788-1824）らの第二世代は、現実政治へのスタンスという点ではたしかに、前者は保守的、後者は急進的という際立った違いを見せていた。にもかかわらず、啓蒙主義や功利主義といった近代思想に対抗する、拡大された創造的自我という人間観や、「詩」ないしは「想像力」というロマン主義の創造哲学、およびそれらによる人間と社会の再生の主張という点で、両世代は、イギリス・ロマン主義としてひとつの政治思想の範疇に入れることが可能であろう。シェリーもまた、時代と社会の問題への解決に向けて、ロマン主義の視点から共同性の問題に着目していたのである。

まず、第一世代に対抗するシェリーの政治的急進主義についていえば、両者の最大の違いは、フランス革命とそれへの挫折を経験したか否かにある。つまり、第一世代の場合、コールリッジとサウジーが一切平等団《パンティソクラシー》を企てたり、ワーズワスがフランスへ渡ってジロンド派の軍隊に身を投じたりしたように、彼らは、一種のジャコバンとしてそれぞれ具体的にフランス革命とその思想に深く関わって挫折し、その挫折を通して近代啓蒙主義とその哲学的基礎としての経験主義哲学に対して批判的になっていった。これに対して、フランス革命の「現実」への挫折を体験しなかったシェリーは、なおもフランス革命の「理念」をめざすことができたのである。この点は、シェリーの歴史観[47]とも関わっている。つまり、シェリーは、歴史を基本的に自由と専制の二元論においてとらえ、前者が後者を克服し拡大していく過程として、歴史の展開を考えた。それは、進歩の歴史観という点で啓蒙主義の歴史観に類似しているが、しかしシェリーは、啓蒙主義を一定評価しつつも、理性の時代に対する自己満足や讃美にとどまることなく、啓蒙主義的知性とそれによる近代化に限界を見ていた。つまり、シェリーは、圧制からの解放と自由の拡大という点でフランス革命を評価するものの、これを「未完の革命」と位置づけた。そこでシェリーがめざしていたものは、啓蒙主義的知性に対抗する「詩」の原理であって、シェリーによれば、この「詩」の原理が歴史を貫いているのであって、この原理によるフランス革命の理念の展開が、人類の改革と進歩であったのである。[48] 換言すれば、シェリーが構想していた世界史は、詩の原理によって自由が拡大されていくという、「詩による無限の改革」であったのである。

(2) 自我とマモン神の時代

他方、産業革命に対して、シェリーはこれをエゴティズムというマモン神の時代とみていた。つまり、この時代を支配するのは、過度の利己心と、シェリーが「理性」およびコールリッジが「悟性」とよんだ打算の原理の専横であるとして、シェリーは、ここに近代化の根本的逸脱を見ていた。シェリーによれば、時代の最大の欠陥は、エゴティズムの結果生じる経済的不平等であって、これは社会的正義としての平等によって正されなければならなかった。この点から、シェリーは、貧富の懸隔や労働者の窮乏といった、資本主義の矛盾や「公債貴族」という貨幣利益の弊害への対策として、公債廃止論や議会改革論のような具体的政策の提言も行うのだが、[49] その問題意識は、結局、この自我の時代においてどのようにして自我を超えて共同の正義を求めるかという点にあった。

(二) 対抗原理としての詩

こうして、未完のフランス革命と、過度の利己心の産業革命の時代精神への対抗原理としてシェリーが提起したものが、「詩」ないしは「想像力」の原理であった。シェリーによれば、理性が、分析と相違に着目するのに対して、想像力は、普遍や存在そのものを対象とする総合の原理であり、英知と歓喜の永遠にあふれる「泉」であった。つまり、啓蒙主義の普遍的理性や功利主義の普遍的快楽に対して、より拡大された知性と人間性の原理として想像力＝詩が対置されたのである。シェリーにとって、詩とは、全宇宙を再現する創造原理（あるいは、コールリッジのいわゆる「能産的自然」）であって、それは「無限」のもの、あるいは「その中に一切の樫《かし》の木を潜在的にふくむ、最初の樫の実」ともよばれたが、ここから、時代と未来への予言者＝立法者としての詩人というシェリーの主張が生まれるのである[50]。

（三）　詩・改革・共同性

(1)　詩とコミュニケーション

以上の、シェリーにおける「詩」の原理は、ひとつのまとまった理論としては「詩の擁護」（一八二一）で展開されるが、そこでの詩は、たんに文学創作上の理念であるにとどまらない、全く新しい知の原理としてと同時に、道徳や社会についての新しい壮大な原理として展開されている。以下、シェリーによって「歴史を貫く詩的原理（poetical principle）[51]」とよばれた原理が、どのように歴史と社会の中で作用し貫いてきたのかを見ることを通して、「詩における共同性」に接近してみよう。

まず第一に詩は、シェリーによれば、感動のコミュニケーションの作用をもつもので、それによって感動が共有される。つまり、詩とは、「人間性の内奥ふかくにひそむ至高の能力によって生み出された言語、わけて韻律的言語を配列したもの」、「人間性のもっとも輝かしい光をあつめ、分け、それらを素朴な原素的形体から再生し、尊厳と美とをそれに加え、そこに反映するものをすべて倍加し、その光のさすところはどこであれ、それに似たものを伝播させる力を与える」もの、あるいは、「一種の緊張として、読者の心を膨らませて、その垣をやぶり、永遠に共感する普遍的要素の中に読者とともに流れこむ」ものである。[52] つまり、シェリーによれば、詩とは、人間内部の至高の韻律言語であって、一切を再生し尊厳を与え美を増幅し伝播する力であって、詩によって人間は、互いに感動を共有することができるとされたのである。

(2) 詩と道徳

このような、感動の共有の上に道徳が築かれる。シェリーによれば、詩は、道徳を形成し社会の道徳的基盤を生み出すという大きな社会的働きをもつ。すなわち、詩は、倫理学とは別の神聖な方法、つまり精神そのものを覚醒・拡大させて隠された美を明らかにし、「日常的なものを、日常的ならざるもののように」して、「それの表現するものをすべて再生する」。[53] このような詩＝想像力によって拡大・再生した人間は、道徳＝愛によって引き上げられる、つまり、「みずからの本性から抜け出し、おのれのものでない思想、行為、人間のうちに存在する美的なものとおのれを同一化する」のである。[54] すなわち、詩は、内なる美へのプラトン主義的思慕つまり愛による自己超越を通して、人間の徳性を高めると同時に、この高みにおいて人間は、「同胞人の苦痛もよろこびもおのれのもの」としていくし、「相手の、また他の多くの人びとの立場にわが身を置く」ことも可能となる。[55] こうして、詩＝想像力は、「道徳的善の大きな手段」として、共同性の倫理的契機をもつことになるのである。

(3) 詩と改革

さらに、詩の社会的働きとして、シェリーは「無限の改革」をあげる。シェリーによれば、「詩とは、おのれのうちに、自身および社会の革新の種子をはらんだ能力」であり、詩は、「偉大な民族を覚醒させ、思想または制度に有益な変革をもたらす、もっとも信頼できる使者であり、友であり、随行者」である[56]。また、シェリーが、詩を、「打算的能力というフクロウの翼ではとうていとどきえぬ永遠の国から……光と火とを高く天翔《あまが》けりもたらす」[57]ものというとき、シェリーにとって詩は、文字通り永遠をめざす改革の旗手であった。つまり、詩は、永遠と理想をめざす、自己と社会の革新の力であって、この「詩＝改革」論は、自己の内なる最高の美をめざして自己超越を行う「詩＝道徳」論と表裏一体のものといえるだろう。

(4) 詩的共同性の構造

以上のように、シェリーにおいて、詩は道徳を育み改革を志向するものだが、この自己超越の精神は同時に、そのことを通して、詩による共同性を生み出す。シェリーによれば、詩的感動とは、「われわれの観照する美と同化する」ことであり、それが「聖なる感動にともなう心の優しさと高揚」をもたらし、自我を拡大させて人の心を「温雅、寛大、賢明」にして、人びとを「自我という小世界の惰気から引き上げてくれる」のである[58]。換言すれば、「もっとも幸福でもっとも真実な精神のもっとも真実でもっとも幸福な瞬間の記録」である詩は、その瞬間、人間に心の高揚と歓喜を通じて、その対象が何であれ、その「本質に参じえた歓び」という一種神聖な体験をさせるが、この経験によって人びとの心は、「あらゆる低劣な欲望とたたかう」のみならず、ここにおいて、たとえば「徳行、愛、愛国心、友愛に対する熱情」と結びついて、「自我はあるべきもの、すなわち宇宙の一原子としてあらわれる」のである[59]。これは、詩による再生と世界の創造であり、ここに新たに、詩による共同性が生まれる。つまり、われわれは、「生のうちにさらに生を創造する」無限の再生によって、「日常世界もたんなる混沌としかみえぬ新しい世界の住民」となり、「われわれが、その部分であり霊通者である全宇宙を再現する」のである[60]。

また、シェリーは「理想美（Intellectual Beauty）にささげる讃歌」（一八一六）の中でも、「しかしあなたが、……／あなたの栄光の供たちと人間の心に確固と住まわれるなら／人間は不滅で全能であるだろう。／相愛する人たちの眼のうちに／満ちまたかける共感の使者よ[61]」とうたいあげたが、このように人びとは、人間の内なる美へのあこがれである理想美への参与のよろこびを通じて再生するとともに、普遍的理想主義的共同性を獲得するのである。

このような、詩による再生を通しての新たな世界の創造を、詩的創造性ないしは創造的共同性とよぶことができるが、同時に、詩は、この新しい世界を創造した瞬間からまた新たな世界を創造するという、詩の無限性において、同時に無限の改革と進歩をめざすのである。つまり、詩による無限の改革は、シェリーの二元論的な歴史観における自由の無限追求、すなわち、自由へ向けての人類の普遍的解放と人類愛の実現へと向かうのである。

こうして、シェリーにおける詩による社会の再生と結合の回復を、詩的共同性と特徴づけることができるが、これは、いわば上からの共同性の回復という点で、コールリッジの文化的共同性の主張に類似している。ただ、コールリッジが国民教会という具体的な団体である教育手段を想定したのに対して、シェリーは、時代精神の中での詩の精神の確立と、ちょうどルソーにおける「立法者」のような、権力なき予言者・改革者・立法者としての詩人の導きを主張したが、それは、現実にそれに相応する社会的存在を想定した提言とはいいにくいものであった[62]。

このことは、シェリーの政治思想の理想主義的性格とも関係している。つまり、シェリーが無限の改革によってめざしたものは、たとえば『イスラムの反乱』（*The Revolt of Islam*, 1818）や『縛を解かれたプロミーシュース』（*Prometheus Unbound*, 1820）などにおけるような、人類の普遍的な自由・解放および再生であったが、しかしそこには、この改革を担う主体とそこへ到る具体的手段やプロセスが欠けていた。たとえばワーズワスにおいては農村共同体、コールリッジにおいては国家や国民教会という、人びとが依拠する共同体と階層が想定されていたのに対し、シェリーがめざしたものは人類の普遍的解放であった[63]。

とはいえ、このようなシェリーの詩的共同性の議論こそは、詩による人間と世界の再生の理論という意味で、ロマン主義政治思想の一典型として位置づけることができるだろう。

おわりに

フランス革命と産業革命として現われた「近代」へのいちはやい批判者としてのイギリス・ロマン主義は、近代の知と社会に対する根本的な批判者であったと同時に、人間と社会の再生によってこれらを救済しようとする積極的な課題も提起した。この課題に対して、コールリッジは上からの文化（ないし陶冶）による文化的共同性、ワーズワスは民衆の感情と知性による民衆的共同性、シェリーは詩＝道徳＝改革を通して得られる詩的共同性というように、それぞれ方法は異なっていても、彼らは、自我を共通の精神的高みへと昇らせることを通して共同性を獲得しようとした。つまり、イギリス・ロマン主義は、近代啓蒙主義や功利主義に基づく社会の近代化の背後で進行した、自我の崩壊、欲望肥大、知的社会的アナーキーに対して、自己超越による人間再生を通しての、感情・道徳・文化そして政治における共同の場と絆の回復によって共同性を摸索する試みであったといえよう。

ここでとりあげた三人のうち、ワーズワスの民衆的共同性は、その原イメージである農村共同体とその担い手自体が崩壊することになったし、またシェリーの普遍的詩的共同性も具体的拠点をもちえなかったのに対して、共同性の範囲を国民的共同体の場で国民教会を通して新しい一九世紀国家像を示そうとしたコールリッジの文化的共同性論は、一定の思想的有効性と展望をもちえたと思われる。しかし、いずれにせよ、イギリス・ロマン主義政治思想は、たんなる近代批判としてのみならず、より高い境位とより広い価値の共有を通しての、人間＝道徳＝政治の再結合による、人間のより良き生をめざす理想主義的な思想運動として位置づけることができるであろう。

4章　ロマン主義における共同性

——ワーズワスとシェリー

はじめに

政治思想としてのロマン主義研究については、次の三つの視点が考えられるだろう。まず第一は、ロマン主義をたんなる反動主義、中世主義として、あるいはナチズムの源流として見ようとする視点である。この否定的視点は、思想の政治的影響についての一解釈ではあっても、思想がその発生時に担った歴史的意味を理解するものではなく、ひとつの思想の総体的評価からは遠いと思われる。

第二は、フランス革命や産業革命による近代化とその病弊に対してこれを抑制する批判原理としてロマン主義を理解する批判的視点である。この視点は、たとえば、産業革命と資本主義化に対するサウジーの、均衡のとれた批判の中に典型的に見ることができるだろう[1]。しかし、近代化への行きすぎを是正する原理としてロマン主義を位置づけるこの第二の視点は、さらに次の第三の視点につながっている。

ロマン主義に対する第三の視点は、たんに近代に対する批判原理としてのみならず、たとえば人間と生命の喪失や社会的結合の喪失という近代化の病弊に対して、これを解決する新しい哲学としてロマン主義を理解しようとするものである。それは、ロマン主義に対する、第一の否定的、第二の批判的に対して、積極的視点ともいうべきものであり、この積極原理としてのロマン主義解釈を通して、私たちは、ロマン主義がもちえた、そしてまた今日もっている思想的意義を見出すことが可能となるであろう。

もちろん第二の視点と第三の視点とは截然と区分できるものではないが、私は、第三の視点に立ち、時代精神の欠陥を克服しようとするロマン主義の積極原理を、イギリス・ロマン派の第一世代と第二世代を貫く「詩」の原理と、またその社会への投影としての共同性の原理に求めるものである。そこでは、この詩（想像力）という総合的知性と、社会の共同性の原理は不可分の関係にあった。つまり、政治思想における近代は、社会契約論に典型的なように、欲望と所有に支えられた個人を最小の単位として社会を構成する点にあった。しかしこの個人主義が、フランスやイギリスにおけるジャコビニズムのような自然権論的アナーキーから功利主義という社会の機械的再構成原理へと進み、主体性と社会的結合という市民的実体を喪失したたんなる欲望の主体としての原子的個我へと変質していくこと、しかもその社会が、スミスやベンサムの楽観主義では説明できない分裂の危険をはらんでいること、これが一九世紀産業社会に対するロマン派の最大の危惧であったと思われる。したがって、政治におけるフランス革命、経済における産業革命という近代化によって崩壊していく社会を、保守主義原理[2]にもベンサム功利主義のような原子論的構成原理にもよらないで、想像力と共同性をもった人間への全的転換を通して、どのようにしてこの再生した人間にふさわしい共同体として社会を結合・再生させるかという、ルソーにはじまる根本的問題が、ロマン主義政治思想の中心課題であったが、この課題に対するロマン派の回答は、上述のロマン主義研究の第三の積極的視点から得られるのである。

そこで本章の課題は、ロマン主義における知性と人間の再生の問題を出発点に、ロマン主義における一・人間と社会、および二・人間と自然の関係についての思想構造を検討した上で、三・ロマン派がどのようにして人間間の共同性を回復しようとしたかという問題について、ワーズワスにおける共同体の問題やシェリーにおける愛の概念を通して接近しようとするものである。

一．人間と社会

まずここでは、ロマン主義における共同性を検討するための前提として、共同性や主体としての近代的自我そのものの変容を見ておきたい。つまりそれは、近代に対する最初の根源的批判原理・対抗原理としてのロマン主義が、近代の病弊の原因そのものである近代的自我をどう批判し、これに対して、共同性の回復のためにどのような人間像を対置したか、について検討することである。

とりわけ包括的体系的哲学をめざしながらも失敗したコールリッジをはじめとして、ロマン派の関心は、人間、社会、自然の全般にわたるものであったが、なかでも彼らの主要関心は、人間と知性のあり方に向けられていた。つまり、ロマン派によれば、デカルトから啓蒙主義に至る過程で形成された主知主義的合理主義的近代人像は、一方では人間と知性の自立の姿であったが、フランス革命とともに政治社会を支配することになった自由と平等にもとづく原子論的社会において、また産業革命とともに経済社会を支配することになった自由競争と物的関係が優位する社会においては、人間としての実存と個性を喪失した原子的個人ないしは大衆へと変質していった[3]。そしてこの原子論的個人における知性は、コールリッジが「商業精神」と名付けた産業革命期の時代精神に見られるように、もっぱら欲望・功利などに関わる計算能力である「悟性」[4]に限定されるようになった。

たとえば、コールリッジが、その思想形成過程において、一方でホッブズから功利主義に至る快楽主義的人間観や悟性的人間観ないしは「悟性」万能主義を、他方で「天使や聖霊」[5]にしかあてはまらないジャコビニズムの「抽象的理性」の人間観をどう克服するかが、コールリッジにおける「理念」(Idea) 哲学形成の主要課題であった。またそのことは、近代が抱える人間と知性の基本的欠陥への批判であった。ここでコールリッジが問題にしたのは、欲望と悟性が人間性全体を支配するようになるにつれて、「想像力、自己意識、意志、理性、道徳」という、人間知性にとって不可欠の全体的能力が崩壊していくことであった。[6]コールリッジにとって、人間とは、目先の個別的功利と欲望によってそれ自身分裂した自我ではなくて、まさに「……ひとつの霊、ひとつの不滅の魂、一個の責任ある主体、一個の複雑な自我」でなくてはならなかったのである。[7]このようにコールリッジが「自我の定位」ないしは絶対的自我の確立をいかに重視したかは、コールリッジがカントを受容しつつ、さらにこれを超えて、人間理性が理念という絶対者とつながるものと考えた点、つまりコールリッジが、ヒュームにおけるような自我の分解に抗して、理念に連なる絶対=自我つまり絶対的自我を確立してこれを存在と認識の出発点とした点からも明らかである。[8]

さらに、近代における人間知性の狭隘化を最も鋭く直観したひとりとしてワーズワスがあげられる。たとえば『逍遥』(The Excursion, 1814) でワーズワスは、たとえば近代思想のひとつの典型としてのフランス啓蒙主義哲学を、生命も熱意もない卑小で分割的で支離滅裂な知性にすぎないとし、[9]人間が目的ではなくて生け贄(にえ)や道具として用いられ、「利己主義がそのかすまゝに/利用され、濫用される」ような社会では、人間のゆがめられた魂は絶望的な状態に陥ることを指摘する。[10]産業革命とその社会は、ワーズワスによれば、「想像力溢れる意志」に対する、「微細な思索的な苦心によって、/絶えず変わる意見を形づくる/劣った能力」の優越をもたらした。[11]児童労働について、「これが人間の姿でしょうか。/…これが卑しからざる/人間の態度でしょうか[12]」とワーズワスが嘆いたように、人間という目的が手段へと転倒されていく産業革命社会の形成は、同時に、人間知性の変質ないしは疎外と不可分であった。

ワーズワスの知性論は、より拡大されたものとして、その詩論・詩人論に端的にあらわれている。つまり、「手探りする奴隷」である科学者や「知性だけがすべてという」道学者に対して、ワーズワスのいう詩人とは、「われらの周囲のありふれた事物に／さまざまな真理」を思いつき、「他人が知的に理解することを／楽しむだけで満足する」人のことであって[13]、「すぐれた詩はすべて力強い情感がおのずから溢れ出したもの[14]」であり、「詩こそはあらゆる知識の息吹きであり生気」であって、「人間の心と同じく不滅のもの[15]」とワーズワスがいうとき、それは、利害計算をもっぱらとする偏頗で機械的な知性へと堕した近代人の知性に対して、自我を超えて人間知性の質を全面的に転換して全体性を回復させようとする、ひとつの反近代知性論として、シェリーの詩論と軌を一にするものである。こうして、ロマン派が対抗したのは、近代における知性と自我の矮小化ないしは細分化ともいうべきものであった。

さらに、ロマン主義者たちが抱いた危惧は、近代的自我におけるアイデンティティの崩壊のみならず、その結果生じる、人間関係における共感の能力ないしは社会形成能力の喪失であった。つまり、コールリッジによる経験主義哲学批判に見るように、近代人の主体性は、ロック以来次第に、理性に対して悟性と感覚が優位を占めるようになるとともに、感覚的快楽観および悟性と功利的計算の支配によって分断されるようになった[16]。コールリッジにとって、フランス革命におけるジャコバンあるいは議会政治改革運動におけるイギリス・ジャコバンのような「抽象的理性」に依拠する形而上学的政治学（meta-politics）[17]も、功利主義における悟性的で数量的な個人主義のいずれも、社会の崩壊およびその機械的再構成という点で退けられるべきものであった。これに対して、コールリッジの『教会と国家』が意図したものは、一方で均衡する多元的・重層的社会構造の中での個々人の存在のよすがと自由への制度的保障の追求であり、他方、国民教会による、市民性と市民的結合の教化であった。また、近代化に対して一見保守的な様相を呈する、サウジーやワーズワスの共同体復権の要求も、産業社会の人間関係の中で、目的としてではなくたんなる物や手段と化してしまった原子論的個人としての人間の存在の不確かさや実存の喪失という、近代的自我が抱える最も根源的な問題に対する異議申し立てにほかならなかった。たとえばA・チャンドラーは、コールリッジ、ワーズワス、サウジーらを、スコット（W. Scott）にはじまりカーライル（T. Carlyle）、ラスキン（J. Ruskin）、モリス（W. Morris）からアダムス（H. Adams）に至る「中世主義」の復活の潮流の中に位置づけたが、それは結局、過大な幻想として実際には失敗に終ったとはいえ、その際の問題意識は、「人間が宇宙において安らぐという確信の根拠」として、中世という神話の中に結ばれた「彼自身と宇宙との間の絆の確立」にあったのである。[18]

二　人間と自然

近代の自然観は、たとえばロックの自然状態論に典型的に見られるように、自然に対する人間の働きかけの関係を基調とする。ロックにおける近代人は、人格の延長としての労働を自然に対して加えることによって価値を生み出したが、さらに生産技術の発達と産業革命は、自然を人間の征服下に置いて一切を手段化し商品化した。近代においては自然と人間は基本的に対立の構図をなしつつ、ついには自然もまた、疎外された自然となったのである。ロマン派は、このような自然と人間の二元的分離・征服・疎外という近代的自然観に対して疑問を投げかけている。ここでは、ロマン主義における共同性を検討する前提となる大きな思想的枠組みとして、ロマン派の自然観――つまり人間と自然の共同性――にふれておきたい。

もちろん、湖水地方の自給自足の共同体を理想とするワーズワスにとっても、自然への支配は肯定されなければならなかった。つまりワーズワスは、工場制に対しては、これを、「この王国の最上の偶像である／利得に対し、絶えず生け贄を／献げられ」る「神殿」での「冒涜的な儀式」ないしは「高慢な自己満足」として批判しつつも、「知性が／盲目的な自然を支配」しそのことによって幸福が増進されることは肯定する。[19] しかし、ワーズワスによれば、問題は、人間と自然とのあるべき関係にあるのであって、自然に対して支配する場合でも、支配はたんに「物質的手段に頼る哲学」ではなくて「道徳」に支えられなければならないといましめている。[20] こうしてワーズワスは、自然と人間の関係において、たんに人間が自然を征服するという関係ではなく、人間が自然を支配する場合でも、これらの両者を超えて働くものの規制が存在することを示唆している。さらにワーズワスが、「あらゆる形の存在」つまり「あらゆる事物、あらゆる自然物の中に」……「活動原理」が働いていて、「存在するものはすべて、純粋な祝福でも、／あるいは悪と混じり合ったものでも、善を伝達しながら、／それ自身を超えて広がる特質」をもっていて、「それ（存在するものすべて―引用者）は孤立した所や空白や孤独を知らない／精神であり、絆から絆へと／循環する万物の魂」であるというとき、[21] ワーズワスは一種の汎神論のように、万物を貫く一者の下での、自然と人間をも含む一切の有機的和解を主張しているのである。こうして、ワーズワスによれば、自然と人間を貫く「存在」があって、それが、「すべて思索するものや思索の対象を／押し進める霊的な働きで、／万象をめぐり流れている」のだから、[22]「人間の鋭敏な知性が／愛と敬虔な情熱により、この見事な宇宙と／合一する時」、日常生活のうちに理想世界が実現できるのである。[23] 本来、自己がその一部である宇宙の生成と運行の原理を知ってこれと合一することが可能であり、またそうすることによって理想に達するという、このワーズワスの自然観の思想構造は、後述の、社会における共同性の構造と密接な関係をもつことになるだろう。

対立から和解へという、以上のワーズワスの自然観は、コールリッジについてもあてはまる。コールリッジ自身、たしかにその神学思想においては、正統的キリスト教の立場から、汎神論を受け入れることはなかった[24]とはいえ、たとえば詩「イオリアの竪琴」(Eolian Harp, 1795)に見るような思想形成期における汎神論的自然観は、その後も色濃く貫いている。また、コールリッジの思想の中心に位置する理念哲学においても、コールリッジは理念を、能産的自然[25](natura naturans)として理解しているが、そこにも、プロティノス的な、理念の流出としての自然という、一種の有機体的汎神論的自然観を見ることができる。こうして、コールリッジは、「死せる自然」に対してのみあてはまる啓蒙主義の「機械論哲学」(mechanic phylosophy)ないしは「死の哲学」(philosophy of death)に対して、「生命の哲学」(vital philosophy)を主張しているのである[26]。

こうして、ロマン派における自然と人間の関係については、次の三つの特徴が考えられる。つまり第一に、自然と人間は対立するものではなく、和解・合一すべき、本来ひとつのものである。第二に、この関係では、人間は自然という全体の不可分の一部として存在している。したがって第三に、この全体には、これを貫くものがあるが、それと同質の一部である人間は全体を分有しており、またそのことによって人間は全体を認識することができる。このような自然観の構造は、近代の機械論的自然観への批判という点で、いわば中世のトマス・アクィナスの目的論的世界観との共通点をもつが、しかしロマン派のそれは、有機体的ヒエラルヒーをなしてはいないという点で、中世自然観とは決定的に異なる。

三．共同性の回復

（一）　ワーズワスと共同体

ワーズワスの共同体論は、産業革命によってもたらされた農村共同体の崩壊の危機を契機として生まれた。ワーズワスの事実上の、そして理念化された故郷であった湖水地方には、産業革命と近代化の波は比較的ゆっくり寄せてきた。それは、湖水地方が谷間の狭隘地から成り、囲い込みによる資本主義的農業が成立しにくく、そこに statesman とよばれた独立・平等の自営の小農民による農村社会が比較的長く残存していたからである。ここには、たしかに「羊飼であり農夫である人たちの完全な共和国」が存在しており、ここでは各人の鋤（すき）は、「自分自身の家族を養ったり、時々、隣人に用立てるのに限られていた」[27]というように、一種の自給自足の共同体が存在していたし、またそこには弱者に対する、あるいは困窮時の相互扶助の原理が存在していた。[28]

ワーズワスにとって最も基本的な共同体は、まず第一に家族であり、これは、親子・兄弟・家族の愛およびこれらを支える土地（私有地）への愛によって結びつけられていた。そこで、ここでは『抒情歌謡集』（*Lyrical Ballads*, 2nd edition, 1800）におさめられたいくつかの詩にあらわれたこれらの愛の諸相を通して、ワーズワスの共同体論について考えてみたい。

「兄弟」（The Brothers, 1800）や「マイケル―田園詩」（Michel, A Pastral Poem, 1800）は、農業の資本主義化の進展の中で離散を余儀なくさせられた農民の悲劇を通して家族愛をうたったものである。「兄弟」では、「この村の住民はみな日記帳を二冊持って」いて、「一方はこの谷間全体のことを／他方はめいめいの家庭のことを記す」[29]

ような、農民たちの小社会が描かれる。その個々の家族を支えるものは「家族愛と、土地」であったが、「借金や利息や抵当」によって家族は崩壊していく。[30] にもかかわらず、こうして生まれた「孤児」が「少なくとも二十の家庭に受け容れられた」[31]、そのような共同体社会がワーズワスによって描かれている。

「マイケル」もまた勤勉質素な老羊飼の家族と土地の崩壊をうたったものである。そこには、「宵の明星」とよばれたランプの明りを灯したつましい理想的な農村家族の姿が描かれる。先ず土地について老マイケルは、次のように考えている。「土地は手離せないのだ。あれはわしらのものだ、／土地の上を吹く風のように自由に息子に、／所有させたいのだ」[32]。さらに、老マイケルは息子に次のように語る。「彼らの先祖が／生きたように生き、最後に人生の終りがきたとき、／喜んで先祖の墓地へと身をうずめた。／お前にも先祖たちのように生きてもらいたかった」[33]。こうして、ワーズワスは、小なりとはいえ土地の自由保有権（freehold）をもって勤勉に、先祖と同じ土地の上で連綿と生き続けることこそ、人間にとって自然な姿だと考えた。ここで強調されているのは、自己の勤勉と土地所有に支えられた独立・自足の意識と、家族という歴史性をもった共同体の中での自己定位と安らぎの意識である。

また、「カムバランドの乞食の老人――描写の試み」（The Old Cumberland Begger, A Description, 1797）は、ワーズワスの共同体論、それも共感の共同体論として読むことができる。ワーズワスにとって、家族において各メンバーがそうであるように、産業社会では一見無用と思われる「乞食の老人」でさえも、共同体社会においてはそれなりの社会的存在意義と位置付けを担うものと考えられた。ワーズワスは次のように主張する。「これは無用な男だと考えてはならぬ。／……この男を厄介者と見なしてはいけない。／この世の創造物の最下等のものでも／最も卑しく野蛮な姿に創られたものでも、／この上なく愚鈍で有害なものでも、／美徳と無縁で生存しない、というのが自然の法則であり、／善の精神と脈動、魂と生命とは／どんな存在様式のものにも分かちがたく結ばれている」[34]。こうして村人は、老乞食から、「欠乏と悲しみが存在する世の中との／同質性を見出させてくれるような、／共感にみちた思いのあの最初のやさしい感じ」を受けて、「……歳月の移りゆきと、／不十分な経験から生じる不十分な智恵が、／感情を鈍らせて利己心と冷たい忘却へと／次第に追いやってしまう情け深い心情を／よみがえらせてくれる」のである[35]。老乞食は村人に「愛の行ない」[36]（acts of love）を促すが、ワーズワスによれば、このような行為は、人間が「互いに親愛な存在」であり、「……親切の必要な人びとに親切をつくし、／それだけの理由で、われわれが皆、／同じ人間の心を持っていると感じたい」[37]から生まれるのである。つまり、ワーズワスによれば、一見無用なものも含めてこの世の創造の体系の中ではすべてが、これを貫く「善の精神」や「魂と生命」を分有するものとして結びついており、またそのことに気付くことによって人間は利己心を超えることができるのである。

このような普遍的愛の感情は、さらに自然をも含めた形で、『逍遥』第四巻「回復した失意」の中でも、次のように描かれている。「そこでは生物も無生物も／天の命ずるまゝに目や耳に話しかけ、／訳の分からぬ言葉で社会的理性の、／内的感覚に語りかけています。／というのは、この精神において、／自然の形象と親しみ、分別のある心で／病的な情熱とか、不安とか、復讐とか、／憎しみの感情をかき立てることのない事物を／知り、愛する人間は、／愛の純粋な原理が与える喜びを／あまりに深く感じざるを得ないので、／純粋さ、繊細さにおいて劣るどんなものにも／満足できなくて、彼は仲間の自然物の中にも、／それと同様の愛と喜びの／対象を求めざるを得ないのです。[38]」こうして、ワーズワスの共同体論とそれを支える人間関係論の根底にあるものは、まず第一に、人間・共同体・自然にはこれらすべてを貫く存在の連鎖があり、どのような人間でも共同体や自然の連鎖の中で、一定の役割と位置づけを得て安らぐ、という世界観である。それは、デカルトにはじまる近代の機械論的世界観への対抗原理であって、またその点から、いわば中世の目的論的世界観の世俗化されたヴァリエーションとして理解することもできるだろう。しかもこの共同体は、静態的なものではなくて、ちょうど生命あるもののように世代を通じて生き続け歴史的に受け継がれていくものであった。さらに第二に、このような世界観を基礎とするワーズワスの人間関係論を支えているものは、鈍い感情や利己心・利害打算の精神にかわって、自己から発しつつ共同体から宇宙全体へと拡大していく「共感」であり、普遍的愛である。

こうして、ワーズワスの共同体論は、全体として、次のことを意味している。つまり、ワーズワスにとって理想の共同体は、人間の自由・平等と相互扶助が生かされた有徳の共同体であること、その点からすれば、生産と効率あるいは自由競争とレッセ・フェールの産業革命の「悟性的精神」に貫かれる近代社会は過度の欲望と自己中心性および自己疎外という病に冒されていること、したがって時代の最大の課題は自己超越であり、この自己超越による、共同体から自然さらには歴史をも含めた世界の中での自己定位によって自我の存在意義と安らぎを確認することであり、しかも、この確認は、一個の人間自身が、一方で誇り高い独立性をもちつつも、他方、宇宙を貫くひとつの魂と生命を分有する小さな宇宙であるから、ただ自らの内を省察するだけで可能だ、ということである。[39]

そこで最後に、宇宙全体の連鎖の中での自己の位置を確認する能力であると同時に、人間結合の基礎である、この共感や愛を人間から奪ったものについて付言しておく。それは、ワーズワスによれば、まず第一に、前述の人間知性の変質と狭隘化であり、さらに第二に、その原因である労働の疎外[40]による自己喪失であった。ワーズワスにとって、たとえば「マイケル」に典型的に描かれた老羊飼の生き方こそ疎外されない労働であった。それは、単純な、手によるたゆみない勤勉であり、何よりもそれが自由土地保有と固く結びついていたという点に特徴があった。ワーズワスによれば、ここにおいてのみ人間は、土地と家族の絆にしっかりと結びつけられて、潔白で誇り高く生きることができた。しかし、農業の資本主義的経営による小土地所有の崩壊は、家族と共同体の崩壊をもたらしたのであった。

(二)　シェリーと「愛」

ロマン派第一世代と対比した場合の、第二世代シェリーの政治思想の特徴は、詩による無限の改革という点にあった。それは、啓蒙主義の近代的知性を超える、詩の精神によって、フランス革命を超えてさらに理想化された未来へ向けての無限の改革をめざすものであった[41]。その意味で、シェリーの政治思想は真にロマン主義的ラディカリズムとよぶことができるだろう。このラディカリズムは、改革手段のラディカルさとは無縁であって、それは、この世の立法者たる詩および詩人によって導かれるとともに、新しい知性へと再生した人々によって担われなければならなかった。ロマン派第一世代にとってと同様、シェリーにとっても、このような再生した人間の自由な結合による新しい共同性の獲得が、その時代の病弊と時代精神を克服する社会改革の出発点であったのである。ここでは、シェリーにおける共同性の問題に接近するために、いくつかの断片を通して、シェリーにおける「愛」の概念について考えてみたい。

「愛について」(On Love, 1829) でシェリーは、愛を、我々が我々の内面の意識と外界の結びつきを求める際の、「我々自身を超えて、我々が思いを抱いたりおそれたり希望をもったりするものへと引きつける強い力(attraction)」[42]と定義する。つまりシェリーは、愛を、自己が自らを超えて他者(外界)と共感する力であり、「人と人とを結びつけるのみならず、人と、存在する万物とを結びつける絆（bond）であり掟（sanction）[43]」と考える。しかし、シェリーにおける愛は、たんなる共感や結合の絆ではない。それは、きわめてプラトン主義的愛の色彩の強いものであった。つまり、シェリーによれば、人間は、ちょうど乳児が母親の胸を慕い求めるように、生まれた瞬間から常に自分の似姿――いわば自我のミニチュア、つまり人間の魂の中心にある知的本性という人間本性のすぐれた原型――を慕い求めるものである。[44]したがって、シェリーにおける愛は、この人間本性の原型へ向けての、あるいはこれを通しての絆や結合力であったといえるだろう。

　またシェリーは、「古代風習論――愛の問題に関して」（A Discourse on the Manners of the Ancient – Relative to the Subject of Love, 1840）の中で、人間は文明の進歩にともなって、たんなる性的関係では満たされない、より親密な共感の欲求をもつようになるとして、この感情を「愛」とよんでいる。この愛は、シェリーによれば、人間の「感覚のみならず思想、想像力、感性の一切を含む人間本性のすべてを互いに共有することへの普遍的な渇望[45]」であるが、それは、誰もが理想化された自らの内なる魂の原型へ合一化を常にめざすという点で普遍的であると同時に道徳的理想主義的であった。また、『詩の擁護』の中で、シェリーは、愛を次のように定義している。「徳の大きな秘密は愛情である。それは、われわれ自身の本性から脱け出して、われわれ自身のものでない思想や行為、或は人間などの中に存在する美しいものと自分とを同一視する[46]」。こうして、シェリーにおける愛は、人間の感性がより豊かになって自己愛《エゴティズム》を超えた、自己の内なる美しいものに対する感受性を拡大していくことによって人間と人間の間の共同性の意識を拡大するものであったが、この人間感性をより拡大するという課題は、人間感性に対するさまざまな障壁をとり除くという、人間の解放と社会の進歩――つまり無限の改革――によって解決されることになるのである。

こうしてシェリーにおける「愛」は、その構造において、自己の内なる理想的本来的自己の高みへとのぼることによって他者との普遍性共同性を獲得しようとした点で、ワーズワスの共同体論と通底するものをもっていた。つまり、シェリーにとって、全体・普遍につながろうとする思いが愛であり、この愛こそが、人間社会の共同性の基礎をなしていたといえるだろう。

おわりに

本章では、近代批判としての一九世紀ロマン主義の思想史上の意義について積極的に評価する立場から、ロマン主義における共同性の問題について考察した。つまり、近代化と産業化によって生じる、人間の位置や社会的紐帯の喪失の中で、かつてのジャコバンの自然権論や新たなベンサム功利主義の機械的原子論的社会構成によらないで、どのようにして個々の人間性の全的転換を通して人間の生とアイデンティティを確認しうる社会を再生するかというのが、ロマン派が提起した共同性の問題であった。

この人間性の転換は、まず知性のレベルにおいて試みられた。たとえばコールリッジにおいては近代人の悟性万能という知性の狭隘化に対抗する理念哲学によって、全体的知性の回復と絶対者に連なる自我の定位という形で、またワーズワスにおいてはその詩論・詩人論による真の知識の回復という形で、追求された。

ロマン派が指摘したこのような近代の知性の問題点は、同時に近代の自然観や社会観にもあてはまる問題であった。つまり、自然と人間の二元的対立を基調とする近代の自然観に対して、たとえばワーズワスはたんなる対立と征服の関係ではなく、大きな全体の中での調和・合一を考え、またコールリッジも一種の汎神論的自然観を抱いていたが、この二人の自然観はいずれも、人間を自然や宇宙と同質の一部と考え両者を和解しうる全体と見る思想構造を示すものである。

さらにロマン主義における共同性もまた、これと同様の思想構造において考えることができる。たとえばワーズワスの共同体論では、人間は共同体や自然を貫く善の精神の大きな連鎖の中で一定の歴史的社会的存在意義をもって存在しており、人はそのことに気付くことによって安らぐものとされた。つまり、ここでロマン主義が提起した問題は、近代産業社会における分断と競争、功利と悟性による計算およびそれらから生じる人間の疎外と喪失に対して、自己超越こそが時代の最大の課題であって、それは人間が共感や愛で、自らがその一部である全体を知ることによって可能とされるということであった。

また、このような共同性は、ワーズワスとは政治的立場を異にするロマン派第二世代のシェリーの「愛」の議論の中にも見出すことができる。つまり、シェリーにおいて愛とは、人間の内なる知的本性に向かってのいわば憧憬を通して全体・普遍へつながろうとする思いであり、人間は感受性を拡大することによって他者との普遍的共同性を獲得すると考えられた。

こうしてロマン主義がめざしたのは、人間・共同体・自然を全体として把握するひとつの大きな調和と共生の世界であった。つまり、ロマン主義における共同性の主張は、産業革命社会において利己心によって分解していく社会を、ひとつの生きた全体として回復しようとするものであった。ルソーにはじまるこの共同性への試みは、たとえば国民教会という知的指導階級によっていわば上から市民を再生させようとしたコールリッジ、崩壊していく農村共同体の中に理想の共同性を見出そうとしたワーズワス、家父長制的な積極的国家を考えたサウジー、さらには改革を担う理想主義的美的共同体を構想したシェリーらによって展開された。これらロマン派詩人たちの、時代に対する、ラディカル（根源的）な異議申し立てと共同性の主張は、実際には功利主義と大衆化という産業社会の大きな潮流の中でその思想の具体的な担い手を見出せず現実の有効性はもちえなかったとはいえ、J・S・ミルにおける功利主義の修正やトーリー・デモクラシー、さらには社会主義思想に発展的に継受されつつ、一九世紀政治思想のひとつの伏流をなした。さらにいうならば、この反近代思想としてのロマン主義の積極的主張は、二〇世紀末の近代の終焉期にあたって極めて大きな思想的意味をもつようになった。

5章　個性と共同性
——ミルとロマン主義

はじめに

近代後の今日、さまざまなレベルで近代への根底的な問い直しと新たな模索が始まっている。本章では、この時代転換の中における人間間の「共同性」の回復について考えてみたい。つまり、近代化によって私たちが喪失した共同性の回復とそのあり方について、思想史を素材としながら接近しようとするものである。具体的には、近代への最初の根底的な批判者としてのロマン派が提起した共同性の復権の議論を踏まえ、彼らが対決したベンサム功利主義を継承して発展させたJ・S・ミルにおける「個性と共同性」論の中に、近代の「普遍」に代わる多様な価値の併存という近代後の今日的課題に応えうる、あるべき共同性としての「開かれた共同性」を見ようとするものである。

一．共同性の回復

（一）　近代化と共同性

人間が中世キリスト教的社会有機体の調和的宇宙から離れて以来、近代は、社会と個我への二元的分裂の悲劇と共同社会の再構築という永遠の課題を負うことになった。プロテスタンティズムにおいて誕生した内的個我は、古典近代とも呼ぶべき時代のピューリタニズムがもっていた社会形成エネルギーをいわば捨象する形で、たとえばロックにおけるように、近代啓蒙主義の近代的理性によって社会制度化されていった。しかし、典型的には社会契約論という形で成立したこの近代社会の構成様式は、啓蒙主義の内発性を欠いた合理主義的で一面的な人間観とそれに基づく社会の機械論的再構成論の欠陥のために、たとえばルソーにおけるような、自由と共同の直接的一体化の試みによって再定義されなければならなかった。このように、近代化は基本的に、共同性の喪失と社会の機械論的再構成という形で進行したが、この傾向は、とりわけ産業市民の経済的台頭に伴う政治的権利の獲得という、近代化における市民革命的課題の前に平等の強調を前提とせざるをえなかったベンサムにおいて極限に達する。しかも、一九世紀イギリス産業社会は、農村からの大量の労働者の流入と急速な都市化によって、原子論的平等社会としての大衆社会の間近な到来とそこでのさらなる共同性の喪失を予感させた。

こうして、イギリス産業社会は、近代化によって、自らの社会的基盤としての共同性を掘り崩していったのである。このような共同性の崩壊の究極的社会モデルが、ベンサム功利主義であった。それはイギリスにおける個人主義の究極の形態を示すものであって、社会を平等な個人のたんなる集合とみなす原子論的社会観にもとづくものであった。また、こうした共同性の崩壊は、議会制民主主義という、社会の機械的再構成の構図によって従来の中間諸団体を抹殺することによって、ここに析出した個の無力化と他方での権力の中央集権化の状況も生みだした。それは、たとえばコールリッジによって「議会万能」主義や「議会宗教の病」と揶揄された民主主義の病理とされたものである[1]。現代を共同性の危機の時代とすると、このような産業革命期のイギリス社会は、その先駆をなす危機の時代と位置づけることができるだろう。

これに対して一九世紀初頭のイギリス産業社会の成立期に、政治・社会・文化・宗教・文学・哲学のすべてを含む根底的な人間観と社会観の一切のレベルからベンサム功利主義批判という形で、近代化の矛盾とそれに伴う共同性の喪失に対して問題提起を行なったのが、イギリス・ロマン主義であった。つまり、政治の場面ではフランス革命におけるジャコビニズムのような抽象的理性のアナーキーに対する、経済の場面ではレッセ・フェールの商業主義の無限の欲望のアナーキーに対する、二重の失望と挫折および批判を通して、さらにはそれらの社会現象の根底に潜むロック以来の近代啓蒙主義的理性と経験主義哲学への根底的批判を通してのラディカルな近代批判思想として、ロマン主義は誕生したのである。この根底的批判の中でも、ロマン派が最大の危機的課題としたのが、共同性の意識（sense of communality）[2]の喪失と回復、あるいは、'social union' による 'national regeneration'[3]つまり共同性の回復による国民的再生の問題であったのである。

（二）　ロマン派と再生モデル

こうした原子論的なベンサム主義の人間観・社会観に対してロマン派は、基本的に有機的社会構成に向けて、人間の質的転換を通して社会構造の転換をめざした。これを、人間と社会の再生モデルと名付けることができるだろう。つまり、コールリッジ、ワーズワス、サウジーらのロマン派第一世代においても、シェリーらの第二世代においても、最も根本的な問題は、産業革命と商業精神にあらわれた肥大化した欲望の主体としての自我であり、さらにはこれを支える「仮面をかぶった快楽主義」、あるいは「新快楽主義」であるロック哲学、実験哲学、無神論、機械論哲学といった、つまりはコールリッジが「死の哲学」と総称した時代精神にあるのであって[4]、これらからの完全な脱皮と再生が、ロマン派の最大の課題であったが、これは一方では、ミルによるベンサム功利主義への批判とその克服の課題と共通するものであった。

ロマン派は、まず人間と知性の再生から始める。つまりロマン派は、まず人間そのものが、感情と創造性を欠いた近代的「理性」（コールリッジのいう「悟性」）という限定された知性の持ち主としてではなく、たとえばコールリッジにおいては創造者としての理念（Idea）につながりつつこれを分有する理性という全体的知性を、ワーズワスにおいては宇宙や自然との合一化によって自己のうちに小さな宇宙を蔵することによって、これら宇宙や自然の一部として自己を定位することのできる真の理性あるいは想像力を、またシェリーにおいては打算的能力にすぎない近代的「理性」を超えた想像力と歴史を見通す詩人の預言者的能力を持った者へと再生されねばならなかった。つまりロマン派は、人間再生という形で最も根本的な近代批判を展開したのである。

さらにロマン派は、このような人間観を踏まえて、社会観においてもベンサム功利主義における共同性の喪失と原子論的機械論的社会観を根底から批判した。たとえばワーズワスは湖水地方の平等な小農民から成る農村共同体像を、コールリッジは全体知と共同性を持った市民から成る多元的構成の有機体的な国家像を、さらにまた、ヒューマニズムの立場から産業社会の矛盾を最も激しく告発したサウジーは社会的「愛」という形で人びとが有機的に結合する、理念化された古き良きパターナリスティックな封建共同体像を、対置したのである。[5] また、この共同性による社会再生は、第一世代とは違って、フランス革命への挫折を経験することのなかったイギリス・ロマン派第二世代のシェリーにおいても、「自由」と「改革」の担い手の自由な結合に向けての重要な問題であって、たとえばシェリーの「愛」論は、プラトン主義的思慕を通しての、より高い「美」への自己同一化のような自己超越という人間の変質を通して行われるものであった。[6] こうしてロマン派は、社会を構成する人間の一人一人の再生を通して社会の再生をはかろうとしたのである。

もちろん、このロマン派の再生モデルにしても一律ではなく、思想家によってたんなるニュアンス以上の違いがあることも指摘しておかねばならない。つまり、社会主義に接近しつつも他方で復古モデルへ向かったサウジーと、一種の目的論的世界観に立って瞑想と詩作を通して自然の中での自己定位を確かなものとすると同時に、家族や地域共同体の中での存在の安らぎを重視したワーズワスの両者の場合は、かなり共同体的志向が強い。こうしたワーズワスにおける共同性を、たとえば「民衆的共同性」と呼ぶこともできるだろう。これに対して、コールリッジやシェリーの場合は、たんなる共同体論ではなく、個を自覚し社会と個人という根本的な二元的対立を意識したうえで、共同性論が展開されている。つまり、シェリーにおいて改革は、質的に転換した個々人の「詩的共同」の営みとして考えられたし、コールリッジにおいて個性は人間が人間たる根拠として、いわば神によって根拠づけられた魂の個人主義（spiritual individualism）として位置づけられている[7]。しかもコールリッジにおいて、この個性は陶冶によって培われつつ「文化的共同性」を獲得するとされた。

二　個性と共同性

（一）ミルとコールリッジ――「コールリッジ論[8]」をめぐって

他方、この共同性の回復と展開という時代的課題は、ベンサム功利主義の継承者J・S・ミルによっても担われていた。ミルが種々の思想を受容していく、いわゆる思想形成の第二期に、ベンサム批判を展開し、のちにその行き過ぎを反省するほどに評価した[9]コールリッジに接近したのは、この共同性の課題に対するミルの回答としての思想形成の過程においてであった。そこで次に、共同性をめぐるミルとコールリッジの議論の違いを明らかにするために、両者の思想の関係を示すひとつの出発点であるミルの「コールリッジ論」（一八四〇年）におけるミルの認識論、人間観、社会観から見ておこう。

(1) 認識論

ミルは「コールリッジ論」で、「人間が持ちうる精神的感情のほぼ半数……の存在を見落としている[10]」としてベンサムの狭い人間性理解を批判するとともに、コールリッジをベンサムとともに「相補う補完者[11]」であり、両者を結合すれば現代イギリスの全哲学を獲得するとまでこれを評価した。しかし、認識論についてミルは、「すべての知識は経験に基づく概念からなっている」とするアリストテレス、ロック、ハートリー、ベンサムらの経験論と、「直接的な直覚によって、事物を知覚し、われわれの五感でもっては認識することのできないもろもろの真理を認識する能力が備わっている」とするコールリッジやドイツ哲学者、つまりミルのいう「ドイツ的・コウルリッジ的教説」（Germano-Coleridgian doctrine）の先験論を区別した上で[12]、「真理はロックおよびベンサムの学派の側にある[13]」と断言した。つまりミルは、「コウルリッジおよびドイツ人たちの教説は、精神の純然たる科学においては誤っている[14]」として、はっきりと経験論者の側に立ってコールリッジの認識論を否定した。この立場は、のちにも、哲学における「二つの学派、直観派と経験ないし観念連合派」の対立において、「直観を自然の声、神の声と考え、人間の理性よりももっと高い権威の力を借りてものを言う一派」として、たとえばW・ハミルトンを批判したように[15]、ミルに一貫したものである。ミルとコールリッジのこうした認識論の基本的相違は、後述するように、共同性に対する両者の違いの出発点をなしていると思われる。

(2) 人間観

しかし他方、コールリッジらのロマン派は、人間観・社会観の拡大という点でミルに影響を及ぼした。人間観の拡大についていえば、「ベンサム主義の使徒」として成人したミルの「精神的危機」からの回復のきっかけが、マンモルテルの伝記を読んだ感動にあったことは周知のことだが、ミルは、ワーズワスやバイロンの詩にも親しむとともに、J・スターリングを介してコールリッジの思想に触れるなかで、感情を含む幅広い人間観へと視野を拡大していった。ミルは、ベンサムの人間観・倫理観に欠けるものとして「想像力」、「感情」、「自己教養」をあげてこれを批判する一方で[16]、このようなベンサムの「短絡的で安易な方法は、人間の知性と感情との錯綜物をはるかに深く見抜いていたひとりの人物（コールリッジ―引用者）を満足させることはできなかった[17]」としてコールリッジを評価している。

(3)　社会観

さらに社会観については、ミルは、共同性の喪失という問題関心においてコールリッジを高く評価する。たとえばミルは、一八世紀フランス啓蒙主義が永続的な政治社会の条件として、社会の「強力で活発な結合の原理」や「共感の原理」を見落とし、「社会を結合させる拘束力なしに新社会の形成を企てた」ことを批判し[18]、社会の再構築をめぐる問題意識からコールリッジの「歴史哲学」という形での「社会哲学」や国民教育論を評価する[19]。さらに、哲学的急進派であるミルが「保守主義者」であるコールリッジの、共同性の回復のための具体的な政策提言――国民教会論、国民財産（Nationalty）論、あるいは経済への介入も辞さない積極国家論や土地信託論――に賛同する[20]。ミルによるこれらのコールリッジ評価は、ミルが、フランス啓蒙主義からベンサムに至る機械論的社会観・国家観に対抗して、共同性の拡大を目指すという問題意識をコールリッジと共有していたことを示すものである。

本章は、ミルに対するコールリッジの影響について実証的にふれるところではないし、またミルの思想形成に及ぼした諸思想が多岐にわたることもいうまでもないが、ミルは、その思想形成期においてロマン派の大きな影響下にあったことは、「コールリッジ論」からも明らかである。つまりミルは、認識論では根本的に対立しつつも、コールリッジの影響の下で、人間観については、ベンサム功利主義によって単純化された人間観を共感や感情へも拡大し、コールリッジが「われわれの人間性を特徴づける諸特質と諸能力の調和的発達[21]」と定義した「陶冶」にもとづく人間論へと接近していったし、社会観については、歴史的視点の導入によって共同性の意義を重視するという視野を拡大させていったといえよう。以上のコールリッジへの傾斜は、ミルが、ベンサム的原子論的人間観から個性的人間観へ、および機械論的社会観からその克服へと問題意識を発展させていったことを示すものである。

（二）　ミルと発展モデル　――個性と共同性

ミルとロマン派は、共同性の崩壊の危機というベンサム主義に対してどのように共同性を回復するかという点で共通の課題に対して、それぞれ異なる解決を試みた。つまり近代批判による人間の再生を通して社会の再生を目指したロマン派の「再生モデル」に対して、ミルは、以上のように、一方で基本的に認識論における経験主義とあくまで個人を単位とする個人主義を堅持しつつ、他方でベンサムの人間観を拡大して、『自由論』に見るような、「開かれた個性」論を展開し、この個性論を媒介として自由と共同性のダイナミックな調和を目指した。すなわち、古典的自由主義の個人主義にどのようにして集団主義的修正を行うかという課題に対して、ミルは、両者を個性論によって調和させようとしたのである。このようなミルにおける新たな人間観・社会観を、ベンサム主義からの「発展モデル」[22]とよぶことができるだろう。

そこで次に具体的に、ロマン派との対比のために、ミルの発展モデルの共同性論を考えるひとつの手がかりとして、ミルにおける個性と共同性の関係を『自由論』[23]第三章によって見ておきたい。ミルの個性論は、ベンサムからミルへと拡大されたミルの人間観の完成形態である。ミルにおける「個性」は一方で、成長する主体的個我としての自律性の側面と、他方でこうした各人の多様な成長を通して社会の発達に寄与する（同化ではない）共同性の側面から成る。前者の自律性とは、言い換えれば、人間と社会およびその一切の文明の基礎として固有の価値をもつとされる「個性」の中核にある、「自己決定」にかかわる「自発性」である。つまりミルによれば、人間の諸能力の調和的完成は「慣習」でも「模倣の能力」によってでもなく、さらにはロマン派のいう先験的直覚でもなく、I・バーリンも強調するように[24]「自ら選択を行なうことによってのみ」可能なのである。[25]また、過去の経験にしても、これを「自己独自の方法」で利用し解釈する必要があり、また人間の知的道徳的能力は「使用することによってのみ改善される」とするミルの指摘は、[26]自律性の基礎としての経験の重視を示すものである。このような、主体的選択や自己決定といった、経験による個性の発達を重視するミルの立場は、「コールリッジ論」におけるような先験論に対する拒否から一貫するものであるが、それは、「ギリシア的な自我発展の理想[27]」の実現に向けての、近代的作為の論理によって貫かれているといえよう。

なお、個性論について付言すれば、ロマン派もまた個性を重視するし、その点でミルの先駆をなした。しかしロマン派の個性論はいわば文学的英雄的個性ないしは自己神格化の色彩が濃く、その意味で社会的一般化になじみにくい面をもっていた。また、コールリッジも個人の自律と個性を強調し、自由（個性）と共同性の二元性を意識していたが、ミルとの最大の違いは、コールリッジにおいては、これら両者が人間に本来備えられているとする一種のア・プリオリズムにあった。

これに対して、ミルにおいて個性は、その成長を通じて共同性を獲得していくものとされた。ミルは、時代の圧倒的傾向としての「同化」と共同性を峻別して、個性の自律を基礎とした共同性の発達を主張する。ミルによれば、「各人の個性の成長するに比例して、彼は彼自身にとって一層価値あるものとなり、したがってまた他人にとっても一層価値あるもの」となるとともに、個性の成長によって「彼自身の生存に一層大きな生命の充実が存在する」ようになり、その結果、「諸々の構成単位により多くの生命が宿るとき、それらの単位から成っている集合体もまたより多くの生命をもつ」ようになるのである㉘。

さらにミルは、個性の発達によって人間生活が「豊富多彩で生気溌剌としたものとなり、高い思想と崇高な感情とに対しより豊かな栄養を与えるものとなり、さらに、民族を、限りなく所属するに値するものとすることによって、すべての個人を民族に結びつけるところの紐帯を一層強固なものとする㉙」とも言う。ここでは、社会の有機体的構造の強調というよりも、あくまで個我の自律性に立脚しつつ、それぞれの個性が陶冶と成長によって拡大して生きた共同性を獲得していく過程が描かれているのである。こうして、ミルにおける個性は、自己の「選択」という「作為」によって成長・拡大することによって共同性を獲得していくと同時に、他方でこうした個性が多様な発達をとげ社会が所属するに値する豊かなものとなることによって、さらに個性が発達する条件が整うという、ひとつの循環する開かれたシステムとして理解することができる。つまり、ミルにおける「個性」は共同性の開かれた器であって、ミルの発展モデルは、経験と陶冶によって成長する個性を媒介とした、自由と共同性のダイナミズムにおいて理解することができるのである。

おわりに——開かれた共同性

（一）　再生モデルを超えて

次に、これらミルとロマン派の二つのモデルについて、両者の思想構造の面から比較してみよう。たしかにロマン派における人間と社会の再生はミルと同様、人間観の拡大を前提にしていたとはいえ、両者はその人間観・社会観において基本的に異質であった。まず、ミルがあくまで、一切の知識が経験に基づく概念から生じるという経験論に立つのに対して、ロマン派は、再生の知としての真の理性や想像力が経験によって得られるとは考えていないし、またすべての人々がこれを獲得しうるとも考えていなかった。この点は社会観についても同様である。つまりミルにとって社会が、その構成員がその時々の選択という作為ないし経験を通じて得られる相互の共同性によって「形成」していくべきものであったのに対して、ロマン派にとって社会は、コールリッジにおいては自己展開する理念（たとえば『教会と国家』における「理念としての国家」観）として、ワーズワスにおいては（たとえば湖水地方におけるような）回帰すべき過去の理想的共同体として、「先在」するものであって、それは人間の側からは哲学的瞑想や詩的感動によって直観的に「認識」し、それと一体化すべき対象として存在するものであった。たとえばワーズワスにおいては、その中で人間がその存在の位置を得て安らぐ、人間・共同体・自然のすべてを貫く存在の体系全体を、小宇宙としての自己への内省を通して直観することが問題であったし、また、自己の内なる美への感受性の拡大がすなわち自己超越と共同性の拡大に他ならないと考えたシェリーにとっては、人間感性の解放が問題であり、それに対するさまざまな障害を除去するための社会改革が問題であったのである。

つまりこのように、ロマン派においては、ア・プリオリに存在し展開する理念としての社会モデルが前提とされていたが、ここにはその実体と認識に関して次の二点で問題があった。つまり第一に、こうした理念の先在は、ある集団内の個々人に、ひとつの「普遍」としての特定の価値の容認を強いることになり、そこでは個々人は、どのようにしてこの「普遍」に接近しこれと一体化するかが問題となるであろう。こうして、ロマン派におけるア・プリオリズムは、いわば普遍の支配という意味で、ロマン派自身がそれに反逆した近代啓蒙主義の理性普遍主義と同じ結果に終わるだろう。

第二に、先在する普遍的社会モデルの認識という点でもロマン派は、啓蒙主義における知的アリストクラシーと同じ問題を抱えることになる。つまり、ロマン派は、こうした社会モデルとしての理念を先験的に認識しうる者としては、真の「理性」や美的直観をもった少数者しか想定していない。産業革命による階級分解とその後の大衆化が進むなかで、このようなロマン派の社会モデルには具体的にこれを社会的に担う担い手が欠けていた。もちろんコールリッジはその点に気付いており、その国民教会論は教養と知性の質的転換による「より善き市民」の育成によってこの課題に応えようとしたものであったが、ここにおいても市民は教化される対象ではあっても、市民がどのようにして主体的に社会を形成するかという具体的な課題は残されていた。つまり、ロマン主義の社会理論は、ある社会や国家の理念を誰がどう認識するかという問題と同時に、これを具体的に誰がどう実現していくのかという手段や担い手が不十分であるという理論的社会的脆弱さを抱えていたと言えるだろう。(30)

(二)　開かれた共同性と現代

これに対してミルは、経験主義と個人主義に立脚しつつその思想形成期においてロマン派から人間観・社会観・歴史観の拡大を学び、さらに「幸福の一要素としての個性」を人間存在の目的とする個性論を通して共同性を獲得することによって社会的功利が拡大し社会が進歩するという、ベンサムからの発展モデルを継承発展させた。ここでは、何らかの社会の理念の先在が想定されているのではなく、社会は、すべての人びとが主体的選択という経験を通して自ら形成する個性とともに獲得されていく共同性によって主体的に形成していくものと考えられた。つまり、ロマン派においては、理念や共同体に先在する共同性を自己再生を通して認識しこれと一体化することが求められたのに対して、ミルはその共同性そのものを経験的に獲得し拡大していくべきものと考えたのである。

こうしてミルは、経験と陶冶を媒介として、多様な個性の併存を許容（というより条件と）する共同性としての、いわば「開かれた共同性」の理論を示唆した。さらにこのミルの共同性論は、啓蒙主義との関係でいえば、ロマン派の共同性論や個性論を批判的に摂取し発展させつつ、実体としての啓蒙主義的理性という普遍の支配でもなく、またロマン主義の先在的理念という普遍の支配でもない、経験と陶冶による個性の拡大という、いわば共同性の発展的枠組みを示すことによって、啓蒙主義の近代的「理性」の普遍主義を克服しようとしたのである。

さらに、以上の議論を、「近代の終焉とその再生」という現代的関心との関連でいえば、近代の老いと崩壊はそれが理性であれ体制であれ、実体としての普遍の崩壊であった。近代後の今日、私たちに求められているのは、もちろん何らかの実体としての普遍の回復ではなく、近代批判の中から噴出した人間性や自由を生かす多様な存在様式のための、経験と陶冶によって育まれる個性による、「開かれた共同性」である。つまり、今日、他者への無関心でもなく「彼ら」に対する「われわれ」という集団的区別の上に築かれた、共同体論の閉じられた連帯でもない、多様性と相違の是認を前提として自由で責任ある選択を育む、市民的資質で結ばれた「われわれ」としての共同性が求められているのである[31]。

第Ⅲ部　石牟礼道子のロマン主義　――文明論と共同性論

6章　共同性のパラダイム転換

――石牟礼道子と共同性の回復

はじめに

（一）　パラダイム転換と内発的共同性

共同性の今日的課題は、近代という「普遍」の解体からどのようにして新たな秩序形成を目指すかにある。それには、方法論的にはひろくパラダイム転換を踏まえると同時に、内容的には近代後における内発的再生のあり方を踏まえた共同性への視点が必要と思われる。つまり、近代という「普遍」の解体後どのようにして自己の内面と社会を内発的共同性という視点から再生させるかが、共同性の今日的課題である。

こうした共同性の今日的位相を理解するために、共同性の史的展開について触れておくと、まず第一に「自然的共同性」であって、これは前近代的共同性つまり即自的で共同体的な共同性である。第二には、基本的に二元論に基づく近代の共同性としての「作為の共同性」である。それは「欲求の体系」としての近代市民社会を成り立たしめる「企図」や「目標」へ向けての人為の共同性である。しかしこの近代の共同性は、そこでの目標の優位が常に人間と自然を道具化しこれらを磨滅させることによって、共同性の内的人間的基盤を掘り崩していく原因を内包していた。たとえばロマン主義者たちは、ロックの経験論哲学や自然権論およびこれを批判継承したベンサム功利主義もすべて機械論的原子論的社会構成論であるとして批判したが、こうした批判は、この「作為の共同性」が有する内的基盤の脆弱性と近代化に伴う人間と社会の共同性の喪失に対するものであった。こうしたロマン主義による近代的共同性への批判は、今日の「近代の終り」に至ってあらためて意味をもつものとなった。つまり、たとえば一七世紀ピューリタニズムの社会形成原理におけるような近代的共同性である生き生きとした「作為の共同性」は、それがいったん成立してしまうと、次第に内発性を喪失した機械論的共同性ないしは「外的」組織へと変質し一種の安定モデルとなっていったが、このことは近代的共同性に内在する宿命的欠陥であった。

これに対する第三の共同性は、「内発的共同性」である。それは、外部の刺激を吸収しつつ均衡を維持していく安定システムではなく、自然科学のパラダイム転換における自己生産論のような、自らの内部への自己言及によって内発的に自己創出していく生命論的共同性である。機械論から生命論への視座の転換が、共同性論についても言われなければならないのである。[1]今日、ひろく市民社会と自由主義の再生に向けて、こうした共同性のパラダイム転換を踏まえた内発的共同性の理論的展望が必要とされているのである。

（二）　石牟礼道子におけるロマン主義的再生論

この内発的共同性の究明へ向けて、日本における近代化の象徴的回転軸となった水俣に関わった二人の人物の議論は、共同性論への大きな示唆となるだろう。つまり、鶴見和子の内発的発展論と石牟礼道子のロマン主義的再生論である。鶴見は、T・パーソンズの西欧モデルの近代化に対し新たに非西欧型社会の近代化をモデルとする多系的内発的発展論を提示した。この鶴見の内発的発展論は、近代化について新たに内発性の視点から接近するものであったが、しかしそれはそもそも「発展」という共通の近代化の「目標」[2]の達成を目指すという思考枠組み自体からしてやはり近代化論そのものであって、石牟礼の再生論とは全く異質の、人間にとってやはり「外なるもの」であるように思われる。つまり、鶴見が外発的でない内発性を強調しこれに基づく多系的な発展と近代化を目指すのに対して、実は石牟礼は近代化そのものへの深い絶望を契機とし、合理的分析的で啓蒙主義的な近代知とは全く異質の、というより全く無縁の、アンビバレントだが新しい豊かで創造的な非近代知から出発しているのである。[3]こうした近代への絶望と挫折からの再生の思想という意味で、私は石牟礼の思想を「ロマン主義的再生論」と定義した。ただこの再生は近代へのたんなる「反省」を超えて、人間と知と社会の一切の根底的問い直しを迫る最もラディカルな「回心」であった。このような脱近代パラダイム転換、つまり「外から内へ」という根本的再方向づけの石牟礼の思想の中に、再生した人間の内発性に支えられた共同性のあり方への積極的な示唆を探ること、つまり「近代の挽歌」ではない、「共同性の回復」の視点から石牟礼に接近することが、本章の課題である。

以上の視点から、石牟礼の著作のなかの主として評論を取り上げ、次のような論点を論じていきたい。まず一・「さまよえる魂——近代批判の射程」で、近代の「喪失」をめぐる石牟礼の近代批判の意味と深さ、つまり石牟礼の批判「対象」について、次に、二・「詩と再生——自己創出する言葉と思想」で、石牟礼における自己再生や自己創出としての表現、つまり石牟礼の「方法」について、最後に、三・「海と渚——共同性の回復」で、再生と共同性の新しいパラダイム、つまり石牟礼における内発的共同性の回復について考察する。

一　さまよえる魂——近代批判の射程

（一）　原罪としての近代

石牟礼道子における「近代批判」の理解は、石牟礼研究における出発点である。そもそもロマン主義思想における思想的生産性のかなりが、この近代批判にある。ただ、石牟礼における近代批判は、市民社会が順調な発達を遂げた、たとえばイギリスにおけるロマン主義のような、近代への根本的批判を踏まえつつも事実上はこの市民社会への修正的補完的役割を担った反近代思想とは異なる。石牟礼における近代批判は、こうした近代啓蒙主義を経てきたいわばオーソドックスな近代批判とは異質であった。石牟礼が対決しなければならなかったのは、一方で前近代性を色濃く残しつつ、他方で極端なまでに近代主義や自由主義の弊害をもった、最も皮相な日本の「近代市民社会」であった。そのために石牟礼の近代批判は、西欧ロマン主義の場合よりもさらに根底的な近代との全面対決でなければならなかったし、またそのことは、なまじの近代知とは無縁であった石牟礼の非近代知によってのみ可能であった。

石牟礼の近代批判は、原罪という根底的レベルでの批判である。つまり、石牟礼が「わたしたちの生の根源には、よほど深い不自由ととらわれがあり、そのとらわれと不自由は、生物としての個が、おびやかされて来たことによるものと思われます[4]」というとき、われわれの近代的生そのものが原罪であり、現代は近代の「終末」ないし「存在のたそがれ」という文明の終焉の時代にほかならず、人間と社会の一切は「亡びの予兆」を示しているのである。[5]『苦海浄土』全篇を通して告発される「近代」とは、具体的には、石牟礼が蟷螂の斧をかざして対決せねばならなかった巨大企業、既存政党、そして何よりも現代国家といった巨大な非人間的な社会システム、およびそれを支える近代の知と思考の全体であった。

　さらにこれを文明批判の視点でいえば、近代をめぐる石牟礼の歴史観は没落史観である。石牟礼の中には、本来、近代への違和感が先在していて、それが屈曲した思想形成過程で展開していったのである。それは、初期の歌集『海と空のあいだに』の末尾の「あらあら覚え」にも詳しい、いわゆる文壇サロンのエスタブリッシュメントに対する違和感に始まり[6]、のちに水俣地区の労働組合や共産党といった革新エスタブリッシュメントとの違和感、さらには水俣病をめぐる巨大企業や官僚システムへの払拭しがたい違和感へと発展していった。その過程は、ちょうどルソーが、それに自らを同化させようとしてことごとく失敗挫折したのち、自己の内なるものへの「回心」を通してむしろこれと対決していった、近代啓蒙哲学者《フィロゾーフ》たちに対する関係と同じであった。ルソーが啓蒙主義の進歩史観に抗して現状を社会的不平等の極まった地点と見た（『人間不平等起源論』）のと同様、石牟礼も近代が「墜ちた」「奈落の底」にさしかかっていると見た。これは、ヘレニズム以来西洋思想に底流する完成可能性（perfectibility）に基づく進歩史観とは対極の没落史観であって、むしろ、石牟礼の俳句、「祈るべき天とおもえど天の病む[7]」というほどの、絶望史観とも呼ぶべきものである。

（二）　共同性の喪失

　近代に対する石牟礼のこのような根本的批判は、第一にロマン派が批判する機械論哲学に原因する近代の虚構性に、第二には近・現代における共同性の崩壊に対するものであるが、これら両者は密接に結びついている。第一の、近代の虚構性について石牟礼はまず、近代の言葉がもつ虚構性という点から批判する。石牟礼によれば普遍的に表される近代の「言葉」は、「実体」と乖離し「実体」を失ったものでしかない。たとえば「権利」という言葉の虚しさであって、石牟礼が「近代法とやらの罠」ともよぶ「契約」に象徴されるような近代の言葉は、石牟礼にとって「なんだか……魂が入らない」ものと感じられる。⑧こうした言葉一つをとってみても石牟礼にとって近代は、「空虚《からうそ》ばっかり」の実《じつ》のない世界にほかならない。

このような「言葉」対「実体」ないしは「形式性」対「内発性」という対立図式に対する石牟礼の二元論批判は、機械論哲学（mechanic philosophy）と生命哲学（vital philosophy）の対立にも通底している。機械論哲学とは、ロマン主義者S・T・コールリッジによるロック経験論哲学の定義によれば、手段的能力にすぎない悟性の倒錯した全面的支配を指す。この機械論の普遍的支配によって、本来の目的であるべき人間の内発性が失われるとともに、その原子論的社会観によって内発的共同性も喪失することになる。それは石牟礼のいう「往って定まる所」がない魂、つまりは、現代における存在喪失であって、石牟礼によれば、個々別々になった個体の生命力は衰弱して自らの内部の声さえも聞こえなくなっていくのである。⑨これに対し石牟礼は、たとえば「渚」、「海」、「海と陸のあわい」といった言葉で象徴的に示される「生命たちの賑わい」の「風土という生命体」を対置するが、この「生命たちの気配が満ち満ちていた」「超細密画のような完璧な」、いわば複雑系の生命世界が相互に切断されることを最も危惧したのである。⑩つまり、母胎の中にいた記憶もろともに「五官」で大自然と臍（ほぞ）の緒で結ばれた一体の意識が切られるという、生命の連続の中での存在という関係性や共同性の喪失こそが近代の最大の災禍であり、この点が石牟礼による近代批判の最大のポイントであったのである。⑪

以上の共同性の喪失に関する石牟礼の議論は、近代人の喪失や近代社会の形成原理に関わる根本的な問いかけである。石牟礼の共同性論は、たしかにアンビバレントであり、近代的共同性への批判（たとえば「企業城下町再生」という形での作為的近代的共同性に対する石牟礼の批判[12]も含めて）という点で、中世の目的論的世界観ないし有機体的世界観への傾きを見せることもあるとはいえ、自然的共同性でも近代的共同性でもない、あるべき共同性へ向けての石牟礼の反近代的共同性論のキー概念は、「再生」であり、再生による内発的共同性の回復こそが、石牟礼がめざすものであった。そこでまず、内発的再生による共同性の回復へ向けて、石牟礼自身における再生の方法としての「詩と再生」の問題――つまり言葉と思想の自己創出――の検討から始めねばならない。

二　詩と再生――自己創出する言葉と思想

（一）「視る」ことと幻視

石牟礼にとっての表現と再生の問題が、ここでの課題である。表現者という点でいえば、石牟礼は間違いなく「詩人」、つまり言葉の真の意味での思想家として分類されなくてはならない。石牟礼が自らの前半生を、「無文字の世界」に生きてきたというとき、それは、内発的再生のサイクルの出発点としての一種の「自然状態」を指す。「インテリ」や「都会の人」とは無縁の非近代知の「文字にされる前の、お互いが心を通わせて生きていた世界」[13]に住んでいた石牟礼は、文字や活字の世界には、自分の小さな知識で他者を読みとろうとする限界があると感じていた[14]。石牟礼にとって前者は「生身の知識」の世界、後者は「貧困な」活字の世界であった[15]。この限界、すなわちそれは近代知の二元論的限界であるが、これをどう突破するかが、石牟礼自身の再生の鍵であった。しかし、「前半生本を読まなかった」しかし「祈った」[16]という、無垢の自然状態からひとたび文字という表現手段を獲得してしまうと、この無力な文字によって自己表現する以外にないところに石牟礼の苦悩があり、むしろこの矛盾と葛藤の中に思想的意味と生産性があった。したがって、この「表現」の問題こそ、石牟礼自身の再生——つまり石牟礼における詩的世界の誕生——に関わるポイントであり、ここから石牟礼における内発的共同性の展望が開けると思われる。そこで、石牟礼にとっての表現とは何か、つまり（一）「視る」、（二）「書く」とは何か、そしてそこから生まれた、（三）内発思想としての「詩」の意味について考えることから始めなければならない。

石牟礼のいわゆる「悶え神」、つまり「人の悲しみを自分の悲しみとして悶える人間」[17]とは、実は自分自身のことであるが、この「悶え」は「視る」「書く」ことの深さとして示される。石牟礼自身が、悶えつつ深く「視る」「書く」ことを通して再生をとげていくのである。この過程は、たとえば『苦海浄土』の中の「ゆき女きき書」によって、以下のようにたどることができる。

水俣病の患者たちを記録するという「盲目的な衝動」[18]に駆られた石牟礼は、水俣の生命力にむせるような万緑の中で、これとは全く対照的に死にゆく人々に出会うことになる。石牟礼が初めて水俣病患者に出会う場面である。ここで石牟礼は、死という絶対的圧倒的なものの前で自らを極小のものにしていくことを通して、「視る」ことの真の意味を獲得していく。まず石牟礼は、死にゆく者の告発のまなざしの前に立たねばならなかった。「病室の前を横切る健康者、第三者、つまり彼以外の、人間のはしくれに連《つら》なるもの、つまりわたくしも、告発をこめた彼のまなざしの前に立たねばならないのであった。……このとき釜鶴松の死につつあったまなざしは、まさに魂魄《こんぱく》この世にとどまり、決して安らかになど往生しきれぬまなざしであったのである。[19]」

このまなざしの前で、石牟礼は次のような、否応のない自己嫌悪と自己否定を強いられることになる。

「まさに死なんとしている彼がそなえているその尊厳さの前では、わたくしは、——彼のいかにもいとわしいものをみるような目つきの前では——侮蔑にさえ値いする存在だった。[20]」

こうした、人間であることにさえ耐えられないという自己嫌悪と自己否定は、同時に死にゆく者への限りない一体化へと昇華し、そのことによって石牟礼は真に「視る」ことを通しての自己再生を果たすのであった。「この日はことにわたしは自分が人間であることの嫌悪感に、耐えがたかった。釜鶴松のかなしげな山羊のような、魚のような瞳と流木じみた姿態と、決して往生できない魂魄は、この日からわたくしの中に移り住んだ。[21]」

この一連の過程の中に、表現者としての石牟礼における、「視る」ことの深さ——つまりは内省を通しての、対象との一体化——を通しての再生がある。

石牟礼におけるこの「視る」ことは、その深さにおいて自らに折れ返る「内視」に他ならないが、それは「幻視」という深さにまで達する。石牟礼は、終末や地獄という時代にあっても「できるだけ幻の花を見たい」といい、自らを「なかばは死後のまなざしで、身辺を視ているのではあるまいか」というように、自らが幻視の人であるが、石牟礼における幻視とは、生死の境で見えるもの、この世にいてこの世でないものを視ることである。[22]もとより石牟礼にとって、語れない思いを読みとることが「表現」であってみれば[23]、この幻視とは外なる世界を超えた内なる実在を発見し表現しようとする一条の途に他ならなかったのである。この「間」（あわい）を見る幻視のことを石牟礼は、「迷い」とも「狂」ともいう。つまり、石牟礼によれば、「この世あの世の境には、往きつもどりつして今日は生きそびれ、昨日は死にそびれして、どちらの方へとも往きつけぬ世界がもうひとつあって、そこに居るものたちの位相を迷う、とか狂うとかいう[24]」のである。

この「迷い」や「狂」を通してしか、近代という外なる世界を突破して内なる実在の世界に至ることができないというのである。つまり、石牟礼における「幻視」とは近代の極限を視ることであって、ここを経てのみ再生に至ることができるという意味で、この彼岸と此岸を往きつもどりつする人こそ詩人であり、言葉と思想の内発的自己創出者にほかならないのである。

（二）「書く」こと

さらにここで、石牟礼における「表現」一般の中でもとくに「書く」ことの意味についていえば、石牟礼はこれを自己回復の作業だという。つまり、石牟礼にとって「書く」ことは、「引き裂けた自分の内質みたいなものを、なんとか埋めてゆく」[25]ことであった。

さらにまた、『苦海浄土』は、その全体が、「書く」ことを通しての自らへの癒しと再生への苦悩の記録に他ならなかった。石牟礼にとって「書く」ことは、自己の意識の中へ入っていく作業であり、自らが求める世界に近づくことである。つまり「書く」ことは「祈り」に他ならず、石牟礼が「後生《ごしょう》」や「玄郷《げんきょう》」という言葉で含意する宇宙の内奥とその諸関係の全体に入っていくことであった。[26]したがって、この後生への深い思いに向かう石牟礼の表現手法は、たんなるルポタージュを超えて、ときに共感をこめた、ときに臨場感あふれる筆致の中に、あるいは詩的な叙述と厳然たる事実が次々と展開する劇的な構成の中に、遺憾なく示されている。ここに、対象に肉迫し自らが自らの根源を希求することを通して対象と一体化することによって自ら再生していくという、石牟礼における「記述と再生」の方法が見られる。記述する主体と記述される客体という二元論的関係を突破しようとする一種の「放下と再生」の作業が、『苦海浄土』を「書く」ことの意味であったのである。

（三）詩――内発し受胎する全体

このような石牟礼における「視る」「書く」ことは、対象との一体化を通しての主体の再生、つまり、内発的主体の形成と呼ぶことができる。たとえば『苦海浄土』は、石牟礼の「ひき裂かれ崩壊する世界」[27]、つまり、自己・他者・自然の一切の関係から絶たれた者の悲しみに満ちており、石牟礼の主題は全体との「関係の回復」にあった。この回復には、全体を全体として把握しうる統一的で内発的な主体が不可欠であったが、石牟礼は、「表現」という自己再生を通して、分裂した世界を一つの全体として再生し獲得していったのである。

実は、この「世界の分裂」というテーマは、ロマン主義者における近代批判の最大の論点であった。たとえば一九世紀イギリス・ロマン主義による近代批判は、何よりも近代における全体知の分裂と喪失にあった。たとえばロック哲学に見られるような悟性の絶対支配に対してコールリッジがこれを批判して理性と悟性の区別や理念哲学を提唱したのは、手段的道具的な計算能力にすぎない近代の悟性の哲学に対抗する理念という名の全体知の回復の訴えであった。さらに全体知の喪失は同時に全体と共同性の喪失であって、たとえばW・ワーズワスのパトリオティズムと社会的結合の回復の訴えは、これらの喪失に対する警告であった。そして何よりも、これら全体知を支える内発的知性の根源として主張されたのがロマン派による詩論であって、たとえばP・B・シェリー「詩の擁護」やコールリッジ『文学的自伝』にみるように、ロマン派が近代知の分裂・喪失・矮小化・外在化・虚構化に対置したものが、「詩」であり「想像力」であった。

そこでふたたび、この「詩」の観点から石牟礼の議論に戻ると、石牟礼が近代化の中で最も危惧したものが、「分裂」や「整理」とは無縁の未分化の「全的存在」としてあった世界が崩壊していくことであった。[28]たとえば、「近代の精神構造みたいなものに対してうらめしい感じ」を抱いている石牟礼にとって、水俣病闘争とはたんなる「権利」闘争ではなく、この水俣病や権利の問題に加えて、「全的存在としてあった世界」から絶ち切られたことが問題なのであり、何より「全的な世界に帰してほしい」という闘いであった。[29]『苦海浄土』は、いわばこの断絶された「人外の境[30]」に立つ石牟礼であればこそ命がけで希求し、また描きえた全的世界の回復の訴えであったのである。その意味で、これこそ、近代との対極に立つ世界であり、もとより「散文の対象にはなりにくい性質」をもった「詩の対象」であったのである。[31]

この点で石牟礼の思想は、ひとことでいえば「詩」そのものであって、換言すれば、「近代を超える方法としての詩」であった。石牟礼にとって詩は、内発と全体性の獲得のための知の根源であったが、たとえば「島へ――不知火海総合学術調査団への便り」という短文にその片鱗を見せる石牟礼の学問論、つまりそれは自己を語ることに他ならないのだが、この中に石牟礼が自己自身を知の芽――あるいは詩としての存在である自己――ととらえようとする方法を垣間見ることができる。

「しかしともあれ、わたしどもは、まったく好奇心の源泉といってもよいほどで、自分自身の自滅にすら、しんしんたる興味を持たずにはいられません。自分自身が、まだあらわされない学問的総合の序説であると知れば、わたしたちはたぶん慎ましくなることでしょう。[32]」

「わたしの中にある実感といえば、かびのような繊細な芽といえども、全生命系の歴史を、進化とか淘汰とかいわれるものを含めて、その一生に体験してしまうものだという単純素朴なおどろきです。[33]」

また石牟礼は、アインシュタインの次のような言葉を引用しながら、生命が詩によってしかとらえられないものであるという。

「生命というものを何か一般的に記述しようとすれば、多少とも詩的な意味でしか生命とは呼ばれないいろいろなものが、どうしても含まれてしまう。[34]」

さらに、知のあり方における近代批判の中で、石牟礼は「個体の生命力」や「自分らの内部のこの重要性について次のように述べている（なお、この一節はヴィルヘルム・フォン・フンボルトとともに明らかにロマン派の影響を踏まえた『自由論』の第三章「幸福の諸要素の一つとしての個性について」においてJ・S・ミルが個性の内発性を強調した問題意識ときわめて類似している）[35]。

「主にヨーロッパからきた近代社会では、ことに都市社会に象徴されるが、個人を主張するあまりひとりひとりが完璧に分断されて、その結果、個体の生命力は影のうすいものになってしまった。ここで主張されて来た自我は、お互いの限りない競合のために平均化されてしまい、従って他の存在に対しても、平均的に薄められてしまった感受性でしか反応出来なくなり、自分の肉体にある五官の働きで、物象そのものの意味を読み解くことはおろか、大地や海や、空からくる声なども聴けなくなってしまったのである。ましてや自分らの内部の声さえも[36]」。

以上のように石牟礼にとって詩は内発し自己生産していく「芽」であって、それはちょうどシェリーが「詩の擁護」で、詩人は「世の認められない立法者」や「とらえがたい霊感の祭司」であり、近く開花し結実する「芽生え」（germs）のようなものであると定義したのと同じである。

さらにまたこの「詩」と「詩人」について、石牟礼は次のように述べている。

「文字化されえないすべてのもの、音声化されえないすべてのもの、かんじょうの中に入れられないもの、打ち捨てられているものたちは、今も未解読の哲学を語り続けている。それは大地が吐いてくれる言霊の霧である。それを読み解くものがいなくなった時、わたしたちの文明は完全に滅ぶだろう。詩人の仕事はそこらあたりにあるのではなかろうか[37]。」

こうして石牟礼は、自らがそのうちに内発の芽を含んだ詩そのものという意味で、言葉と思想の自己創出者として、全的な世界と共同性を回復していったのである。

三．海と渚——共同性の回復

（一）共同世界像

石牟礼における共同世界像に象徴されるイメージをあげれば、海、渚、いのち、充溢、再生、原初、連鎖、感性などである。たとえば「海」や「渚」だが、これは次のような豊饒な生命共同体として描かれる。

「原初の太陽の光を受けて海はいま受胎しつつあると思われてならない。そういう原初の……水銀が入っておりましても、やはり海は原初の海でございますので、太陽からの光でもって受胎が行われている瞬間ではなかろうか、……[38]」

「磯の香りも松風の音も、葦のそよぎも、海と陸のあわいに満ち満ちていた生命たちの賑わいも、ほとんど息絶えた。

そこは日本民族の詩情と情操を育んでいた、精神の胎盤のようなところだった。陸と海とは、川と山とは、人間生活がはじまって以来、これまで切断されたことはなかった。互いになくては生きられぬ、風土という生命体だった。[39]」

「つまりわたしは、わが列島は潮の中から生まれたのだと自覚したいのです。こういう渚に養い育てられて陸に上った、民族の感官を想うからです。[40]」

こうした生命的共同世界像は、石牟礼の共同性論の基調をなしているが、これは「コスモス」ともよばれる。

「ですから昔の魂たちと形影相伴って今の暮しがある。といいますのは、そういう民族の世界が今も生まれているコスモスの中に、いろんな役目をするものたちがいて、人間の役目、鳥の役目、魚の役目、キツネや猫やネズミの役目、それに目には見えない船霊さまとか山の神さまの役目とか、いろいろありまして、全部それが機能して一つの共同体がございます。[41]」

(二) 共同性の構造

こうした石牟礼における共同世界像を成り立たしめる共同性の特徴として、次の三点をあげることができる。

(1) 連鎖性

第一には、いうまでもなく連鎖性、つまり有機的連鎖であって、人間と社会、自然の一切の生命をつなぐ、一種の目的論的世界観のような、存在の根源的つながりによって成立する世界像である。こうした連鎖感覚は、生命体としての人間にとっての根源的な生への連鎖への意識に他ならないが、石牟礼が近代を一種の原罪として断罪したのは、近代がこの生の根源的コミュニケーションを断ち切ったためであった。たとえばチッソ本社へ抗議に赴いた水俣病患者たちの訴えは、石牟礼によれば、憎悪ではなく、互いに人間としてこの受難の苦しみを聞いてほしい、「わかり合いたい」という願いであって[42]、ここに、生ある者すべてのコミュニケーションの原型がある。つまり、かつて人々には、「人さまにも、畑にも、海にも山にも、私たちは生きているものことごとくと、交わしあいたい思いに満ちあふれている[43]」はずであった。しかし近代はこの思いをことごとく砕いてしまった。石牟礼は次のように嘆息する他ない。

「わたしは、ついこのあいだまで、この世はかそかな気配たちのメッセージに満ち満ちていたのだと思うとき、ただならぬ痛覚にとらえられます。[44]」

これに対して石牟礼は、連鎖性、つまりコミュニケーションの世界の回復を訴える。それは次のような、共同性に基づく直接的で原初的感覚に支えられたものでなくてはならなかった。それは、「人間が自分の心も身体もなんの制約もなくて、自分のこころが全部この世界に向って開いていた。そんな世界と、心でゆき来することが出来ていた、そんな互いの世界[45]」、あるいは、「そういう命のあるもの同士で生きていた」、そのような「全部おおきな一体となって親和していた世界[46]」であった。

こうした連鎖を支えているものを、石牟礼はたとえば「煩悩」とよぶ。それは、「相手を全身的に包んで、相手に負担をかけさせない慈愛のようなもの」であって、「無意識なほどに深く、向き合うものにかけて、それは人間だけでなく、木や草や花や犬猫にも区別」のない「情愛」である。それはまた「私どものいのちを、『無明』の中で促しているエネルギー」ともよばれるが、石牟礼は、「そのつきせぬ煩悩が断ち切られるのが辛い」というのである[47]。

(2) 原初性

石牟礼における共同性の第二の特徴は、原初性である。つまりそれは第一の連鎖性を担保するものであって、諸々の存在の根への回帰によって存在の連鎖性と有機性さらには超時間性を人々に自覚させるものである。この回帰行動はときに「望郷」ともよばれる、上述の理想的コミュニケーションの世界であり、次のように、どんな小さな子供にも宿る意識の世界である。

「ちょうどそういう時刻は潮も満ち満ちて来てまして、海の潮と満月と、人の心のよろこびの宇宙的な一体感というもの、背後には初物を採らせてもらった畑や丘がひろがり、山があり、前面には海があって、お月さまを待っている間の、澄みわたるような宇宙との一体感というものは、どんな小さな子供にも宿るんです[48]。」

「海の潮と同じといわれる胎内の羊水の中で、人間の子が育ち、大地の上に託されるということと、水辺が大地に抱かれていることには、深遠な意味が重なっている。

母の胎内がヒトの最初の揺り籠ならば、そこを出て独り立ちし、死を迎えるまでのさまざまな生涯にとって、大地は、みえない臍の緒に結ばれた地霊の唄を宿すところ、死をもすべて受け入れ、次の生命へと再生してくれる、原母層だった[49]。」

このように、石牟礼が「後生」や「深いえにし」で結ばれた「元の元の故郷」とよぶ原郷への「回帰本能[50]」によって、自らが本来あるべき世界へいったん立ち戻ってそこから内発的再生をとげるという構造が明らかになる。つまりこの原初性への回帰の中に、自己言及によって内発再生するオートポイエティックな石牟礼の世界像が端的に示されている。

(3)　内発性

こうした第二の原初性という特徴から導かれる、石牟礼における共同性の第三の特徴は、内発性である。これは、再生力ないし復活の力ともいってよいが、第一の特徴である連鎖を絶えず新しい連鎖として組み替えて再生していく内的な力である。つまり次の引用のように、共同性を支えるものとして絶え間ない内発のエネルギーが生まれ循環しているのが、石牟礼の有機体的生命論的世界像なのである。

「ああやっぱり、地上はもはや、なす術がないように大地の息の根を止められてしまっているけれども、海は甦ろう甦ろうとしている。原初の太陽の光を受けて海はいま受胎しつつあると思われてならない[51]。」

(4)　個と全体——真の自立性

以上の共同性の諸特徴から、石牟礼における個と全体の関係についていえば、こうした共同性の一見、有機体的構造にもかかわらず、というよりむしろこうした構造における連鎖性・原初性・内発性を通してはじめて「個」は生き生きとした自立性を獲得することになる。石牟礼にとってあるべき共同体とは、個々人が近代知を超えて、自らがより大きな種としての存在の知を継承し宇宙の万象の一部であることを学ぶとともに、人間としての尊厳を決して失うことなく生きる「人格」によって成立するものであった。石牟礼は現代社会における表現の衰退の原因として「個人の存在の稀薄さ」を指摘し、これに対してたとえば次のような「アフリカ的なもの」を対置する。それは、「生まれ出た土壌の深さと分厚い外圧に磨かれた洗練、そのような外圧を割ってかがやき出た、虚飾を受けつけぬ気品」[52]であり、さらには『苦海浄土』の「死旗」に描かれた仙助老人のように自立した誇り高い漁師であり、[53]自然とともにそれ自身をひとつの文学として生きている、次のような漁師や農民たちである。

「あの辺のお年寄りたちの、お百姓のおじいさんとか漁師のおばあさんとかおじいさんたちは、皆、何と言うか、私は文章を書きますけれども、あの人たちは文学そのものを生きておられます。ご自分では書かれませんけれども、どの方の一生も、深い文学そのもの、世界の中味と、最新の文学を生身で生きておられる方だなと思います。一艘の小さな船に裸足で乗って、宇宙の軸のように立っておられる老いた漁師さん、若者でもいいんですけど、何か、世界というものを、自分の体を軸にして測りとっておられる姿。[54]」

「そういう意味で、漁師さんやお百姓さんというのは直感力がまだ豊かです。たとえば一艘の舟を漕いでいらっしゃる、西の風じゃと思って空を見ていらっしゃる。そういう時その人は、躰を貫いて海の底から天までとおっている宇宙の中心軸となって動いておられるんですね。コンピュータなどよりは、はるかに精密な働きが舟の上の人と心と躰に内蔵されているのです。人にかぎらず、植物も生きものたちもその躰に、宇宙にむかう中心軸を持っています。[55]」

こうして、石牟礼にとって、宇宙（造化）の一部分としてと同時に、これを内包することによって自立した人間こそが、全体と個を止揚しうる「人格」なのであって、石牟礼の共同性は、こうした真の自立性によって成立するものである。

（三）　共同性・感受性・文明

最後にこの共同性を支えるもの、つまり共同性の回復にとって何が必要かという課題をめぐって、石牟礼は「感受性」、さらに広義にはこの感受性を豊かにもった「文明」に行きあたることになる。つまり石牟礼によれば、現代のような「感受性の衰えた世の中」にあって私たちは、「他者の生命というものに対して非常に鈍感」な「感受性の麻痺」に陥っており、それは個人のみならずより広く「民族の品性が大きく崩れていく土台の問題」となっている。[56]つまり共同性を支える「感性のみなもと」としての「わたしたちの文明」が「枯れ果て」ようとしている、「存在のたそがれ」に私たちは立ち会っているというのである。[57]石牟礼はこれを端的に、「魂を抜きとられた、生命力の薄い、感受性の薄い世界」とよぶ。[58]

しかし、石牟礼によれば、「つい三十年くらい前まで、この世は、ひそやかな賑いに満ち満ちて」いたのであり、「人びとの持っていたもっともよき感性は、ほとんど海の中の魚たちの知恵のような、神秘的な本能力、まだ解明されえぬ地球上の植生のような生命力から、出ていた」のである。[59]この喪失の時代に、私たちには「人の声だけでなく、生きとし生けるものの声」や「いのちの奥の源の、遠い世界からの呼び声」を聴きとる「空気よりもやわらかな、生まれたての音楽家のような耳」が必要とされると、石牟礼は言うのである。[60]こうした共同性の基礎としての感受性の再生は、実は石牟礼自身においては、前述の「詩と再生」に見たような、詩という内省的自己創出的感受性によって果たされるものであり、また、類としての人間の文明の再生については、石牟礼は次のようにいう。

「未来の子どもたち……は、太陽のもとで、なんの変哲もないただの土に、種というものを一粒おろしさえすれば、植物の一生がそこからはじまるということに、おどろきを覚えてくれるだろうか。……ああその穀物の、木の、草の花の千態万態が、どのような魔法より完璧で高等で豊饒であることが、わかるだろうか。

そのことにちゃんと立ち会いさえすれば、文明のあけぼのの頃の神話を、新しく再生することができるかもしれない。人類史を振り返る、最深の寓意と啓示がそこに含まれている神話の意味を。[61]」

こうして、石牟礼における共同性の特徴、全体と個の自立の構造連関、およびこの共同性を支える感受性と文明という、石牟礼の共同性論の輪郭が明らかになってきた。この議論を通して、石牟礼の共同性論の自己生産論的で内発的な特徴を見ることができるだろう。

おわりに

ときに独特の言い回しや難解な用語で、ときに抽象的心象で表現される石牟礼の思想を読み解くことは容易ではない。しかしその問題意識は鮮明であって、原罪としての近代を出発点として近代の極限の軌跡をたどりつつ、人間と文明の再生と復活を志向する。その意味で、石牟礼は、近代への絶望と挫折から再生を目指すロマン主義思想家であり、文明と復活の思想家である。本章は、この石牟礼のロマン主義の今日的な思想的生産性の視点から、今日の共同性のパラダイム転換の解明に接近しようとしたものである。

石牟礼の評論のいくつかを通して見た石牟礼にとっての最大の課題は、近代の機械論哲学とその虚構性によって失われた、知と世界における全体と共同性の喪失およびその回復であった。つまり水俣病の死者たちの魂魄のみならず私たち現代人すべての「さまよえる魂」をどう繋ぎ留め再生・回復するかが、石牟礼の祈りにも似た課題であった。

この「世界の喪失」に対して石牟礼が対置したのは、表現を通して自分自身が、表現における二元論を超えた「詩」へと再生して、言葉と思想と自己を含む一切の世界を自ら自己生産していくという、「詩」による再生の哲学であった。この点で石牟礼は、もっともロマン主義者である。つまり、石牟礼が課題とした、この再生を通しての共同性は、連鎖性・原初性・内発性をその特徴とし、自らに折れ返る自己言及を通して自己生産していくという脱近代的構造をもっており、この過程を通して、あるべき全体と個のダイナミックな有機的構造が生み出されるのである。ここに、自然的共同性や作為の共同性ではない、内発的共同性という豊かな共同性への展望、つまり近代後の共同性への視点が、石牟礼によって示唆されるのである。

また、この思想は、共同性を支える感受性の復権という意味でひとつの文明論であって、文明批判から再生および共同性の回復へというういわばルソー的な文明史的課題を、今日のパラダイム転換の中で提起しようとするものである。こうして、「作為の共同性」という近代の共同性から近代後の共同性へのパラダイム転換の中で、このような、石牟礼における再生を通しての内発的共同性論は大きな今日的示唆を含むものと思われる。

7章　知のパラダイム転換と共同性

——石牟礼道子と共同性の知

はじめに——共同性と知のあり方

水俣病問題は、たんに公害史における一大事件であるにとどまらない。それはまた、理論的決算に着手もされてはいないけれども、近現代思想史における大きな課題である。水俣というかつての一寒村は、チッソという近代産業とともに発展し、まさにその近代化の頂点において、水俣病という未曽有の公害によって世界史的意味をもつことになった。水俣は、日本の近代化のみならず近代化一般の極限の転換点であると同時に、思想史における近代から近代後への視座の転換点でもある。水俣病は、近代というヤヌスの神が抱える功罪をあぶりだし、そこから、近代および近代思想そのものに内在するきわめて根源的で重い課題を露呈させたのである。

一連の水俣病事件史は、いうまでもなく公害史だが、それは、その発生の意味や苦悩および再生への過程を通して、最も鋭い現代的で普遍的な思想と思想家を生み出した。それは、たとえば「本願の会」[1]にみるような、水俣病患者たちの受難から復活へ至る内面の過程において、またこの人たちに寄り添うように、思いと行動をともにしてきた、たとえば石牟礼道子や渡辺京二といった思想家たちの思想の中に結実している。その意味で、今日の時代転換期にあって、いわゆる近現代思想史研究がアカデミズムの視点から取り上げてこなかった、これらの水俣をめぐる思想家や民衆の思想に学ぶ点はきわめて大きい。

この「水俣」をめぐる近現代思想研究が示唆する課題として私はまず、共同性のありようをとりあげ、前章において、石牟礼道子の思想における共同性の復権の今日的意味について論じた。その中で私は石牟礼の共同性論の中に、功利と作為による近代的共同性とは異質の、人間存在の根源的な内発性・循環性にもとづく新しい共同性の萌芽を見て、これを近代後の内発的共同性論として位置づけた。

引き続き本章では、さらに、この石牟礼における新しい共同性を支える知の特質に焦点を当て、近現代思想史の文脈の中で、石牟礼における近代後への知のパラダイム転換について検討したい(2)。いうまでもなく西欧型近代化は、ルネサンスから宗教改革および啓蒙主義、功利主義へという思想展開にみるように中世的前近代的共同性からの離脱と近代的個我の析出・自立にはじまった。それはもちろん他方で、たとえば初期近代の社会契約論に見るように、近代市民社会の形成原理を生み出したが、とくに二〇世紀以降、社会と個我の緊張関係の喪失と大衆社会化によって、近代化は共同性の崩壊をいっそう加速した。今日の課題は、コミュニタリアンの試みにもみるように、アンジッヒな前近代的共同性に回帰することなく、共同性をその人間論的価値論的基礎から再建することである。この課題について、近代化の転換点としての水俣における共同性の崩壊、さらにはひろく現代における人間と社会の崩壊に立ち合った石牟礼の共同性論とその知的基盤、つまり、石牟礼における共同性のパラダイム転換を支える知のパラダイム転換について明らかにすることによって近代後の共同性論について展望することができるだろう。

また他方、こうした石牟礼における共同性を支えるパラダイム転換を明らかにすることは、そもそも日本の近代にとって、これまでのような西欧市民社会型の近代化がふさわしいものだったのかという、より根本的な課題をも提起する[3]。つまり、ここで石牟礼の思想に仮に「日本的」「アジア的」「土俗的」、その他さまざまなレッテルが貼られることがあったとしても、それはたんに非西欧型近代化として扱われるべきではなく、むしろこの思想こそ日本のほとんどの基層民がめざしていた「もうひとつの近代」ではなかったかという問題を提起する[4]。私たちは、石牟礼の共同性論や知のパラダイム転換論の中に、一見成功したかに見えるわが国の近代化に対する石牟礼のどうしようもない違和感を見ることができるし、私たちはこの違和感の中に、近代後のあるべき共同性や知の姿を見ることができるのではないだろうか。

一．近代知とその限界――近代の虚妄

（一）近代知批判―感受性と関係性の喪失

石牟礼によれば、現代の言葉は心のこもらない「概念語」であって、これには石牟礼独自の生身の生命の通う言葉が対置される[5]。石牟礼もまた、ロマン主義者と同様、近代知における感受性や全体との関係性を喪失した、悟性としての知を批判する。石牟礼は、「被膜のない、やわらかい息遣いが聞こえるような、そんな感受性のある言葉――その全部に蓋をして、塗り込めようとしてきたのが近代化です[6]」として、近代化による感受性の喪失を批判する。たとえば、それは、「観念で育った人たちの資質の乏しさ[7]」であり、「人と人との対話だけでなくてこの、人間の内なる世界の音や、そこで発せられている無数のメッセージというのが受け取れない[8]」という感性の衰退である。近現代世界は、石牟礼によれば、生命や生死の循環が断絶し全的なものが奪いとられる世界であり、「生命そのものが薄まった感じの」「希薄な生命世界[9]」であって、分裂し分離し頭の中の知識に対して生活が細分

化され、さらにはそれが逆に大きく画一化というミキサーにかけられる世界である。[10] こうした感受性の喪失はとくに子供たちに顕著で、石牟礼によれば、彼らはもはや、「足裏で考える」こともしなければ、体に魂の力もないのである。[11]

こうして水俣病事件と近代批判を通して石牟礼が見たものは、近代化による感受性と関係性の喪失によってもたらされた、人間存在と知の一切の崩壊であった。

（二）近代システム批判――市民主義を超えて

水俣病とその裁判闘争において患者の側に寄り添うようにして支援し続けた石牟礼にとって、近代法を含む近代システムは、どうしても身にそわぬものであった。水俣病は石牟礼に、「市民法体系」やそれを支える近代市民社会、さらには近代そのものについて根本的懐疑を抱かせることになった。およそ人間の生命や苦痛を補償金という方法で、つまり真の責任や痛みや思いが抜け落ちた形で決着・処理する近代法システムや行政、さらにはこれを媒介する「都市市民社会の合理主義」あるいは「人権」「環境」「差別」といった言葉さえも、石牟礼にとってはどこか空疎に響くのである。[12] 石牟礼にとって、近代とは、どこか虚妄と疑似良心によって支えられたものであって、「全部倭小な枠組みを重ねたシステム社会」[13] が近代市民社会にほかならず、そこでの「権利闘争」などという言葉だけの闘いにもどこか「魂が入らない」し、「どうも根本に届いて来」ないむなしさを否めないのである。[14]

「市民主義は結局通用しませんでした」[15] とは、水俣体験を通しての石牟礼のきわめて痛烈な近代批判であって、石牟礼の課題は、市民意識、つまり「この国近代の虚妄と、その中で均質化した疑似良心」[16] を超えて真の人間世界を取り戻すことであった。つまり石牟礼の立場は、「市民主義」が見捨てたもの、すなわち市民の合理主義では汲みとれない、あるいはそれにのみ込まれない世界である、「この国が抱えている基層の民の無意識界[17]」ないしは「近代市民社会がかえりみることのなかった土俗的な精神[18]」の側に立つことであった。

そもそも近代知は、石牟礼が「世界というものを科学と知識のみで読み解けると考えること[19]」と呼ぶものであって、それは近代化の中で、むしろたんなる知識に堕し、人間にとって最も大切な魂の世界の崩壊を促してきた。さらには、たとえば石牟礼が例にひくように、シンガポールの「からゆきさん」たちに対して与謝野晶子が、「あなさがな」(「なんという浅ましい性の者たちがいることか」)と高みから言い捨てたような人間侮蔑[20]にも象徴される、啓蒙知識人の傲慢もまた近代知の根本的欠陥である。

またおよそ、近代知の出発点となる「自己」なるものからして、石牟礼によれば、決して絶対の自己などではない。果たして「自己決定権」なるものもアンビバレントであって、一人では決められない共同性や関係性の中でしか人間は生きられないのであって[21]、真の自己は、「近代的な個とか自我よりもっと深い」連続する生命体、つまり魚や草木や土地や水――これらをひっくるめた「魂」の中での自我[22]のことではないかと、石牟礼は問うのである。

(三)　日本の近代化と民衆――近代知の貧困

こうした石牟礼の近代システム批判は、そもそも日本にとって今日のような近代化が必要であったのかという、日本近代への根本的懐疑に連なる。石牟礼は近代知識人よりむしろ、「近代的な市民になる必要がなかった人達」や、「日本の民衆の世界の姿[23]」つまり、日本の近代的知識人たちが読み解こうとして読み誤ってきた世界に関心がある。この日本における近代の学問は、何より中央集権システムの中で、地域から上昇するための学問であり、そこで知識は「知識人のための知識」となり、そこでは言葉が「人間の実質というものを分離させる傾向」をもっている。[24] 石牟礼はここで、人間と生活の実質から遊離し上昇の手段となってしまった日本の近代知の貧困を批判するとともに、日本の基層民たちにとってのあるべき「もうひとつの近代」（オルタナティヴ）へ向けて、根本的な問題提起を行っているのである。そこで次に、日本近代がかえりみなかった知や感覚、つまり石牟礼が回復しようとした、あるべき知——つまり古くて新しい知について、明らかにしたい。

二．知の再生——根源からの回復

（一）全体知と共同性の知

近代知とは、一般に啓蒙知のように、知識人によって担われ、自我を主体に対象を分析、計算、推理し、功利や効率を通して、全体として進歩と完成をめざす、基本的に合理的で悟性的な知識であるのに対して、石牟礼における新しい知は、「野の賢人」や「無名の庶民」によって担われる「自前の思想」であり、たとえば水俣病におけるような受難を通して自己解放と復活を体験した再生の知である。[25] この新しい知の第一の特徴は、啓蒙主義における「競合、敵対」[26] という分断の知に対する共同の知であり、石牟礼自身がもっている「共同的な感性」[27] が求める全体知のことである。石牟礼によれば、人間の真に知的な姿は原初的であることであって、この原初的感覚こそ「叡智」とよぶにふさわしいのであるが、[28] この原初性において人間と人間、人間と万物とがその根底においてつながっているのである。それはつまり、自然世界と一体の知であり、[29] 未分化な世界を含む「全的存在としてあった世界」をめざす総合の知である。[30]

またそれは、換言すれば、対立に対する和解の知である。石牟礼は、たとえば水俣病患者たちの「本願の会」の人々の心の中に、対立から、この近代化の一切の受難を被害者である自分たちが負うほかないという覚悟と和解・ゆるしへという再生の軌跡を読みとっているが[31]、まさにこうした意味での高次の和解の知、ないしは超越の知こそが、新しい共同性の知である。

（二）　根源の知――内発、再生、循環、物語、身体

分析・推理・計算の近代知に対して、石牟礼における新しい知の第二の特徴は、その根源性にある。それは「根の原郷[32]」、つまり「存在の根源」に関する知であり、「無名層」によって担われる「感性のみなもと」をめざす全人格的で全宇宙の知である[33]。それは、石牟礼が「存在の根底」、「内心の奥」の声、あるいは「分明ならざる闇の中」、「原初の光」というようにさまざまな名でよぶ、根源へ還る知である[34]。

こうした存在の根へ向かう根源の知への傾きは石牟礼文学の特徴であって、それは、近代の所産である現世の「虚妄」を越えて、より深い根底から宇宙と存在の本質、つまり「生命系の奥にある意志みたいなもの[35]」を透視しようとする姿勢である。そしてこの根源の知は、たとえば不知火海沿岸の住民たちがその根底においてもってい た「もっともよき感性」なのであって、それはちょうど、「ほとんど海の中の魚たちの知恵のような本能力、まだ解明されえぬ地球上の植生のような生命力」、すなわち内発の知ともよぶべきものである[36]。

したがってこの根源の知は、再生の知つまり再生への自覚を促す知である。いうまでもなく近代思想が基本的に進歩と完成へ向けての直線的な進歩と延長性をもつのに対して、石牟礼の思考は、内へ向けて、より内省的に根源へと一旦立ち戻ることを通して再生するという循環構造をとる。たとえば、石牟礼が、例としてあげる水俣

病患者たちも、あるいは生命の象徴としてあげる不知火の海も、前者はたとえ耐えてものを言わないがなおも希望を失わない人たちのことであって、彼らは近代の罪ともいうべき水俣病の受難を担い通す覚悟を通してのエネルギーで自ら再生・復活しようとしており、[37]また後者の不知火の海は「甦ろう、甦ろうとしている」[38]のである。

このような再生・復活の構造は、それ自体、前述したように、内発性の芽としての「詩」の働きそのものであって、全体として石牟礼が近代の「散文」の精神に対置しようとしたのは、新たな創造の知としての「詩」の精神にほかならない。「よみがえり」こそが石牟礼における「ポエムの本質」であり、「二一世紀への哲学」なのであって、[39]もっというならば、このような自己言及による内発的な自己生産論的方法こそ、まさに新しい時代の生命論的方法に他ならないのである。

またこのような構造をもった知は、人間の一個の個体の中に累積しているものを、自ら新たに読み解きつつこれを再構築していくという意味で、[40]一種、物語性をもった知である。つまりこの知は、各人の中に累積した物語を普遍的機械論的な図式にしたがって分析し裁断し法則化していくデカルト的な近代知ではなく、複雑な生をそのままのありようにおいて表現しようとする近代後の物語性の知なのである。

また、石牟礼における新しい知は、身体知ともよぶべき特徴をもつ。[41]石牟礼の文学作品における特徴として、身体的語彙による表現が多く、これがいわば無機質と有機質を融合させる身体装置となっていること、つまり、石牟礼においては、言葉が身体を通り抜けてはじめて統合され融合された世界が現れることが、指摘されているが、[42]ここにおいて人間の身体と観念や言葉を結び付ける知が試みられているのである。近代の心身分離と知のヴァーチャル化に対して、石牟礼の世界がかくも強力なリアリティをもつのは、遊離した体と言葉を再結合しようとする新しい身体知の働きのゆえである。それは、動物の本能にも比すべき直接性の世界が希求されているためであって、石牟礼の世界において、言葉は身体へと戻りたがっているのである[43]。

こうして、石牟礼によれば、これから先の知——つまり知識ではない本当の知の課題は、存在そのものが大地に根ざすという豊かさの意味を知ることであり、そのことを頭でなく全身ぐるみでたどることが知の課題であり、その意味で、知の本質はいわばエロスともいうべきものである[44]。

（三）　感性と詩

中世カトリシズムにおける神中心主義から解放されたルネサンス・ヒューマニズム期の近代知には、アンビバレントで豊かな可能性があった。しかし近代化の中で、基本的には、パスカルの「繊細の精神」に対するマキアヴェリの「力」（ヴィルトゥ）やデカルトの「幾何学の精神」の優位へという過程が進行していった。近代とは、基本的に資本主義社会として目的合理性と経済効率に則って組織化されていく社会であり、進歩と競争がそれを貫く運動原理であったのである。

こうした近代の進歩主義・合理主義・功利主義の精神は、日本においても、その独自の非合理性と共同性を一見駆逐しつつ、たとえば殖産興業・富国強兵・立身出世といった形で近代化を開始した。このような近代化の過程で、幕末・明治初期の近代化以前のわが国が喪ったなかで最大のものとして、共同性の感覚とともに繊細の精神としての感性をあげなければならない。

石牟礼は、今日わが国でこの感性、つまり石牟礼が「気配たちの賑わい[45]」というときの「気配」への感受性が、昭和後期のわずか一世代のまたたく間に喪われたとする。石牟礼によれば、「繊細」とは「他者への心遣い」であり、人間が決して完璧ではなくむしろ「病む存在」であり「人間はあまりにデリケートで」「この世の不幸の種はつきない」ことに気づいて配慮することなのである。[46] そこで石牟礼は、復権すべき人間感性を次のように植物にたとえる。「人間は昔は植物と同じように」足の裏が大地に根づいていたのであって、「近代が失った生身の人間の感官とそこで、生き物たち、植物たちが一体化している」感覚があったが、その呼吸の根が大地から「ズタズタに切断されてきた」のが近代であり、「ちょっと以前まで、人間の全器官に触知感」があったものだが、それがすべて失われてしまったのである。[47]

また、こうした感性の復権の主張は、詩の復権の主張といってもいい。共同性のパラダイム転換における、自己創出する知としての詩の意味と役割については、前章でも触れたように、石牟礼においては、内発の知としての詩が、論理としての近代を超える方法であって、この詩の芽こそが、感性の源であり存在の根なのであり、シェリーの『詩の擁護』にいうように、人と社会の存在一切の生成の原点なのである。[48]

(四) 魂の雄雄しさ、あるいは徳について

最後に、近代後の知へのパラダイム転換の視点から、石牟礼における新しい知として、以上のように全体の知、共同の知、根源の知、再生と循環の知への転換およびその基層としての感性・詩の復権をその特徴としてあげたが、これらは人間と文明という次元では、人間の生き方をめぐる魂の雄雄しさの復権として集約できるだろう。この「魂の雄雄しさ」こそちょうどルソーが『学問芸術論』で「学問と芸術の復興は、習俗の純化に寄与したか、どうか、について」[49]という問いに対して「否」と答えたとき、人間が喪っていったものに他ならない。

石牟礼によれば、人間は人格であるが、それは、近代法体系における「人格」というときのような、魂が入らない架空の言葉の上のものではなくて、草木虫魚など一切のいのちある衆生と連環する、ちょうど『苦海浄土』

の中の「草の親」の章にみるように、[50]「魂としての人格」として尊ぶべきものである。それは、人格の品位とも呼ぶべきものであって、『苦海浄土』のひとつのテーマは、著者自身が言うように、「企業の論理に寄生する者」に対して、「農漁民の視線から人間の美しさを描」くというところにあった。たとえば、その中の「死旗」の章では、チッソが負うべき道義を無名の人間が負っているという形で、「見苦しか」ことを拒否し真の自主と誇りに生きる老漁民のモラルとして描かれる。[51]

同様のことは、『石牟礼道子対談集』のなかでも、患者たちが「この世の人達が背負わないものを、結果として引き受けなければならな」かったという「受難」と「復活」を通して、彼らが引き受けた雄雄しさとして描かれる。[52]こうした魂の深まりこそが、生き方の高さへ向けての文明の蘇りに他ならないのである。

また、このような「雄雄しさ」は、人間の生き方という点で、「徳」ともよぶことができる。ここでいう徳とは、マキアヴェリにおける近代的な「力」としてのそれでも、ヨーロッパ中世のキリスト教的有徳でも治者の徳でもない、近代や近代化とは無縁に生きてきた生活民が受難を通して回復した、本来もっていた雄雄しさと勇気のことである。この徳の姿を石牟礼は、たとえば、誰かが引き受けねばならなかった病苦を自らに引き受けることを決意した患者団体である「本願の会」の中に見ているのである。

おわりに——新しい共同性の知へ

前近代社会の即自的な共同性に対して、近代社会の共同性は「作為による共同性」といえるが、この共同性は、どこまでも孤立した個人によって担われ、社会と個人のたえざる緊張の中でのみ成立し機能するという、一種危

う い虚構性の上に立つものである。こうした近代的共同性の性質はひとえに、これを担う作為の主体である人間の意識とありよう、すなわち近代知のありようにかかっている。

およそ近代の知は、外へ向けられた知であって、自己を中心とした二元論的な認識を踏まえて対象を機械的に分析・計算・推理して支配するとともに、企図や利潤という目的に向けて一切を機能的に手段化していく知である。それは基本的に、古代・中世世界がもっていた根源的中心性を喪失した近代的自我の自己中心性や一切の機能化と手段化によって、世界の一切の存在の無意味化をもたらすものであった。そこでは、それぞれ意味を持った存在であるべき人間と人間、人間と自然および人間（自我）と身体の間の、さらにはそれらの存在の一切を貫く根源的なレベルでの真の共同性は崩壊せざるを得なかった。さらに近代知は、近代化と大衆化が進行する中でこの主体性を喪失することを通して、近代初頭には存在した「近代の虚構性」を支える強靭な自覚と緊張に基づく近代の共同性さえも失うことになっていったのである。

これに対する近代後の真の共同性は、石牟礼の内発的共同性論の中に見出すことができる。つまり、まさに水俣こそ、近代の企図や利潤という目的へ向けた作為の共同性の完成と崩壊の現場であり縮図であったが、石牟礼は、水俣におけるこの共同性の崩壊からの新たな回復について、「内発的共同性」という視点を提示した。こうして、本章の課題は、石牟礼における知のパラダイム転換の検討を通して、こうした新しい近代後の共同性を支える新たな知について明らかにすることであった。

近代知が、石牟礼によれば、自己中心的で感受性と関係性を喪失した貧困な架空の知であったのに対して、石牟礼が提起する新しい知は、内面的な知であって、内面へ向けて自己を内発的に創造し二元論的な対立を止揚する知であるとともに、個々の存在がその根源において全的なものにつながっていることを知る共同的な自覚・感性・叡智に基づく連鎖・連帯と調和的宇宙についての知である。近代の知が合理主義的機械論的な散文の知であったのに対して、これは詩的で創造的な内発的自己生産論的でダイナミックな知であり、身体性・物語性を備えた知であって、生き方や文明の視点から言えば雄雄しさや道徳性をもった新しい文明を創り出す知である。それはつまり、近代の自我中心性と関係断絶を超えて、人間を含む一切の存在がその根源において一者につながることを自覚する深い知恵に他ならない。

たとえば石牟礼は、「煩悩」を次のように定義している。つまり煩悩とは、「相手を全身的に包んで、相手に負担をかけさせない慈愛のようなもの、それを注いでいる心の核を、その人自身を生かしているもの」であって、「人さまにも、畑にも、海にも山にも、私たちは生きているものことごとくと、交しあいたい思いに満ちあふれておりますよね。そのつきせぬ煩悩が断ち切られるのが辛い、……[53]」という「煩悩」、つまり豊かな関係性の中で生きる叡智こそ近代後の新しい知なのである。石牟礼におけるこのような新しい知へのパラダイム転換の上に、近代後の創造的で内発的な新しい共同性が展望されているのである。

8章　神話の回復と新しい知

——能「不知火」と現代

はじめに

（一）　能「不知火」と知の転換

本章で私は、反近代の文学者・思想家としての石牟礼道子のこれまでの諸作品の集大成である新作能「不知火」(1)（二〇〇二）の読解を通して、石牟礼道子における神話の意味と脱近代の知の創出について明らかにしたい。つまり私は、近代（化）の極限からの人類史的転換点としての水俣（病）をめぐる『苦海浄土』以来、近代を告発し続けてきた石牟礼道子の思想における新しい脱近代知と共同社会像を解く手がかりを、新作能「不知火」から得たいと思っている。また、このことを通して、時代の知と価値のパラダイム転換の一端を明らかにしたい。

そのためにまず、石牟礼道子の思想の現代的意味とその思想史上の基本的位置付けについて考えることから始めたい。

（二）　現代思想家としての石牟礼道子

石牟礼道子をどう位置づけるかは、大きな問題である。石牟礼はこれまで一般に、水俣病や公害への告発の作家と見なされてきたし、その文明批判や反近代的土俗性が強調され、一種巫女のように偶像化されさえした。[2] これらの定義は誤りではないが、全体像を包括するものではない。時代が抱える根本的課題をいち早くその予兆からとらえ、その根源的レベルから時代の解決策（＝思想）を指し示すという、言葉の本来の意味において、石牟礼は最も「思想家」と呼ぶにふさわしい。また石牟礼は、「近代」を人類にとっての原罪とまでみなすその近代批判の深さ[3]において、さらには近代を超える脱近代知とその社会像への展望を豊かに示唆する点で、最も「現代」的な思想家といえるだろう。

（三）　ロマン主義と石牟礼道子

石牟礼は、単なる近代批判の文明批評家ではない。その思想は思想史の文脈からいえば、次の三点において、現代のロマン主義思想家と位置づけることができるだろう。

つまり第一に、ロマン主義は一八世紀末から一九世紀初頭、政治的にはフランス革命、経済的には産業革命によって近代化が加速された際に、これらへの挫折と批判の思想として生まれた。これと同様、石牟礼の思想も、水俣に象徴される急速な日本の近代化とその病弊に対して絶望し、それへの根底的批判と挫折を通して生まれたという点で、ロマン主義の反近代思想の系譜に属するものである。

第二に、ロマン主義が、近代啓蒙主義の合理主義や機械論的世界観に対して、ワーズワスやコールリッジにおけるような詩や想像力の復権および共同体の回復を主張したように、石牟礼の近代批判もまた、基本的に詩の精神や共同性の復権による社会の再生を主張している。

第三に、ロマン主義思想は、認識論や人間観・自然観をはじめとする近代知全体に対する根本的批判を展開した。これと同様、石牟礼もまた、デカルトにはじまる近代の二元論や要素還元主義および功利主義的な近代知全体を根本的に批判し、「共同性」、「全体知」、「存在」、「身体」、「物語」、「神話」といった、脱近代の新しい知へのパラダイム転換を示している。(4)

一．近代を超える神話――「不知火」を読む――

こうして「不知火」もまた、ロマン主義者石牟礼道子の、以上のような脱近代への知のパラダイム転換の文脈で読むことができるであろう。そこでまず最初に、「不知火」の上演詞章（台本）の文脈を順次たどりながら、この作品の基本構造とその思想的な意味を読みとっていきたい。

「不知火」の上演詞章は本文わずか四〇〇〇字ほどの短いものだが、それは以下のように、内容的に起承転結をなす四つの部分から成っている。

（一）終末の兇兆

ここは「起」に当る部分で、陰暦八月八朔の夜、主人公の「不知火」（海霊の宮の斎女で、竜神の姫）が海底から恋路が浜に立ち現われ、実は末世に現われる菩薩である「隠亡《おんぼう》の尉《じょう》」と再会する場面である。ここでは、姉・不知火とその弟・常若《とこわか》が二人の父である竜神に命じられて、不知火は不知火海の海底の海霊の宮に身をもって灯をともし続け、常若は陸（産土の山河）の水脈の毒をすべて浚えてきたが、二人とも毒によって死に果てんとしていることが語られる。

ここでのメッセージは、以下の引用文のように、毒によって汚染された兇兆の海に象徴される近代の末路への悲観と強烈な批判であって、そこには人類史的な終末論や実存的疎外論からする近代批判のトーンが強い。（なお以下の引用のうち、「尉」は隠亡の尉、「コロスA、B」は「上天せし魂魄たち」、「地」は地謡を指す。また、以下の引用は、パラグラフ全体としての引用ではなく、それぞれの台詞を個別に引用している。）

(1)尉「わが見し夢の正《まさ》しきに、終《つひ》の世せまると天の宣旨あり。……ここに凶兆《きょうちょう》の海ありて、……」
(2)地「生類《しょうるい》の世をながらく観照《くあんしょう》しておりしが、いずれ生命の命脈衰滅《めいみゃくすいめつ》の時期《じき》来《く》るはあらがひ難《がた》し。」
(3)地「ことにもヒトはその魂魄《こんぱく》を己が身命《しんめい》より抜きとられ、残れる身の生きてはおれど、ただぞろめきゆき来する悪霊《あくりょう》の影たるを知らず。かかる者らの指先がもてあそび創り出《いだ》せし毒のさまざま、産土《うぶすな》の山河《やまかわ》、はてはものの皆の母なる海を妖変《ようへん》させたること、生類の世はじまつて以来一大変事《いらいいちだいへんじ》、ほとほと救い難し。……」
(4)地「人間の分別《ふんべつ》、命《いのち》の精《しょう》と共にかく衰《おとろ》へゆくもせん方なし。忌《いま》はしの穢土《えど》なるかな。……」

なおここで付言すると、「不知火」の冒頭の「繋がぬ沖の捨小舟《すておぶね》、つながぬ沖の捨小舟。生死《しょうじ》の苦海《くがい》果もなし」は、いうまでもなく『苦海浄土』の冒頭のエピグラムである。それは、この能の基調をなすものだが、この一節にも、漂流し浮遊する近代（人）の不安と苦悩およびその末路が象徴されている。

（二） 犠牲と狂乱

この部分は、(1)を承けて、近代化の、いわば「犠牲《いけにえ》」に供せられて命も尽きようとする不知火と常若の姉弟の身の上を、以下の引用のように、不知火が嘆き狂乱する場面（能では、「カケリ」という）である。それは、(1)の兇兆が実際に現世の終わりとして迫っており、環境破壊や人間破壊が地球規模で極限に達しつつあることへの、石牟礼のやり場のない憤りの表現である。こうした地球環境を救うために身を挺しての仕事を命じられた不知火と常若の姉弟は、これを宗教的位相でいえば、ちょうどキリスト教における、神のひとり子にして救い主イエス・キリストの役割を担っており、この姉弟の犠牲の上に、次の(3)の救済と再生が可能になるのである。

(1)不知火「……悪液《あくえき》となりし海流《かいりゅう》に地上のものらを引きこみ、雲仙《うんぜん》のかたわらの渦《うず》の底《そこ》より煮立《にた》てて、妖霊《ようれい》どもを道づれに、わが身もろとも命《いのち》の水脈ことごとく枯渇《こかつ》させ、生類《しょうるい》の世《よ》再《ふたたび》なきやう、海底《うなぞこ》の業火《ごうくわ》とならん。」
(2)菩薩（尉）「あいやそこまで。不知火《しらぬい》がいまはの狂乱《きょうらん》もっともなり。……」
(3)不知火「誰《た》が創《つく》り給ひし地の星ぞ。破れ墜《お》つる空《そら》より見ればいまだ蒼《あお》き碧《みどり》の宝珠《ほうじゅ》とかや。」
(4)菩薩（尉）「姉弟《あねおとうと》、生類の命脈を浄めんとしてこれに殉ず。」
(5)コロスA・B「この星焉《をは》るやまた創《はじ》まるや。一期《いちご》の渚に秘花一輪〔引用者注・不知火を指す〕、くずおるるとき現世《げんせ》も焉《をは》るべし。」

（三）救済と再生

前の場面で、まさに「せめて今生《こんじょう》のきはに逢《あ》はんと」した姉弟が、菩薩のはからいで、ここ恋路が浜で再会を果たす。しかも、「満ち満ちたる潮の目の、それいま変る」その瞬間、二人は菩薩によって救われ、命をとりとめて結婚を許されるのである。こうしてここにひろがる「再び来む世」は、花の蕾もふくらむところ、二人は新しい種子を育むのである。「種子《しゅし》」こそ、再生の象徴であり、まさに場面は「転」を迎えて、一気に展開する。

(1)常若「……この身がもつたいなくも上品《じょうぼん》の位にすえられ、慕《した》ひ続けし姉君《あねぎみ》と妹背《いもせ》の間《あいだ》になし給ふとは。」

(2)地「再び来む世にはこの穢土《えど》より、再び来む世にはこの穢土《えど》より、幽《かそ》かなる花の蕾の生ずるならんか。悪液の海底《うなぞこ》と地中に沈潜《ちんせん》せる姉弟《あねおとうと》、うぶうぶしきその種子《しゅし》をば慈しめ。慈しめ。」

(四) 祝婚の舞

最後は「結」の場面で、不知火と常若の祝婚のため、古代中国の楽祖で実は木石の怪である「夔《き》」が登場し、恋路が浜の石を撃ち合わせて舞う。それとともに、水俣病で惨死した猫たちも、その石の音に合わせて舞い狂うのである。それは、鎮魂の舞であるとともに、苦難を通しての生命のよみがえりの讃歌であって、近代の罪を超える救済と再生の予兆と祈りを表現しているかのようである。

(1)菩薩（尉）「音曲の始祖たる夔《き》師よ、来たりて、いわれ深きこの浜の石を両の手に取り、撃ち合はせ、撃ち合はせ、声なき浜をその音《おと》にて荘厳したまへ。」

(2)地「ここなる浜に惨死せし、うるわしき、愛らしき猫ども、百獣《ひゃくじゅう》どもが舞《ま》ひ出《い》ずる前にまずは、出《い》で来《こ》よ。」

(3)地「神猫《しんびょう》となつて舞ひに狂へ、胡蝶《こてふ》となつて舞ひに舞へ。」

(五)「不知火」のメッセージ――近代を超える祈り

「不知火」は短く、全体が象徴詩のような作品だが、これは紛れもなく、石牟礼のこれまでの文学・思想・歴史観の集約である。以上の内容を通して、石牟礼が人類（史）へ向けて言わねばならなかったことは、次の三点に集約できるだろう。

(1)　終末思想……人類史における根本的な近代批判と近代の行く末への深い懸念であって、これを終末思想、ないし末世思想と呼ぶことができる。

(2)　救済の思想……犠牲による救済と復活の思想であって、ここに近代を超えようとする石牟礼の思いを見ることができる。なお、この終末→犠牲→復活という救済のモデルとしてキリスト教を想定することも可能だが、石牟礼にはキリスト教のような人格神による創造や救済のイメージは基本的にない。石牟礼の世界観自然観は有機体的で、万物の内発的生成と循環のイメージである。

(3)　祈りと神話……しかしこの救済は決して容易に実現されるものではなく、この終末の世にあっては、どこまでも「神話」として思い抱きその到来を祈るほかないものである。ここには、人類共同の永遠の祈りとしての、神話の思想が表明されている。

二　石牟礼道子と脱近代の知——「不知火」における表現と思想——

こうして、「不知火」で表明されているのは、近代を超える祈りである。ただし、石牟礼（および人類）にとって近代の罪は、いわば原罪のように自我そのものにまつわるものなので、その葛藤ゆえに、救いは祈りや「神話」として表現するほかないのである。こうして石牟礼は、人類共同の祈りとして、過去・現在・未来を包括しこれを貫くもの——それこそ人類史という一大叙事詩——として「不知火」を書いたのだが、この詩の中に「共同性」、「詩と全体知」、「存在」、「物語」や「神話」という、近代を超える脱近代知を展望することができる。以下、「不知火」における表現と思想の分析を通して、石牟礼における脱近代知の創出を見てみよう。

（一）「不知火」における表現

(1)言葉の重さ——言葉の虚構性を超えて

とくにこの思想劇ないし文明史劇ともいうべき「不知火」において、言葉は言霊としての力をもたねばならなかった。石牟礼にとって言葉はたんなるコミュニケーション手段を超える重さと実体をもたねばならない。石牟礼によれば、たとえば、「連帯」といい「団結」といい「自立」といい、悪い言葉ではないが、それではいかにも軽い。それでは、「何か情において足らんなあ」、「もうちょっと何か、心の隅々まで、あるいは肉体の隅々まで、あったかくあたため合うような……絆」がないのである。[5] それは、近代法や行政をはじめとする近代システム全般に関する言語についても石牟礼が感じている虚構性である。近代の言葉の虚構性と軽さを超えて言葉に魂を取り戻すことが、石牟礼の文学的営みの目的のひとつである。

また、石牟礼は、その長い創作活動の中で独自の文体を獲得してきた。石牟礼は、その作品群で好んで水俣の平俗な口語を用いたり、新たに言葉を創出したりするが、しばしばその中に、石牟礼自身の言語ルーツである天草の古典的で雅な言語をひそませて用いている。「不知火」では、この重々しく格調高くまた象徴性・思想性の高い詩語としての雅語が、まさに思想表現としてのこの能に最もふさわしい言語として用いられている。

(2)なぜ「能」形式か——言葉の限界を超えて

石牟礼は、その文学の集約である「不知火」の表現様式として能を選んだ。近代の表現は言葉の作為と操作によるものだが、その限界を超える総合芸術として石牟礼が選んだものが、能であった。石牟礼によれば、「水俣病で死んでいった人々、今も苦しんでいる人々、そして海の死滅した生命がいる。その生命を救済するには、もう言葉だけではできない。音楽が必要」であって、「能という、言葉、あるいは言葉にならない呪術的な声、それでないと救えない[6]」のである。また、「不知火」の演出者・笠井賢一によれば、石牟礼は「能と出会う必然」があった。つまり、石牟礼は、「人間が生きている、すべて、汚辱も含めて、破滅も含めて、そういったものを浄化し、魂の問題として提示するときに、能のような形式でしか表現し得ないというところまで思い詰めた[7]」のである。

しかし、ここでいう「言葉の限界を超える」とは、ただ音楽や舞を含めた総合芸術へ向かうという、たんなる表現様式の拡大にとどまるものではない。石牟礼の脱近代知のひとつである「歴史意識」という視点からいえば、この能形式の採用は、石牟礼における時空を超える歴史意識と不可分であった。なぜなら、能を含む芸能は本来、「過去を回想する力」や、「人間の一生を観返す力」をもっているからである[8]。言い換えれば、この能という様式は、「死から遡行」し、「そして、死の寸前に凝縮する濃密な時間の構造を持」っており[9]、つまり歴史の凝縮点としての現在から人類史をかえりみる「不知火」という思想劇にふさわしいものだったのである。

(3)近代的認識論を超えて──新しい文学と科学

石牟礼の著作の特徴でもある身体的表現は「不知火」においても多く見られ、それがこの神話的作品に独特のリアリティを与えている。たとえば、「不知火」を貫く、「なつかしき島の香り」、「波の間の橘の香」および「反魂香」の香といった嗅覚やその他、聴覚、視覚、さらには、次のような触覚などの五感に訴える身体感覚表現が有効に用いられている。

コロスA・B 「……いま磯辺の石を踏む。あしのうらかそかに痛き今生の名残かな。」

今生の名残として磯辺の石の「かそかに痛き」感触を通して、彼岸と現世の間をかそかに、しかし確実に繋ぐリアリティが、ここにある。このような身体的表現は、具体性と象徴性とに深く関わっている。つまり、このテーマは、B・ウィレーによるワーズワスの「自然」理解や、コールリッジの理念論における、具体と普遍を繋ぐ「象徴」の理解のように、近代の認識論や言語の抽象性を超えようとしたロマン主義者たちの課題でもあった。それは、デカルト以来の近代の機械論的・因果論的で主客二元論的な認識ではなく、[10] たとえば自然という認識対象と同質でその一部である（石牟礼によれば、人間そのものが、手つかずの自然……究極の存在なのである）[11] 人間による自然認識や表現はどのようにして可能かという問題である。

こうした近代的認識論を超える石牟礼にとっての「認識」とは、渡辺京二によれば、「自分が外界の中に入り込んで」、その主客の相互浸透によってできる「場」に無数にそよぐ「感覚的触手」のようなものであって、そこでは対象を「認識」するというより、全体的な場を「感知」するという方が適当である。[12] これこそ、機械論的認識を突破する脱近代の全体的で生きたリアルな認識であって、生命論や複雑系におけるような現代の科学思想の新しい方向性とも合致する哲学であり文学である。それは、近代の認識論やひろく近代知によって失われた全体性、複雑性、関係性、多様性、内発性、つまりは石牟礼における脱近代の知の創出を示すものである。その意味で石牟礼文学は、現代の科学や知のパラダイム転換の先端に位置するものであって、この点でも石牟礼は、新しい認識論や科学への志向性をもった、たとえばコールリッジ、シェリーおよびノヴァーリスといったロマン主義者たちの方向とも合致するのである。

（二）「不知火」と脱近代知の創出

(1)詩と全体知の回復

「不知火」にあらわれた新しい知として、①詩と全体知の回復、②歴史と神話の回復、③存在と共同性の知の回復があげられるが、これらは、いわば近代を超える新しい知の各々の側面にすぎない。これら全体を貫くものは、たとえばコールリッジによって、ロックに始まる「死の哲学」として断罪された近代の機械論哲学や散文の精神に対する、「詩」の精神である。

近代知はまず何より、対象を分析・分類して、抽象化・数量化・法則化をはかる知であって、単純化と普遍化をめざす。しかしここでいう「理性」も、合理的な計算能力としての「悟性」という、単なる「手段に関する能力」にすぎない。これに、例えばコールリッジ、ワーズワス、シェリーらロマン主義者は、理念哲学、想像力、詩の精神を対置したが、この詩（想像力）こそが、手段的能力に対する「目的に関する能力」であり、分析と推理の知に対する全体の知であった。功利的・悟性的で原子論的な近代知によって私たちは、全体認識の包括的能力や内発性、関係性、複雑性、多様性、差異性、共同性に関する知を喪失した。同時に、私たちは、後述の歴史・物語・神話に関する能力もまた失ってしまったのだが、これらはすべて、「全体知の喪失」と言ってよい。

これに対して「不知火」は、まずその全体の構造において、極限の今から遡及して歴史を観返す、回想演劇としての能の形式をとっている[13]。さらに「不知火」は、人類と近代の運命全体をひとつの救済の叙事詩としてうたうもので、そこに、近代の単純な進歩史観を超えた、時間や歴史を「詩化」（ノヴァーリス）する歴史意識を見ることができるが、これも歴史的な時間軸における全体知である。また石牟礼には、いわば中世的で目的論的な世界観があって、そこでは、一種生態論的にそれぞれの在るべきものが曼陀羅のようにそこに存在すべきこと、およびすべての存在はそれぞれの存在の意味と位置を自覚しうる「存在の知」を分有していると考えるが、こうした「存在の知」もまた、全体知と表裏一体のものである。ただもちろん石牟礼の世界観は、中世のそれのようにそれぞれの存在が静態的で固定された全体ではなく、一切が内発的創造性をもちその基底において連鎖し循環するものである。

また「不知火」という救済=再生劇の象徴として語られる「うぶうぶしきその種子をば慈しめ」からも、この他を貫く、生命のよみがえりの思想を見ることができる。石牟礼における全体知は同時に人間と歴史を貫く生命に関する知にほかならない。というのは、石牟礼によれば、人間とその生命こそが自然そのものであり、生命を知ることが一切の知のはじまりだからである。

(2)歴史と神話の回復

一九世紀のロマン主義者と現代の石牟礼に共通する脱近代の知の課題は、「詩の回復」である。シェリーによれば詩は「芽生え」あるいは「受胎する全体」であり、詩こそが一切の知の源泉である。これを時間軸でいえば、詩がもつ、時間の「詩化」の力であって、詩人たちは詩によって歴史的時空を超えるのである。いうまでもなく近代啓蒙主義は単純な進歩史観に立つ。これに対して、プレ・ロマン主義者ルソーが『学問芸術論』から『社会契約論』へと没落し再生する循環の歴史観を示唆したが、さらにロマン主義者たちは、歴史上の個々の事象の中に内在する意味と自己展開としての歴史の方向を見る「歴史意識」を生み出した。ここにおいて歴史上の個々の事件は歴史の自己展開(啓示)にほかならず、その意味でコールリッジが言うように、「歴史は神が書く詩」なのである。

このような時間の詩化の能力は、石牟礼にも顕著である。近代的な叙述方法が合理的に因果関係にしたがってリニアー（線的）に時間を追っていくのに対し、石牟礼の叙述には時間の基軸がなく、上野英信が石牟礼の文章を「灰神楽」のようだと呼んだように、それは万象をいちどきに表現しようとする。[14]「不知火」もまた、石牟礼の時空を超えた歴史意識の所産として、一切をいわば物語と化し全体をひとつの人類史として書かれたものである。それは、「祈るべき天と思えど天の病む」（石牟礼道子）という現代文明の極限に至って、滅亡を通して再び無意識の混沌に立ち返り[15]そこから再生するという神話を生み出す、石牟礼の歴史観を示している。

このように詩と歴史意識は、時空の因果関係を超えて全体を包括するひとつの「物語」を生み出す。啓蒙主義に代表される近代(化)の精神の特徴は、「散文の精神」にあり、個人と集団における物語と神話の喪失にあった。これに対して石牟礼の脱近代知としての全体知は、物語と神話を回復する。これを、脱近代の「神話化の精神」と呼ぶことができるだろう。石牟礼における神話の発生は、その近代観——つまり徹底したペシミズム——と不可分の関係にある。つまり、石牟礼は「近代後の近代」「未完の近代」、「近代の進化」などについては語らないが、その「近代」の復活・再生がありうるとすれば、それは厳しいペシミズムを通してのみ可能である。再生は、行き場のない近代の隘路においては、「天の病む」というほどの徹底した近代批判と深い絶望を通してのみ可能である。新しい近代の曙光は、神話と祈りを通してしか見ることができない。石牟礼は、「この世にあり得ないことや人間では実現できないことを、神話の形に託して考え」る、つまり「そんな風に『神話』として作り出さなければ、現実の私たちの力ではどうにもならないところまで来ている[16]」のである。石牟礼によれば、「一人一人、人間——人に限りませんけれども、生命たちは、それぞれ物語の記憶を潜在意識としてはみんな深く持っているけれども、痕跡もないくらいに失われてくると、思い起こすためには、何かイメージを、呪術的な要素を含む芸術表現として提出しないと思い出せないようになって[17]」いるが、この表現の形式が能であり、その内容が神話にほかならないのである。

⑶存在と共同性の知の回復

石牟礼によれば、近代化の極限である現代は、「存在の危機」にある。「不知火」と同様、神話的世界を代表する作品『天湖』で石牟礼は、人間を含む一切の存在が意味と役割をもつ世界像を描いている。その存在の意味は連鎖し、湖の底の藻のように刻々と再生すると言う[18]。近代（化）が、「存在から作為」への構造転換であったとすれば、今日の私たちはむしろ「作為から存在」へと回帰せねばならない。私たちは、⑴「詩と全体知の回復」でもふれたように、あるべき存在とその位置に関する知を回復せねばならない。脱近代化の祈りとしての神話を通して石牟礼が描いたものは、それぞれの存在が意味をもって内発し連鎖している世界であって、私は、これらの存在を繋ぐものを、近代の「作為の共同性」に対して、脱近代化の「内発的共同性」と定義した。

本章で扱う新作能「不知火」は、二〇〇四年八月水俣において、「上演」ではなく、「奉納」される。それはいみじくも、「存在」一切に対する石牟礼の思いにかなう形をとることになる。つまり石牟礼によれば、「長い長い、存在の歴史」というものがあるが、今、水俣の不知火海だけではなく、この存在一切が終末に向かっている。しかし、人間のみならず生命はどんな形で蘇生するか分からないが必死になって生きようと努力しているとして、石牟礼は次のように言う。「一途にいじらしいものは美しいですよね。それでそのいじらしさを花にして、たてまつりたいという思いですね。存在に対して。[19]」

つまり、石牟礼の文学の営みとは、このいじらしさを花にして奉る、「存在への祈り」にほかならないのである。「存在のたそがれ」である終末を目前にして、在るべきいのちと存在が在るべきところに在ることの素晴しさへ祈る以外に、石牟礼にはなす術がないのであって、言葉と思いを尽くして祈ること、それが石牟礼にとっての文学なのである。「文学に力はあるか」[20]と石牟礼がしきりに自問するのは、石牟礼にとっての祈りの深さを示すものにほかならない。現代の私たちが失った「存在の知」は、近代の作為や飢餓感によってではなく、こうした肯定と祈りを通して回復されるに違いない[21]。

最後に、共同性の知もまた石牟礼の脱近代知のひとつである。石牟礼が「不知火」を構想したきっかけは、水俣病患者とともに丸の内のチッソ本社に抗議の座り込みをした時にさかのぼる。この人類の共同の神話である能「不知火」は、患者との絆という強い共同性から発想された作品だったのである。石牟礼は、「あらゆる世間的な絆を自ら切りほどいて決別して行く」絆のことを、「道行き」とよぶ。それは、「連帯」や「団結」のような、近代の組織用語で括ることができるものではない。また、石牟礼の言う「道行き」は、たんなる共感を意味しない。この「道行き」の構造は、まず自分が「徹底的に孤立」することにはじまり、「一人でもあの世に行かなければならないと思い合っている者同士が、そこに絆を結ぶ」のである。つまり「孤立の果てにふっと目を上げると、そこに同じような境涯の人がい」て、そこで、「この人たちと一緒に行きましょうか」という気持ちになるのである[22]。

すなわち石牟礼のいう「道行き」の共同性は、単なる共感ではなく、きわめて逆説的なことに、徹底した孤立・孤独を前提とする。真の共同性は、徹底した孤独からしか生まれないという逆説である。とすれば、石牟礼のこの「道行き」の共同性の定義は実は、西欧の宗教改革期に絶対者である神の前の絶対的孤独（絶対的自我）において自立を果たしたプロテスタンティズム・モデルにおける近代人の内面的自立に通底している。その意味で、石牟礼の共同性論は、前近代的村落共同体の規制的な共同性などではなく、むしろ近代の原点としての個に根ざした共同性にほかならない。

つまり、渡辺京二が指摘するように、そもそも「共同性は一方で、個がないと成立」しないし、「個は何も近代になって確立されたわけではない」、むしろ「昔の人間には個がない、集団に埋没していたんだと考えるのは、近代人の傲慢にすぎない」[23]ことも事実である。であるとすれば、石牟礼が問題にしているのは、その共同社会を構成する個々人のありようであって、それは、現代人のような分裂し崩壊した心性ではなく、「道行き」という共感以上の強い感受性（ないし「人情」）と孤独な決断と雄々しさ——ここにこそ徳や公共性の基盤がある——を豊かに備えた個人なのである。[24]

共同体は必ずしも個を圧殺するものではない。石牟礼が問題とするのは、どんな個であるかであって、豊かな感性を備えた個をどう創出するかである。つまり、こうした共同性についての知の復権は、近代のデカルト的「幾何学的精神」から、差異と気配に気付くパスカルの「繊細の精神」への時代精神のパラダイム転換と軌を一にするものである。石牟礼は、共同性についての崩壊への警告者であると同時に、新しい個のありようとそのふるまいとまなざしを通しての豊かな共同性の提起者なのである。[25]

おわりに

「終の世せまる」現代にあって「天の病む」というのが、石牟礼の基本的な時代認識である。言葉や文学に力はあるのか、近代の認識論や近代知をどう超えるかが、石牟礼の基本的課題である。これに対して、言葉や時間を超えた能や神話や祈りという形でしか表現できない世界がある。「不知火」は、その極限の試みである。この小さな新作能の中に、二〇〇四年四月から刊行される全十七巻と別巻一の『石牟礼道子全集　不知火』のエッセンスが凝縮されており、私たちは、そこに石牟礼の新しい脱近代の知を見ることができる。

それは、同じく近代（化）への根源的批判と挫折から生まれたロマン主義と同様、詩の精神、全体知、歴史意識、神話、存在の知、共同性の知という、近代後の時代を拓く生き生きとした新しい知である。しかし、これらの豊かで新しい知のとりわけ共同性の知は、実はふり返ってみれば、いわば近代の原点の知にほかならず、真に自立した個による共同社会のあり方を示唆するものである。この新しい知と感性の復権の中に、私たちは、二一世紀の社会像へ向けて海霊の宮に灯る不知火のひとすじの光を見ることができるのである。

補論Ⅰ　石牟礼道子と現代

はじめに

「熊本県民カレッジ」ではこれまで、「熊本の近代をつくった人々」や「女性史の人々」をとりあげてきました。今回は、県民の方々から石牟礼道子さんをとりあげてほしいというリクエストがありました。

それは、時代はこうも変わってきたかと少しうれしい驚きでした。こうして今回初めて一人の人物をとりあげて、十回連続講座を行うこととなりました。第一回が私の「石牟礼道子と現代」というイントロダクションで、第二回は渡辺京二氏が「石牟礼道子の自己形成」を講義されます。ご自身も思想家・評論家で石牟礼さんの最大の理解者ですから、これ以上の解説者はおられません。どうかお楽しみに。

第三回の緒方正人氏も石牟礼さんと親しい友人であり協働者でもありますが、同時にこの方自身が思想家であり、自分で行動と思想を切り開かれておられる方です。ここでもすばらしい話が聞けると思います。

以下、原田正純教授をはじめとして、医学、運動論、政治学、文化人類学、文学など多方面から学際的に石牟礼さんの世界を読み解いていただきます。私は、こうした多面的なアプローチこそ、石牟礼研究にふさわしい方法だと思っています。というのは、人間はただ文学作品を書いている、あるいは専門的分野だけをやっているわけではなくて、その人の思想はあらゆる面にわたって有機的な関連をもって組み立てられているからです。だからあらゆる面に色々な光を当てて全体像を組み立てていかなければならないのです。大変難しいことですが、その作業が必要です。

しかし、ただここが好きだ、ここが面白いと思ったところをさらに読むといったことも、もちろん一つの方法です。どうか皆さんは、自由に石牟礼さんの世界にアクセスしていただけたらと思います。

さて、トップバッターは非常にやりにくいのです。というのは、石牟礼さんの膨大な一つの思想の塊はかなり混沌としていまして、まとめにくい。でも混沌としていても、そこが魅力的でもある。私どもは日頃理屈の世界におりますので、すべてをどうにかして論理化しようとするのですが、なかなか論理化できないところがある。そこが詩や文学の出番なのでしょうが、講義となりますとこの混沌とした思想を何とか論理化しなければならなくて、そこにジレンマがあるわけです。

《現代思想家・石牟礼道子》

早速、本題に入ります。石牟礼さんの思想をどう位置づけたらいいのかということが、まず問題になります。これは色々議論されていますが、反公害運動家だとか、告発の文学者だとか、また最近では、ネイチャーライティング（環境文学）の方面でも、評価されています。外国語にも翻訳・紹介され評価されています。

私は石牟礼さんを、基本的には現代思想家だと思っています。「現代思想家」というのも、よくわからない言葉ですが、今日、世界も日本も極限まで近代化が進んできました。その近代化がもたらした病理――最も端的な例では「水俣病」のような――それを一つの極限、転換点として時代や思想が変わっていく。現代思想というのは、こうした近代がもたらした病弊をどう超えるかという試みです。すべてそのような形で現代思想は生まれてきているわけで、思想というのは、時代が課した課題をどうやって克服・解決するかという解決の処方箋であるわけです。

ですから時代の抱えている問題が大きければ大きいほど、それに対応する解決策（思想）も大きくなります。それを担う思想家もまた大きな思想家でなくてはなりません。優れた思想家、深い思想家こそ、問題に対して根源的考察と解決可能性を豊かに持っていることになりますが、私は、石牟礼さんはそうした「現代思想家」の一人だと思っています。

《ロマン主義と石牟礼道子》

石牟礼さんは思想の系譜からいいますと、ロマン主義の系譜に属する思想家・詩人だと思います。ロマン主義は、フランス革命・産業革命という一八世紀末〜一九世紀初頭にかけて本格化した近代化に対する批判から生まれました。それは、近代化が本格化するその矢先に、我々の生き方・方向性は間違っているのではないか、急速な近代化に歯止めをかけなければならないと考えた先駆的な思想です。近代批判の走りです。

この産業革命は、ちょうど我々が体験した戦後の高度成長のように、怒濤のような大きな近代化の波であったと思われます。これに対して、背を向けた最初の人々――そこにはさまざまな背の向け方があったのですが、一九世紀初頭のイギリスやドイツのロマン主義者でした。

石牟礼さんは、これに類似し、これを受け継いでおられる。たとえば、ロマン主義との類似点といっても色々ありますが、まず第一に、近代（化）への根本的懐疑と挫折です。石牟礼さんは、文字通りこの日本の近代化が極限にまで達した今日、近代化の負の象徴である水俣病の問題から文学に入っていかれた。ただ日本の場合不思議に思うのが、「この人は文学者である」、「この人は社会運動家である」、「この人は~である」、と分類して考える点です。ドイツの影響によるものでしょうか、独特ですね。English Literature の Literature といえば広く「文芸」のことなのですが、日本で「文学」（とくに国文学）として、小説家だ詩人だと「文学」をかなり狭くとらえがちです。しかし、西洋のロマン主義者というのは、詩人が多いのですが、彼らは実はどこから見ても思想家・哲学者です。

例えばワーズワスやシェリーという詩人がいます。この人たちは詩を中心に創作活動をしていたわけですが、詩だけ書いていたわけではありません。日本の「詩人」には「石を抱いて野にうたう芭蕉のさびも喜ばず」などという隠遁者的なイメージがありますが、詩人こそ実は根源的思想家です。近代というのは、対象を分析や分類しその最小単位から法則を組み立てる思考様式をとります。今まさに、この近代という散文の時代精神が終わろうとしている時代にこそ、この詩人の想像力・創造性が必要なのです。

《近代を超える「詩」》

つまり、これまでの理屈では超えられない問題が出てきたときに、思想が必要になるのですが、時代を超える思想というのは、論理だけでは力が出ないし超えられない。それを一つの感動として人々に伝え、時代の問題を乗り越える運動や共感をその臨界点にまで高めギリギリのところを掘削していく表現の力が必要とされます。それは、平坦な理屈ではなかなか掘削できない「切羽」ですね。そうしますと、論理では表現できないようなことを表現しようとして詩になったりするのです。

また近代というのは、社会の構造自体もその理解も散文構造になっているわけです。因果関係という原因と結果で論理的に分析するのは、物理的世界ですね。近代というのは、自然の解読というデカルトやニュートンの科学革命に始まり、自然を論理でもって数値化・法則化してこれを征服する。さらに自然に働きかけ、これに労働を加えることによって価値を引き出す。そしてこれを資本として、再生産し、商品化し流通させ利潤を得て資本主義社会が形成されていく。近代というのは論理化・機械化された、因果論的世界観によって成り立つものです。

こうして、近代は自然と人間社会をギリギリのところまで機械化・効率化し組織化していく。ところが、それが逆に生身の人間という自然から反逆を受けたり、「プロジェクト」（企図）へ向けた組織化効率化が、我々自身を蝕んでいきます。しかしそこで、我々の生の実感というものは、こうした企業や組織の機械的な散文の精神の中では得にくい。そこでそれを超えるには、どうしても「詩」が必要です。もちろんこれは具体的な詩のことではなくて、詩の精神であり想像力のことですが、実はそれ自体が、時代への一つの反逆であり、近代を超えるというのはそういうことです。

《石牟礼道子と詩》

だから、今日大きな思想の中核には、詩の精神がある。そこには、どうしても言葉がまだ現実にならないし、社会に対して訴えかけられない、けれどもどうしても訴えかけねばならないというもどかしさ、言葉にならない未然の形の思いがあります。この言わずにおれないものが詩であり、もともと詩というものは自然人の叫びだったわけです。詩とは、そういう未分化の、まだ言葉になっていないものであって、石牟礼さんの言葉にはそうした未然の力、原初の力があります。

金石範氏が、石牟礼道子全集の『椿の海の記』の解説の中で、未分化のもの、あの世とこの世の境を越える、意識の夜明け前のような状態、あるいは混沌といったもの、そういった状態が石牟礼さんの魅力であると書いておられます。私などは石牟礼さんの文明批判、時代批判から入っていった者ですから、なかなか文章や文学作品の中に踏み込むのは苦手ですが、この評はよくわかります。つまり、石牟礼文学はやはり詩であるということです。散文という硬い近代の時代精神に対して、これを乗り越え変えていくエネルギーは、まだ言葉にならない内部の思いから生じる。私たちは、石牟礼さんのそうした未然の言葉の力に魅力を感じます。

シェリーというロマン派の詩人がいますが、詩は芽生えであり、「おのれのうちに、自身および社会の革新の種子をはらんだ能力」だと言っています。これが時代を変えていく一つのエネルギーなのです。もちろんこの力は、散文にもある。たとえば、丸山真男のように論理で説得的に時代に語りかけこれを変えていくことも可能ですが、カチッとはまった機械論的な息苦しい世界の中で、人間性が窒息死させられていくような近代、これを変えるのは詩的な力しかないと思われます。ただ、その点でちょっと付言しておきますと、近代に対する私のスタンスは石牟礼さんとは少し違います。近代の原点という初々しいものがあったと私は思うのです。もちろんそこには今日に至るような間違った方向性も含まれていたと思いますが、石牟礼さんはこの「初発の近代」にはことさらには注目されていない。というのは、近代が今日のような社会のようになってしまったという、終末ないし末世の思いが石牟礼さんにはとても強いからだと思います。

ということで、それはともかく、詩の話に戻しますと、石牟礼さんは一貫して、詩人であると言えます。だからこそ石牟礼さんは、一方でシェリーがいう詩人――つまり時代の先駆けのラッパを鳴らし未来を指し示す「世の認められない立法者」、「霊感の祭司」であり、かつ他方では、その意味で非常に論理化しにくく理解しにくい面もあるのです。

《自由主義の再検討》

次に石牟礼さんが現代の究極の課題と考えておられる点について、故・藤原保信教授の『自由主義の再検討』に拠りつつ、考えてみます。藤原教授は優れた研究者でしたが、比較的若くして亡くなられてもう十年になります。遺著ともいうべきこの本は、自由主義の自己克服について語っています。自由主義とは、政治的には議会制民主主義、経済では資本主義、哲学では功利主義から成っていますが、この自由主義が今日我々の世界と心のすべてを占めています。つまりそれは、自分たちの物質的欲望の充足と所有こそが我々の幸福のすべてであり、このための市場原理や資本主義が最良のシステムであるという考えです。この考えが世界史の中で支配的になったのは、実はこの百年百五十年そこらのことで、これが今日隆盛を極めているわけですが、今この自由主義が行き詰まりを見せている。もちろん私たちは、自由主義に対抗する社会主義の思想と試みを知っていますが、これはさまざまな理由で挫折しました。では自由主義が勝利したのかというと、そうではない。私たちはこれまで以上に戦争・南北問題・貧困・環境・公害問題とさまざまな人類史上解決困難な問題を抱えています。そこで今、自由主義の有効性について再検討を迫られているのです。

この課題について、これまで、学問の世界では欧米起源の共同体論などを対置しながら、色々議論がありましたが、どうもうまくいかない。私はもう一度、自由主義という近代化によって失われたものは何かについて考えなければならないと考えます。私は、その第一は共同性や公共性およびさまざまな絆だと思います。近代化は、かつては私たちが豊かにもっていた自然との絆、他者との絆、あるいは自分の身体との絆を一切断ち切って、自分の個人的欲求や利害がまるでこの世の全てであるかのように、共同性・公共性を一切崩壊させ、私たち自身は全体世界像そのものを失ってしまった。私たちは、社会に何の関係も責任もない「遊離せる自我」や「負荷なき自我」になってしまったのです。しかし、だからといってこのバラバラな個々人を、国家の下に強力に再統合しなければならないというようにいきなり短絡してはいけない。もっと内面から、私たちはもう一度、近代化によって失われたものについて考えなければならないのです。

《共同性・公共性の回復》

つまり、石牟礼さんの思想が私たちに示唆する第一のものは、この共同性と公共性及び全体世界像の回復です。近代の人間中心の自然観世界観を超えて、より大きな自然や世界の一部としての人間存在の本来のあり方への回帰が、石牟礼さんの中心思想です。それは、近代の人間中心主義の機械論的世界像から、人間をその一部として含むところの有機体的世界像へのパラダイム転換といえるでしょう。私たちは石牟礼さんのこの世界像とそれによる共同性・公共性の回復に学ぶ必要があります。

この共同性や公共性の回復についていえば、その中核の価値としての「共通善」の問題があります。これはかつてヨーロッパで言われてきた言葉ですが、私たちは今日、社会にはその基礎となる共通善があるという、社会の共通認識を失ってしまった。私は、近代化を急いだ日本では、特にそうだと思います。これが自由主義の結末です。こうした共通善の喪失という問題意識やその結果としての終末の強調は、たとえば石牟礼さんの新作能「不知火」で示されています。「不知火」は能舞台でご覧になったりして、ご存知の方も多いと思いますが、それはいわば近代がもっているエゴイズム、功利主義、自由主義、経済合理主義、あるいは、それらが形をとって組織化された近代社会が、共通善や倫理から外れてしまった場合どうなるかを示しています。個人も組織も、エゴイズム・功利主義の極限まで行ってしまう。こうした終末的状況と末世の予告およびそれからの回復が「不知火」のテーマです。

《能「不知火」》

これは資料（「不知火」）でいいますと、「わが見し夢の正《まさ》しきに、終《つい》の世せまると天の宣旨あり。……ここに兇兆の海ありて、……」とあります。兇兆の海というのは不知火海のことです。さらに、「生類の世をながらく観照しておりしが、いずれ生命の命脈衰滅の時期来るはあらがひ難し」とあり、「ことにもヒトはその魂魄を己が身命より抜き取られ」と、ここは身体と精神の分離のことです。

「残れる身の生きてはおれど、ただぞろめき行き来する悪霊の影たるを知らず」。これは一種の「疎外」ですね。自分が自分でなくなってしまうという状態です。

「かかる者らの指先がもてあそび創り出せし毒のさまざま」、これは科学技術を指しています。「産土《うぶすな》の山河、てはもの皆の母なる海を妖変させたること、生類の世はじまって以来一大変事、ほとほと救い難し。……」これは心からの悲嘆ですね。このあたりは、かつての説教節のような、石牟礼さん独特のリズムをもった表現で、最後は「人間の分別、命の精《しょう》と共にかく衰えゆくもせん方なし。忌《いま》はしの穢土《えど》なるかな……」。

《近代科学の方法》

ここでは終末での近代批判がその極限にまで達しています。近代の結末が厳しく断罪されているわけですね。

その近代化によって失われたものは何かというと、まず第一に先に述べた共同性・公共性および全体世界像であって、言い換えると、豊かな関係性の喪失です。近代の自然科学の機械論的なものの見方は、一つ一つを最小単位として捉えます。人間も自然もそれらの関係も、端的に言えば、デカルトやニュートンのような力学的世界としてしか世界を見ないのです。こうした近代的な見方自体が、豊かな関係性を断ち切っていく方法だったわけです。

つまり、この世の生きた有機体的な生命体を、実体とは全く対極の死んだ機械的なものとして分析・分類して法則性を発見し、その最小単位から新たな死んだ世界像を描く、これが近代科学の世界像だったのです。それはたしかに人間がその法則を用いつつ容易に自然を理解し支配し物質的富を獲得していく方法でした。しかし、その近代的世界像と近代化の方向が、人間と自然全体の生命やその生きた諸関係――たとえば自然とのつながり、他者とのつながり、さらには自分の体とのつながりまで断ち切ってしまったのです。さらに我々が利益追求のために作った人工的な組織とその企図が、自然、人間と自然の関係、人間と人間の関係の生きた諸関係を断ち切りつつ、機能・効率の競争原理の下で利潤の無限追求に走り、その結果、目的であるべき人間とそのいのち自体を破壊してしまうのです。

《生命の文学》

これに対して私たちは、石牟礼文学から学ぶべきことが多いと思います。私は、石牟礼文学は「生命の文学」であり、いのちを言祝《ことほ》ぐ文学だと思っています。石牟礼さん一個人が自然や社会システムを、どうこうできるわけがありません。個人は無力です。でも、文学や言葉の力は偉大です。石牟礼さんは、祈りのように、呪術のように、自然と人間全体の諸関係の豊かさ美しさを讃美し言祝ぐことによって、自然＝人間全体の中に本来宿っていた生命・魂・霊（それは時空をも超えた豊かな関係性と物語性です）を呼び戻そうとしているのです。私がここで「呪術」と言ったのはいわばレトリックであって、決して前近代的な神秘主義を意味するものではありません。それどころか私は、この石牟礼文学の生命論的世界像こそ、脱近代の世界像や先端科学の生命論と深い関係にあるのではないかと思っています。

近代化によって失われた豊かな関係性について、さらに続けます。人間はかつて全的な存在として生きていました。それこそ牧歌的な古き良き中世共同体的な生も、想定としてはできる。それは一つの調和のとれた全体であって、その中で人は生きていました。その調和的宇宙《コスモス》が崩壊してしまったのです。たとえば戦後の歌謡曲ですが、例として「別れの一本杉」などいろんなものがありますが、これをしみじみ聞いていますと、これらは近代日本の嘆き節ですね。つまり戦後の近代化と高度成長の中で、たくさんの人たちが農村から断ち切られ労働力として都市へ向かう。村はしだいに過疎化の中で忘れ去られ消えていく。演歌は、こうした都市へ流入した人々の望郷の歌であり、消えていく故郷への挽歌なのです。

《いのちの母郷》

こうした何か最も大事な記憶や思いから、人間は切り離されては生きてはいけないのです。近代化によって、共同体やその風景や音、その全体としてあったもの、総体としてあったものから切り離され追われるのは大変辛いことです。人間が、その全体としてあったものとの豊かな関係性から断ち切られるのですから。石牟礼さんの思想の中心には、こうした近代化に抗して、深いところで全体、いのちの全体、いわば「いのちの母郷」につながろうとする再結合と望郷の思いが貫いています。その思いは、極端な近代化へと急ぎすぎた戦後近代に対する私たちの反省や悔恨と軌を一にするものでした。石牟礼さんは、そういう時代精神の転換を代表しており、そこに魅力があります。

《失われた倫理》

さらにもう一つ、近代化によって失われたものは、「善き生き方」です。これは適切な言葉がないので、仮に「倫理」と言っておきましょう。かつて共同社会の中で人間が営んできた生き方の中に、「善きもの」があった。それは先に述べた豊かな関係性と密接不可分です。人間の人間らしい生き方つまり倫理が失われたのではないか。石牟礼さんは、水俣病の患者さんについて、彼らが一番悔しかったことは、絆を断たれたことだと言う。また別の言い方をすれば、患者さんたちの闘いはただの権利の闘争ではなく、自然といい共同体といい、かつてあった全的な世界、つまり人間にとっての調和的世界を奪われたことに対する闘いだったという。この全体としてあった一つの共同世界、つまり、漁村の貧しくとも、自然や他者と調和のとれた世界の全ての崩壊こそが、最大の悲劇でした。水俣病という近代の病は、同時に一人一人の誇りを含めて、人々が住む共同社会の根底にある価値観や生き方やモラルを含む内面世界の一切を、根こそぎ奪ったのです。

《歴史へ——民衆の美質》

ですから近代化によって失われた、共同社会の中での人間の在り方や、古き善き生き方、これらをどう取り戻すかが、今日の私たちの課題です。いまの社会で失われたものが何か、今何が問題であり、どうやってそれを取り戻すか、これを考えるのは思想家の仕事です。これを解くヒントは、渡辺京二氏の著作業の中にあります。その中に『日本近代の逆説』という巻があります。歴史について、日本の近代化はこれでよかったのか、「もう一つの近代」は考えられなかったのかという問題提起です。さらに、『逝きし世の面影』というのがありまして、この本は、私たちが失ったもの、それがただ古いものが良かったというのではなくて、それがどんなものでどうやって失われたのか、なぜいま必要とされているのかということを示唆しています。『日本近代の逆説』は、二・二六事件や北一輝あるいは西南戦争に現れた反近代の民衆の情念を通して、日本の近代を再考しようとするものです。

これと同様の方向で石牟礼さんが歴史に挑んだのが、『西南役伝説』です。ここで石牟礼さんは、民衆や民衆の美質について歴史を遡って見てみたいと考えたのです。ですからそれは単純な教科書的な歴史ではなく、ルポ風でエピソード風であり、飄々としたところもあります。またそれは、従来の歴史とは全く視点が違って、民衆の視点から見た西南の役であって、民衆思想の出自を探ることを課題としています。ここには、前近代で達成されたものを無視して根無し草の近代化を進めた日本近代への疑義があります。それは、夏目漱石の有名な「現代日本の開化」と同様の問題意識ですが、石牟礼さんは、これを漱石のようなインテリの視点からでなく民衆の視点に即して読み解こうとしたのです。

そこで民衆の中に根付いていた「善きもの」をもう一度振り返って見てみようと石牟礼さんは思ったのですが、その歴史的な想像力という点で石牟礼さんは凄いと思います。例の、対象に密着する想像力豊かな記述をされています。それはよく読むと、日本近代の忘れ物を探しているようなのです。こんなはずではなかった近代への石牟礼さんの思いは、水俣病事件と深く関連しています。水俣病を生んだ日本近代の体質と構造への石牟礼さんの批判的眼差しは、民衆の視点に立つ石牟礼さんの歴史への眼差しと表裏一体のものでした。この『西南役伝説』

の中で石牟礼さんが求めた、日本近代が忘れた美質こそ、「倫理」つまり善き生き方であり、それが、水俣病に対して立ち上がった基層民の古来のモラルでした。

《進歩史観を超えて》

この点から石牟礼さんの歴史観を見ると、それは、近代の進歩の歴史観に対する没落史観です。歴史は直線的にずっと進歩していくものだという考えは、一八世紀フランスの「百科全書」派など、フランス革命を準備した近代啓蒙主義者たちの進歩史観です。これに対して、近代化によって人間にとって最も大事なものが失われたとする、一種の没落史観が石牟礼さんにはあって、今やその最終最悪の終末を迎えていると石牟礼さんは考えるのです。

もちろん、この終末から歴史は再生します。ですから他方で、石牟礼文学は「不知火」にも見るように再生・復活の歴史観でもあります。この没落＝再生という石牟礼さんの「循環の歴史観」は、ルソーの歴史観と共通しています。ルソーは『学問芸術論』で、ルネサンス以降、学問や芸術の発展が人間の生き方を良き方向に向かわせたかという問いに対して、文明の発達とともに人間の習俗・生き方は悪くなったという没落史観です。その没落の過程が『人間不平等起源論』であって、ルソーによれば、社会は政治的不平等から経済的不平等さらには社会的不平等が極まった最悪の専制状態に没落したというのです。そしてそこからルソーは歴史再生の方向に向かい、『エミール』という個人レベル、『社会契約論』という社会的レベルでの歴史再生をめざします。私は、両者に共通する感性と近代への絶望というロマン主義の視点でルソーと石牟礼さんを比較検討するのは、意味のあることだと思います。両者はともに、あるべき近代を、歴史と内省という自己回帰を通して見ようとしたのです。

《社会の再生と人間の再生》

さらに時代の再生へ向けて、石牟礼さんは社会の再生を考えています。まず、その再生の方法ですが、これはすぐれて政治と文学の関係の問題になります。石牟礼さんにとって両者は間接的ですが、深い関係にあります。かつて石牟礼さんは、水俣病運動の中心におられました。そこでのさまざまな政治的党派や運動体との接触の中で、文学者として、文学と社会変革の関係について自問されたと思います。結局は、運動を支えるのは一人一人の人間の意識、つまり感性や価値観の問題であって、この感性の部分から変わらなければ社会は変わらないと思われたと思います。それではどんな感性やモラルであるべきか、そのためには基層民の情や徳をどう受け継ぎ、よみがえらせ、社会を変えていったらいいのか。これもまた、石牟礼文学の大きなテーマの一つだと思います。石牟礼文学には、本来の人間の原点に帰ってそこにある豊かな感性やモラルを取り戻すことが社会を変えていくことだという、隠れたメッセージがあります。その点で、石牟礼文学は皮相な単なる告発の文学ではなく、人間と社会の関係にかかわる根源的な文学ではないかと思います。その意味では、イデオロギーとしての政治、硬直化した政治、自己目的化した政治には限界があり、それがいかに短絡した忌むべきものであるかは石牟礼さん自身がもっともよくご存知です。

《近代の組織——企業・国家・法》

次に近代の社会の再生についてですが、石牟礼さんは近代の組織の非人間性について指摘します。この近代組織としては、利益追求のための企業とともに、国家や法システムがあります。水俣病裁判の初期、患者さんたちは、国家や法に対して一種の家父長的な信頼さえ抱いていました。しかし、実際はそうではなく、彼らは、近代組織がどれもいかに非人間的、非情なものであるか思い知らされるわけです。石牟礼さんは近代法の言葉、法廷用語、補償金の話、さらには権利、人権、あるいは環境という言葉に至るまで、すべて近代の用語は虚しく、虚構だと考えるわけです。『あやとりの記』などを読むと、私たちが使う近代の用語がいかに虚しい「空嘘ばっかり」の虚構に満ちたものであるかと、石牟礼さんは考えています。

近代ないし近代国家の本質は何か。ここに『西南役伝説』に「外車《そとぐるま》の船」という面白い話があります。西南の役のとき、官軍の船がやってきて、ある漁村の漁民たちを徴用しようとした。ところが、漁民たちは全員村ごと船に乗って逃げ、島影に隠れてしまった。大砲でも撃たれればそれは大変なことになるが、官軍もそんな小さな村にかまっている暇はなく、結局、官軍の船は去って行った。

このエピソードは、明治初期、国家というのは、その程度だったということを示しています。しかし次第に、そんな牧歌的な話でなくなってきて、近代国家は中央集権的な帝国になっていく。そしてこの中央集権国家は、辺境を蔑《さげす》み侵しはじめます。その辺境に水俣があり、それをさらに企業という近代の巨大組織が飲み込んでいく。石牟礼さんは、近代合理主義・科学主義が企業という近代の利益追求体と結びついたときの非情さについても語っています。つまり、人間の幸福のためにつくった組織が、逆に人間性を損ない道具化するという近代の逆説が、ここにあるのです。

《公共性・公共的良識の回復》

そこで、このような近代の社会や組織を抑制しコントロールする手立てとして、公共性や共同性の復権があります。共同性については、近代の作為の共同性、つまり組織・企図による共同性に対して私たちがどうやって内発的で有機体的な共同性を取り戻すかが課題です。

さらには、公共性や公共的良識の回復が必要です。それは、失われた善き生き方と、開かれた感性と場の回復です。「公共」とは、国家が独占する「公」でも、私個人の「私」でもない、その中間の場、しかも開かれた自由な場のことをいいます。民から文字通り「共に」つくる、開かれた場のことです。そのためにはまず、自己を乗り越えて他者に開かれ共鳴する感性が必要です。

かつて水俣病運動の初期、「義によって助太刀いたす」という有名な言葉があったそうです。この古来の基層民の素朴な人情とモラルこそ、かつての日本にあった公共性・公共的良識ではないかと思います。私は、自然という全体と深く一体化した感性や、「もだえ神」や「煩悩」の連鎖という、石牟礼さんの人間像や有機体的自然像から、本物の公共性や公共的良識が読み取れるのではないかと思っています。最広義の真の公共性とは、時空を超えたものです。緒方正人さんが言うように「もとのいのちにつながろい」なのです。「公共」という場の前提は言論に開かれていることなどですが、さらにその大前提は他者や自然も含む私たちが、地域や世代を超えた生命で深く連鎖しているということです。これは、具体的かつ普遍的、つまりグローカルな生命の公共性ともいえるでしょう。

《自立と共同》

さらに共同性という点で、石牟礼さんは「自立と共同」について論じています。石牟礼さんの共同性は、前近代的共同体のもたれあいの共同性ではなくて、自立を前提としています。水俣病の患者さんに対しても、石牟礼さんは徹底した深い孤独・孤絶を通して「共に歩む」のです。それを、石牟礼さんは「道行き」と言います。それは単なる同情や共感ではなく、死を覚悟した、「自立」を前提とする「共同」なのです。その意味で、石牟礼さんほど、真に自立した「近代人」はいないと思われます。これを私は、近代の抽象的な、言葉の上での自立論を超える、石牟礼さんの真の近代的自立論ではないかと思っています。

《新しい倫理》

また、時代を超える基層民の倫理の復権という点で、水俣には見るべきものがあります。緒方正人さんに「チッソは私であった」という言葉がありますように、水俣病の患者さんの中から、受難を通しての新しい倫理の誕生があります。これは、受難の果てに加害者・被害者の二元的図式を越えて、一切の罪を自分たちが引き受けていこうとするものです。それは、前近代的な強いられた諦念でも自己犠牲でもありません。これは、いわば近代の私的自我を中核としつつこれを普遍的なものへと止揚する、ひとつの倫理のあり方として、私たちに大きな問題を提起するものです。

《新しい知》

今回一番お話したかったのは、新しい「知」と世界像ということです。鶴見俊輔氏は、石牟礼さんを「現代の古代人」と名づけ、民衆の中に引き継がれてきた共同の感情を、最もうまく言語化し表現していると評価しておられます。渡辺京二氏は、石牟礼文学を、我が国で日本人の民衆意識に密着し得た初めての文学ではないかと言っておられます。我々が古来持っていた共同感情や、近代知に染まらない非近代知の原型を石牟礼さんはもっておられる。それは、石牟礼さんの生い立ちやこの人の感性を見れば、余計な近代の知識や思考に毒されていないことが良く分かります。石牟礼さんの言葉には、とくに日本近代の言葉の脆さ・観念性・虚構性を超える力があります。これら日本の近代知の問題点や弱さは、まさに日本近代が持つ弱点でもあるのです。

《存在の意味のある世界》

石牟礼さんにおける「新しい知」についてお話するのがメインテーマでしたが、時間が尽きました。ただ最後に、石牟礼さんにおける「存在の知」について一言します。これは石牟礼さんにおける「存在の意味のある世界像」と表裏一体のものです。石牟礼さんの世界像について、循環型世界像や神話的世界像など種々定義できますが、これらと深く関連する存在論的世界像、つまり「存在の思想」についてとくに指摘しておきます。

丸山真男は、『日本の思想』の中で「『である』ことと、『する』こと」について語っています。前近代では殿様「である」ことが偉いのに対して、近代というのは、何か「する」ことが偉いのだというように「行為」を基準とする社会で、確かにこのことは間違いではありません。しかし今日、その人や企業が何を「する」かは、それらがどんな人または企業「であるか」と深く関係しています。しかも、何かを「する」ことは、その人が役に立つか立たないかという効率・機能・有用性で判断・評価されます。「する」こと（行為の論理）はたしかに、前近代の身分制から人々を解放する上では非常に平等かつ有効で、人々にインセンティヴを与えました。しかし、資本主義社会である近代社会では、たとえばさまざまなハンディなどで有効に「する」ことができない人もいます。さらには、近代的価値観が大きく変わる中で、これまでの効率や機能ではなくて、すべての人や万物が意味のある存在であって、自足しながら意味のある一生を終えることを重視する人たちも増えてきました。つまり「すべての存在にそれぞれの意味がある世界」へと脱近代社会の価値観は変わりつつあります。前近代の「である」ことから、近代の「する」ことへ、さらにはそれから、脱近代のより普遍的で高次の「である」ことの重視へと時代は変わりつつあるようです。

例えば、「カンバランドの乞食」というワーズワスの詩があります。それは村に老乞食がいて、べつに蔑まれたり差別されもせず、皆で生活を見てもらっていた。しかしその乞食がいるおかげで、村人がこの乞食もかけがえのない村の一員であるという慈善や共同性の意識をもてたのだと、ワーズワスは言うのです。「タデ子の記」を初めとする、どうしようもない共同性の意識は、石牟礼さん独特のものです。理屈ではなく人間も自然も万物が、かけがえのない意味ある存在だという視線、差別された人々、貧しい人々へ、あるいは病める人たちへの石牟礼さんの眼差しは、石牟礼作品のいたるところに見られます。どの存在もそれぞれ豊かな関係性をもって連鎖し、どれも互いに不可欠な存在であるという主張は、「行為」の論理を中核とする近代思想に対する強烈なアンチテーゼであるわけです。

《おわりに――近代を超えて》

こうして、近代社会の克服は、石牟礼さんにとって、ひとりひとりの「内なる近代」の克服にかかっています。石牟礼文学に学ぶ最大のポイントは、原初の豊かな感性です。硬直化していない、開かれた柔らかい感性、原初の魂、痛みを感じる力、天地を創造する力、空気よりも柔らかい生みたての感性、こうした新しい豊かな感性が振る舞いや生き方を通して、共同の感性となるとき社会が変わっていく、と石牟礼さんは考えます。近代が自然に対しては科学技術による支配を貫徹し、人間に対しては分断・競争・効率的管理による支配を貫こうとするのに対して、脱近代の知は、自己の内なる多様性と差異と豊かな関係性を重視して調和と自足をめざします。つまり前者の近代が結局は「力」による支配であるのに対して、後者は、私たちがフランス革命の近代原理の中でも忘れてしまった「友愛」の重視です。そこでは「自由・平等・友愛」と並び称されましたが、その後、自由は肥大化し、平等はいまだに形式的であり、友愛はいつのまにか忘れられました。

不十分ですが、私なりに石牟礼さんの思想の現代性について概観しましたが、どうか皆さんは自分の問題意識と好みで、多種多様に読んで下さい。画一的に読むことほど、石牟礼文学の読み方としてふさわしくない読み方はないからです。

補論Ⅱ 【対談】石牟礼文学の世界――新作能「不知火」をめぐって

石牟礼道子
岩岡中正

◆能「不知火」のこと

岩岡 今日は貴重な機会を与えて下さいましてありがとうございます。今回の新作能「不知火」は、石牟礼文学という、これまでの膨大な蓄積がございますが、それのいわば集大成というような、しかも能という形での、非常に凝縮された、高度な、結晶と言っていいような作品です。今回の対談は、その「不知火」を、ご自身で語ってもらう貴重な機会で、私も楽しみにしております。そのあらすじにつきましては、お手もとの資料をご覧下さい。特にその最初のところですね。つまり、不知火海の「海霊の宮」の斎女で龍神の娘である不知火は、陸の毒をさらった弟・常若と共に世界の回生の祈りを上げ、身を滅ぼそうとするが、菩薩によって救われ、二人は結ばれる、というストーリです。その他の登場人物としては、その菩薩つまり「隠亡《おんぼう》の尉《じょう》」という方がいて、さらに古代中国の楽祖で怪神の「夔《き》」が呼び出され、祝婚の舞を舞うという、一言で言えばそういうことになっております。

もう一つ、さらに「不知火」の上演詞章（台本）がお手もとに入っておりますので、この詞書きも、非常に簡潔な、そして格調の高い典雅な文章でして、これからのお話に出ると思いますけども、表現の面でも、非常に素敵なものです。

そこで、最初にお話を伺う前に、ひと言ふた言、内容についての私自身の感想を申し上げなければならないと思いますので、少し我慢して聞いて下さい。

◆思想家・石牟礼道子

岩岡 私は、石牟礼さんから時おりお話を伺ったり、作品を読んだり、いろいろな親しみ方をしております。けれども、石牟礼さんって「誰だろう」とか「どんな定義をしたらいいのだろう」とか、以前から思っておりました。石牟礼さんはたいてい、「反公害の告発者・運動家」だと言われたり、「予言者」や「巫女《みこ》」だと言われたり、あるいは「土俗的」と言われたりすることもあります。しかし私自身は、「思想家」ではないかと思っています。私は政治思想史をやっておりますので、どうしてもこういう表現になってしまいますが、「思想」というのは、時代が抱えている根本的な問題をいち早く感知し、それを理解し、人よりも早く、そして人よりも深く、その問題の核心に迫って、最も根源的なところから、時代の課題に答えるものです。その意味で、時代の課題へのラディカルつまり根源的な回答、それが思想だと思います。それを担える人はそんなにいません。その点で、その言葉の最も深く正しい意味で、石牟礼さんは思想家であると思っております。私自身は、いま「共同性」という、政治学の側面から石牟礼さんの思想に接近をしておりますが、これは私だけではありません。同じ法学部の伊藤先生もそういう関心をおもちだし、いま国際的にも石牟礼さんの著作が翻訳される段階に来ております。もちろん学会でも、私は石牟礼研究を報告したりしております。そういう意味で、研究に値する思想家だと思います。しかも、思想は理論や学問という形でだけ伝わるのではなく、いわば文学作品として伝わる、つまり感動として伝わるという意味で、影響力のある思想家だと思っています。

◆表現者・石牟礼道子

岩岡　そういった意味で、この現代が抱える大きなテーマについて、石牟礼さんという人は、問題をより深いところから提起し表現できる文学者、表現者であると思います。石牟礼さんが扱っておられるのはとても大きなテーマで、まさに、人類史と向き合うというような、スケールの大きさです。そして、緒方正人さんの『チッソは私であった』という書物にも共通するのですが、近代という、私ども自身の内なる原罪を正面からとらえて、人類の再生や救済、祈りといったものを描き、これらのテーマに根底から立ち向かっておられる。今回のパンフレットで、面白い資料になると思ったのですが、「能「不知火」百間埋立地奉納に当たって」という、非常に短い文章がありますが、ここで石牟礼さんは、とても大事なことをいっぱい書いておられます。ここでは、この能が「命よ永遠なれ」というメッセージないしは祈りをテーマにした、大きな問題を扱っていることを書いておられる。

しかも「不知火」は、その表現においても、大変興味深く、石牟礼さんにとって思想と表現の両者は一体のものであって、思想はきわめて力強い言葉や文章によって支えられているのです。非常に気高く力強い言葉です。以前ロンドンの地下鉄のホームの壁で見かけたのですが、タイムズ紙の広告がありまして、そこに「ワーズワス」(Wordsworth) と書いてあったのです。「ワーズワス」という詩人の名は、言葉の価値 (words/worth) とも読めますね。それをしゃれてですね、言葉が伝えるものの重さ、言葉のもっている価値や重みをどう伝えるかと言いたいわけです。そのことを思い出したのです。石牟礼さんの持っておられる言葉は、自分でつくりだした言葉ではないかと思います。しかも、それは自分の思想、それも非常に深く大きな思想を表現するときの、これしかないという言葉を一生懸命さがして出てきた言葉ではないか。私も言葉に携わる者として、この点に非常に関心を持っております。思想が言葉を通して力になったような、そういう力強さを感じます。しかもそれは、おのずから典雅な能の言葉から成っているのです。

パンフレットにも、「悲しみを極限の美へと昇華する」と書いてあります。この「不知火」を読みまして、また、梅若六郎さんに一節謡っていただいたのを聞きまして、力強い励ましといいますか、このいわば、現代社会の行き詰まりをどう突破するか、苦しみを越えて、再生の果てに見える何かがある――つまり再生の果てにある未来や希望というものが、そこから湧いてくるような印象を受けました。したがって、言葉遣いは――しばしば、「石牟礼節」ともいわれますが、――独自の文体を作り上げています。リズム感があり、しらべが良く、古代の言葉の格式をもった言葉の開発や創造に日夜苦労されている。しかも、その言葉遣いにリアリティがあります。身体的なリアリティがある。また、構成力でも、ストーリーを見ていただくと分かりますように、スピード感があって、ドラマ性があり、能としてのおもしろさがあります。

背景に真っ暗い海がありまして、そこに不知火が登場してくる。そして毒をさらい毒が回って狂乱する。これを「カケリ」といいます。それから、弟・常若と再会し、次いで祝婚の儀に移る。そして「夔《き》」という楽神が現われて、祝いの舞を舞う。最後はちょうど「歓喜の歌」のような、息もつかせぬ迫力があります。そういう、水と火のドラマ――つまり、「不知火」はまさに水と火という最も根元的なものを通して、ドラマが構成されています。つくりも、いかにもダイナミックだなあと、非常に感動しました。

◆近代を超える知

岩岡　全体として、石牟礼さんがこれまで追求してこられたことは、近代知を超える新しい知、といいますと抽象的な言い方ですが、何か「新しい知」を生み出すことでした。それは、「全体知」といいますか、私たちが細分化しながら失ってしまったもの、全体の世界、それを捉える私たちの全体の感覚を、どうやって取り戻すかということでした。これを担ったのは、いわば「新しい知」というべきものでした。この点では、すでに『もうひとつの知』（下村英視著）という本も出ておりまして、哲学から石牟礼さんを扱う研究も既に行なわれています。私は石牟礼作品のすべてではありませんが、色々読んでおります。この「不知火」の中には石牟礼さんの作品、思想の一切が結実しているという印象を受けました。また、この能から、生命への信頼、力強い希望、再生への希望をもらったような気がしました。その他色々ありまして、そういうお話を、お聞きしたいと思います。

まず、口切りですが、この「不知火」という作品は、内容的にもスケールの大きな、思想的にも表現でも集約された、石牟礼さんの独特の主張と個性が出た作品で、渾身の力がこもっている、というのが第一印象です。この作品を、書かずにおれなかったお気持ちについて、まずお話しいただけますか。「奉納文」の中にも、「人間は、ありえないような苛酷な運命の中で、かくまで気高くなれるのか」という文章がありますが、なにかその辺のところからお願いいたします。

◆二〇世紀という殻

石牟礼　どうも皆さま、今日はお越しいただいてありがとうございます。ご挨拶が遅れました。岩岡さんにあんまりお褒めいただいてちょっと身の置き所がないような気持ちでございます。それから、あんまり真剣な顔をされても……（笑い）。

　私、ゆうべ夢を見まして。今年の夏、仕事場の周りに蓑虫がいっぱい発生しました。大量に、初めて、蓑虫というのを間近に見ました。いつも高いところにぶらさがっていますのに、それが地上を這って移動しておりますので、つくづく見まして。それまで、尺取虫とか蓑虫とかいうのは親しく思っていたのですけども、これは面妖な虫だなあと思って、ゆうべ夢に出てきたのです。「蓑」というのは、なんでございましょうか、何かの必然があって、いつも蓑の、自分の入れものの中に自分の身体を入れて、そこから首だけ出して。ときには自分を抜け出して歩くこともあるのでしょうか。そこで、その夢の中で私も蓑虫になっていまして。その蓑が、二〇世紀なのです。蓑というものは、重い重い、脱出することができない、容れ物としての蓑なんです。でも抜け出してどこへ行くのだろうと思っていますと、二一世紀へ向かって出ていくのです。しかしその二一世紀には希望がないわけですね。さらに、凶変、凶兆を意味する二一世紀に向かって、二〇世紀という殻を抜け出そうとして、「こらぁ、きつかなあ」と思って。希望のないところに脱出して行かなければならない。ちょうど『苦海浄土』の第二部がなかなか書けないで、書こう書こうと思っているのですけども、さてその書くという具体的な仕事が、何しろきつくて、止まっておりまして。無我夢中で、寝ても覚めても、水俣、水俣で。岩岡さんにお褒めいただくようなことは何もないのです。曖昧模糊として毎日暮らしてまして。何を考えているのか、考えてはいるのですけども、どれほどのことを考えているのだろうかと、毎日思っていまして。これが、肉体的にもきつうございまして、目は見えなくなるし、足も悪くなるし、それから、また何か来そうな気もしまして。七〇歳も遥かに越えましたので、普通の意味で、お年寄りの引退の感覚と言いますか、日夜、愚にもつかないこと、大概、愚にもつかないことばかり考えております。原稿用紙に向かえば、そんなに自分で恥ずかしいようなことは書けないしなあと思って営々とやってきました。

◆道行きと煩悩

石牟礼　それで、「不知火」を思い立ちましたのは、直接には、お能のグループから頼まれましたものですから。頼まれたことが直接のきっかけですけれど、書きたいとは思っておりました。それは、水俣の患者さんたちに同道して、東京のチッソの、丸の内のビル街なのですけれども、座り込みをしておりましたときです。座り込みというのは文字通り、地べたに座ることでございます。冬も一二月に入ってからでございましたから、寒いんですよね。舗装してございます。プラタナスの葉っぱが、からからからから、あの葉っぱは大きいのですよね。散るんです。そうしますと、夜になると寒うございます。でも夜中起きているわけにもいきません。足は痛いし、寒いし、私一人じゃございません。患者さんと、知り合いの若者たち――ここにも若い人たちがいらっしゃいますけども、当時の若者たちは大変純情で、その若者たちが周りにいてくれまして――と寝るわけですが、寝床はもちろんないわけで、プラタナスの葉っぱをかき寄せましてね。こんなに大きいのでございますよ。それがぱらぱらぱらぱら落ちてくるものですから、かき寄せて、布団代わりにたくさんかき寄せて、敷いて、かぶって、体に乗せて寝ますと、それが粉々になって、皆粉まみれになって。大変おもしろいというか。悲惨という感じではなく、一人では悲惨でしょうけど、「あらぁ」と言って、楽しいこともあるのですよ。それで、これが乞食というものかと。患者さんたちをお守りしなければならないので、お通りになる方々にお浄財をお願いするわけですね。そうすると、恵んで下さいました。これが、三日すれば止められないということかと（笑い）。

そういう活動が一年七か月ほど続きましたのですが、座り込みといいますのは、ある一つの決断をしないと座れないですよね。楽々と座っているわけではありません。何かこの世と決別するような。水俣の人たちは、当時は、——今は違ってきましたけれど、——「まあ、水俣の業《ごう》をさらしに、かんじんになりに行くげな」とか、「水俣の恥をさらしてくれて、ようまあ、そげんこつしてくれる」という、非難の声に送り出されて行っているわけです。患者さんたちはもう、今はもう言いたくもないのですけれども、それこそ、肉体的に苦痛を抱えておられる上に、白眼視されて差別されて、「おまえたちは、水銀ばまた飲んではよ死ね」、「水俣の目障りだ」というビラが新聞折り込みで出たりする時代でございましたので、私よりも患者さんたちは、もっと百倍も千倍もつらいお気持ちだったと思うのです。それで、私も、同じようにはなれませんけども、同じ気持ちにならないと座れたもんではありません。あらゆる世間的な絆を自ら切りほどいて、決別して行くんだという実感がございました。

当時は、「団結して」、「連帯して」、「自立をして」という言葉が流行っておりました。だけど私は当時流行っていた、左翼的な元気のいい言葉になじめず、「団結」や「連帯」だけでは何か足らんなあ、何か情において足らんなあ、と思っておりまして。それで、この人たちと「道行き」を共にするんだと自分に言い聞かせました。道行きといいますのは、一人の人と、どのくらい絆を深めることができるかということなんです。見も知らなかった人たちですけども、だんだん相知るようになりまして、そうすると、煩悩《ぼんのう》がわいてくる。

「煩悩」と言いますのは、宗教的には絶たなきゃならないものですが、水俣では肯定的に使います。年寄りたちが幼い者たちに情愛をかけることを、「わたしは、あの子に煩悩で煩悩で」と申します。情愛の表現として、離れがたい、絶つことのできない情愛を肯定的に申します。「あの子たちに煩悩でならんこっで、あの世になかなか行けません」という風に言いますけども、患者さんたちとの間にも、こんな煩脳がわいてきました。

それで、「連帯」も悪い言葉ではありません。「団結」も悪い言葉ではありませんが、「連帯」や「団結」だけでは、何か固い縄のようなものでお互いを縛っている気がして、もうちょっと何か、心の隅々まで、あるいは肉体の隅々まで、あったかくあたため合うような、死んだ先までも、あの世に行ってからも忘れがたいような絆がないと、あんな二月の北風のびゅうびゅう吹く東京のど真ん中で座れたものではありません。

その絆のことを、わたしは「道行き」と自分に言い聞かせました。たとえば心中するときの、二人であの世に行く姿を「道行き」というのですが、お芝居で見せたりしますよね。これを私は道行きの旅だと思い聞かせました。しかしその時は、何かもの寂しいのですけども、道行きをする同行する自分というのは、徹底的に孤立してるわけなんです。一人ででもあの世に行かなければならないと思い合っている者同士が、そこに絆を結ぶ。それは普通の感情ではない。孤立の果てにふっと目を上げると、そこに同じような境涯の人がいる。この人たちと一緒に行きましょうか、というような気持ちなのですよね。そんなときです。世阿弥の『風姿花伝』が頭に思い浮かびましてね。あの本は、いつか読みたい読みたい、と思っていました。小さい、ポケットに入るような小型の本ですから、座り込みの時、道行く人の足が途絶えた、誰も通らない時刻になると、それを取り出して読んでおりました。この本は、表現としても、勘所をつかんでるというか、その時の私の気持ちにぴったりでした。道行きの行く手にある、導きの言葉として『風姿花伝』をめくると、どこから読んでも良いものですから――私は悪い癖があって、一冊の本を最初から最後まで読み通す根気に欠けるといいますか、ところどころ、だいたい読むものですが――私もこういう言葉を生みたいと、その時思ったのですね。以来、『風姿花伝』は、今も時々読む座右の書になっております。

チッソの社員の人たちは、夕方になるとどおっと出てきて、邪魔がるのですよね。チッソの方々は、何で座っているのか、少しもお分かりにならない。何かいやなやつが座っている、とにらみつけて行かれるのですが、それはやっぱりつらいのですよね。チッソの方、おひとりおひとりに罪があるわけではないですよね。お見舞いただきたいとは思っても、やはりお見舞い下さらないわけですね。でも私には、その時に味わった、この世と決別して一人で落ちて行くという思い、そして落ちて行って着地したところに、同じような方々が、足が萎え、手が萎え、首が萎えて、五体不満足になられた、そういう方々がおられましたので、ご縁が出来たのです。

◆島原の乱と、文明の行く末

石牟礼　他のことも色々、例えばその時、島原の乱のことをしきりに思いました。望みといえば、早く天に召されて、と島原の乱のキリシタンたちは思っておりましたから。私もこのキリシタンたちのことをしきりに思いました。私はこのことが終わったら、島原の乱のことを書こうとか、キリシタンたちも似たような気持ちかもしれないなあ、と思いました。でも、島原の乱の時には希望がございましたんですよね。天に召されて、デウス様に抱きかかえられるという。しかし、水俣の患者さんたちには、当時は希望がおありになりませんでした。それで私は少しでも希望を見たいと思って、島原の乱のことを書きました。私は、そこで座り込みをした一部の患者さんに教えられたのです。人間の一生の行く手を全部閉ざされた方々に対しては、決して、お金であがなえるものというのはあり得ないわけです。そっくり課題が残ったまま、東京から引き上げまして、人間の希望というものは何だろうと、文明の行く末をずうっと思い続けておりました。水俣のことは予兆ではなかったか、この先、水俣の患者さんたちだけではなくて、来世紀はもっと悲惨なことが待ち受けているのではないかと、ずっと思っておりました。最近は皆様も、若い人たちも、大変憂いを深めておられると思うのですが、文明の行く末は、これでいいのかと。始まりは、近代の始まりでございましたが、あっちからこっちからこの日本に近代というのが入ってきて、みんなが飛びついて、今のような世紀末を迎えて、はたと気がつけば色々思い当たることがあると、大方の方がお思いになっていらっしゃると思いますが、私もその一人です。それで、自分にできるところから、気がついたところから書き始めて、今に至っているわけです。

能というのは、究極の表現というふうに、当時から思っておりました。ひょっとして、これが最後になるのかしら、とも思ったりもしておりますが——まだ書きたい題材もあるのですが——何とか、お能の形を踏まえて出来ました。

◆言葉に力はあるか

石牟礼　座り込みをしました時、しきりに思ったことがあります。コンクリートの道の上というのは、実にわびしい。ある朝、寒さで目を覚ますと、耳元でかりかり音がするのです。猫が大地をひっかいている。はっと思いました。東京の猫はかわいそう。排泄したものを隠そうとして、本能的にひっかいているのですよね、泥がないのに。猫というのは——私も猫好きなのですが——後始末をしますときには、何か、夜でも朝でも、はばかってですね、なにか恥じらうように、排泄の後始末をします。その泥をかぶせる姿を見られないように、見られたら恥ずかしいという様子で、後始末をしますよね。非常によくできている。でも、それをやる泥がないのですね。それで、がりがりとしては、立ち上がって手を振って。本当に、わびしいというか、かわいそうというか、見るのが気の毒で。それで、私は土というのを改めて考えました。土、大地ことです。麦でも草でも種が落ちますと、鳥が持ってきた種でもいいのですけれど、芽が出て、花を付けて、実を付ける。この魔法のような大地の自然への力を、これをやっぱり取り戻さないと、人間の生命というものも、自分でそれをやってみないと、生命というのが解らない人間ができていくなあ、とその時思いました。生命というものが解らないから、簡単に「切れた」

とか言って、人さまの生命を簡単に奪うようなことができる人間が今、増えておりますよね。文学に力はあるのだろうかということを、ずうっと思い続けて、力がないなあと、今やくたびれ果てております。今日はお呼びいただいたのに、本当に申し訳ないのでございますが、岩岡さんがおっしゃるような力は、とてもないと思っております。

岩岡　そうはおっしゃいますけども、石牟礼さんの言葉にはずいぶん力がある、と私は思います。

どうやってこの世と決別するかというお話の、その覚悟のようなところを、非常に興味深くうかがいました。「道行き」ということです。さきほど日本の近代化について、どうしてこうなったのだろうとおっしゃっていたのですけど、近代化すればするほど、効率的になって便利になって住み良いようなつもりでいたのだけども、その度にどんどん大事な絆を私たちは切り捨ててきました。水俣では、プラスの意味での「煩悩」とおっしゃるし、そういう用法もありますけれど、私たちは、いろんな絆を断ち切っている。絆にも色々ありますよね。まず自分自身との絆があるでしょう。自分と自分の体との絆が切れることがある。自分で自分が何をしているか分からなくなった、あるいは体が言うことをきかなくなった。さらに他人との絆が切れています。それと、最も大きいのは自然との絆も切れています。切れているというか、自分が高みに立ってるのですよね。自分が支配している。それは絆が切れた関係、煩悩が切れた関係ですね。これらの絆を絶ち切って、偉くなったような気持ちで、実はどうしていいかも、自分で分からなくなってしまっている。

石牟礼さんのお話で思ったことですが、「連帯」という言葉も、軽々しく用いられると、むなしいですよね。普遍的な言葉が、何か具体的な関係を断ち切ってしまったところで言葉だけ軽々しく使われると、言葉に力がなくなってしまいます。

◆身体的表現

岩岡　そういうことで、石牟礼さんの文学というのは、どうしたら言葉に力を取り戻せるか、そこに生命を通わせるか、その領域をどんどん開拓し創造していく試みだと思っております。深いところへ、深いところへ。そういう、従来の言葉ではとらえられない、分析とか論理とかいう理屈や思考ではとらえられない、いわば、「感知」と言いますか、感じること、全体で感じることが大事なんですね。私は、今度の「不知火」の詞書き（台本）を拝見して、身体的表現が結構多いことに気付きました。まず聴覚が発達してないといけない。最後のところで、「夔《き》」という音曲の神が小石を打ち合わせる。どんな音がするのだろうと、私、すぐ思いました。さぞかし良い音だろうと。磯の石を手にとって、かっちん、かっちんとやる。そして、「不知火」という主人公が──海中の海霊の宮の斎女ですが──海底からぐうっと立ち上がってくる時の光。私は不知火を見たことがないんですが、俳句の季題ではございましてね、よく作っていますけど。三角《みすみ》町の戸馳《とばせ》島には横井迦南の不知火の句碑もあります。ただ、不知火の現物は見たことないんです。さぞかし美しいだろう、幻想的だろうと思うのですが。能の中でその「不知火」の姿が立ち上がるところの表現は、やはりすばらしいものがあります。

それに、この能を貫くものに、「香り」があります。嗅覚ですね。潮の香りもいたします。最初のところで、不知火を迎えるのに、香（反魂香《はんごんこう》）を炷《た》きますよね。そういう体ごとの表現ですね。こうした石牟礼さんの表現は、あらゆるところに、近代的な表現を超えて、なんとか実体に迫ろうとするものがあります。私のような俳句詠みの立場から申しますと、非常に俳句的表現、即物的表現というのがあるんですね。幻想的なことを一つのドラマとして描きながら、これに具体的な、美しい「もの」を通して表現された世界が、ちらちらとフラッシュのように入ってくる、そういう感じがしました。「あしのうらかそかに痛き今生の名残かな」という、作品中の一文だけをとって言うのも何なんですが、ここが大変印象的ですね。「あしのうらかそかに痛き今生の名残かな」。情というものと具体的な感触が、その足の裏で結びついている。「天高く日月と星あるかぎり」という言葉、これはまさに、もう俳句ですね。「天高し」というのは秋の季語でもあります。あるいは、最後のところの「創世の世のつぶら貝を抱く心地かな」とかですね。非常に、言葉が実感をもって迫ってくるような表現が、随所にありますよね。これは「詩」なんですけども、それは、欧米からの観念的な詩というよりも、日本的なといいますか、俳句でいうような具体的な「もの」を通した、あるいは身体を通したリアリティのある詩的表現だという感じがしました。

◆天は病んでいる

岩岡　石牟礼さんの代表句であり、現代に対する一種の弔句だと思うんですが、「祈るべき天と思えど天の病む」という句があります。これは『天』という句集のもとになったものですが。その句は今日のテーマと関係がありそうですので、石牟礼さんご自身でこの句の解説、ご感想をいただけたらと思います。この句が、どのようにして出来たか、どのような思いでできたか。

石牟礼　わたしたちは、もうどうしようもない時は祈るよりほかはない、とよく申しますけども、祈ろうと思って空を仰ぎみますときに、その空は、オゾン層の破壊とか、それればかりではなくて、汚れ果ててしまっています。天というものは、私たちにとって、究極的なところですよね。天上の神々という言い方をしたり、菩薩さまも天上の雲に乗って現われると言います。だけど、空も汚れ果てていますから、仏さま方のおられるところでもなくなってきているんじゃないでしょうか。

谷川雁さんがこの句について、「僕は、天は健やかだと思うよ」と言われたことがあります。それに対して、私は、非難の気持ちはありませんが、「どうもそう思えません」と言ったことがあります。この句は、ある一瞬閃いた句なんです。といいましても、そこまでいくには日夜、何十年、考えて考えていたことなんです。もちろん私も希望は持ちたいですけどもね。

◆神話の意味

石牟礼　今お読みいただきました「不知火」の一節で、古代中国の音曲の神様は、水俣の石――水銀まみれの石なんですが――でも音曲の神様だから、妙音を出す、楽器らしいものを持たせるべきだが、何を持ってもらえば良かろうかと思いましたとき、「よかよか、水銀の石がよか」と思ったんです。

その水銀の石を取って打ち合わせるときに、「夔《き》」というその神様――化け者の神様なんです、本当は。窈窕たる美女にもなり変われる神様ですが――水俣の水銀の石であっても、音楽の神様に持たせるとこれが妙音を発する「つぶら貝」になるんです。創世のこの世が始まるときからいた、丸い貝ですね。水俣の海辺にも昔はあった丸い貝です。そしてそれを打てば妙音が出てきて、百獣たちが舞い出てくるような音を出す神様なんです。水銀の石をつぶら貝にしてしまうような力を持った神様なんです。実際にはありえないことですけれども、妙音が出る。そして、死んだ猫たちも、胡蝶となって舞い踊る。そんな風に「神話」として作り出さなければ、現実の私たちの力ではどうにもならないところまで来ている、ということを思っていまして、ぱっと出て来ました。

岩岡　高浜虚子に「病葉《わくらば》や大地に何の病《やまひ》ある」という句があって、ちょうど同じ発想だなあと思って感心しました。「病葉」は夏の季語ですけども、病葉が、地面の上に落ちて枯れている。落ちる理由もないのに枯れている。

大地に何か病があるのだろうかということで、同じ発想なんだと思いました。

さらにひとつ、素朴な質問をしますが、どうやって私たちは、身体が自分の言うことをきかないような自分の身体との関係、他者との関係でも競争があったり、利害関係があったり——近代化というものはそういうものですが——あるいは、公害問題のような自然との関係という、大きなテーマである種々の絆をどう回復したらいいでしょうか。一番大事な絆の問題です。それは「不知火」全体のテーマとして、救済、祈りにもつながると思います。「不知火」の世界の中核にある言葉は、やっぱり「絆の回復」だと思うんです。いろんなところとの関係性を、もう一度私たちは取り戻す必要がある。さっきおっしゃったように、自分が一人で生きていて、孤独に徹し孤独を見つめた果ての道行きというお話をされましたが、そこから生まれてくる絆のことです。単に「連帯」とか「団結」とか、そういうものとは違う、本当の絆というものですね。そういった人間と人間の絆、人間と自然との絆、それが全体の救済の中核にあると思うのですが、そういった絆というものはどうしたら回復できるのでしょうか。

◆村の崩壊

石牟礼　あまり難しいことは解りません。私も子どもを産んで育てているわけですけども——よその子も育てておりますけども——赤ちゃんは、夏、盥《たらい》に入れて水遊びさせるとたいそう喜びますね。私たちの村には、小川がございまして、小川が山の裾をめぐって、盥でなくとも水辺に連れていくとたいそう喜びます。おぼれない程度の浅い小川がございまして、蜆《しじみ》とか、えびとか、鮒とか、晩のおかずになるようなのが、うようよおりました。その川では、村の女房たちの井戸端会議もにぎわうわけです。お洗濯をしたりして。上の方では、米を洗ったり、たくあん漬けを洗ったりして、下の下流の方では、肥桶を洗っていたりしたのですけれども、そういうのが、一切なくなりましたね。村の人たちがよその子どもを目に入れていて、「どこの家の子どもは今どこで遊んでいる」と、それとなく見てました。よその柿の木にのぼったりすると「こらっ」と怒ってくれる。見張ってくれる。育ててくれる。村全体で見てくれる目とか心とかいうのがございました。「あすこの子は近頃ちっと魂の入ってきたごたる」と褒めてくれたり、「魂の入っとらんばい、あん子は」とか叱って下さるのです。そうですね、魂というのは、人間の中に出たり入ったりするものです。「はよ、魂ば連れ戻さんならん」とかいいます。うまく魂を連れに行って、うまく連れ戻したときは「よかったよかった、このごろ顔つきも違うごつなってきた」と言ってました。つまり魂がちゃんと入っているか入ってないかというのは、その子がちゃんと育っているか育ってないかの基準のようでございまして、何も難しい、人相見さんだけが分かるんではなく、誰が見てもそんな顔に見える。そういう意味では、今は、魂の読めない大人たちが増えていて、だから子どもたちは、どっかへ出でいったまま、人殺しでも何でも平気でやるという世の中になったのではないかと、私は思います。子どもたちが、自分の魂はどこかに行ってしまって自立して、地縁・血縁を絶ち切って出ていった時代は、もう終わったんじゃないかと私は思います。その間に自分の子どもたちは、手も付けられず目も届かないようになって、家庭は崩壊してしまう、そんな時代になってきています。何も、女たちに家に戻れとだけ思っているわけではありません。家や、核家族というのは必要だったと思うんですね。それを望んだのは、必然だったと思うんですね。私もそう思っていました。しかし人間の絆が届くところは、私たちが目で見て分かるところでいえば家と村なんですね。日本列島とか、近代とか、いいますけど、近代というのは村から始まっているのです。ですから村が崩壊したときは、世の中は何か、ただならない状況になっているのですね。

村の崩壊といっても、さまざまございます。熊本の近郊の村ですけども、日露戦争だか日清戦争だかに出ていった兵隊さんのお墓石が立っている村を通ったことがあります。そして、どこの誰々で、誰の息子で、どこどこで戦死したと書いてあるの。そのお墓石が、半分倒れていました。今道路が近くを通っているので、土地が削られて墓が傾いていていました。兵隊さんの姿も、家も村も寂れてますが、惜しい若者を死なせてしまったなあ、という嘆きの気持ちで、お墓石をつくっていたんだと思います。村が、一人の若者を慈しんでいた時代の名残がお墓石にあるわけです。今の村に、その若者たちの姿が見えるでしょうか。「そういえば、おったかなあ」とか、あるいは「知らんばい。全然」という具合でしょう。そういう思いの深さが村の隅々まで届くような日本に帰れないかしらと私は思います。やっぱりそれには、自然対自然というようなのが、絆の帯のような役目をしていたんではないかと思うんですよ。草がそよいでいる音、風が運んでくれ、季節の香りというようなものも、平等に来てるんですけども、それがあまり感じられなくなってるのではないでしょうか。そのように、人間の心や魂と、自然の感触というのが一体になったとき、私たちの気持も体も甦るのではないかという気がしますが、なかなか無理かもしれないなと思っております。

岩岡　つい三〇年前まではそれがあったわけです。そういうまなざし、感触、一体感、そういったものが、特に、この狂乱の三〇年、一世代のうちに、あっという間になくなってしまった。これを甦らせるには、まなざしの向きを変えるとか、心の向きを変えるとか、そういうことしかないのかもしれませんね。

◆自然と人間

石牟礼　俳句の方々には、四季というか、季語、季題というのがございますね。

岩岡　ええ。私は渡辺京二さんから色々教えていただいたことの中に、人間と人間との絆の回復は、自然への畏敬を通して、つまり人間レベルよりもっと大きな畏敬を通してしかできないのではないかということがあります。俳句をやっているからというわけではありませんが、そういうことに関して、少しは敏感になります。

特に、私は、自分で言葉を構成し一つの世界をつくりあげるという、いわば近代的な俳句とは全然違うところから、俳句に接近しています。つまりそれが高浜虚子以来の伝統俳句なのですが、どうしたら自然に近づいてこれと一体化するかということを考えています。これを「花鳥諷詠」とかいいますと、なんだか、古い俳句の代名詞みたいに言われまして、ずいぶん苦労しました。花鳥諷詠といいますと、「花鳥」は自然、造化ですね、それを諷詠する。まあ、いわゆる「近代」文学からすると、これは何だと。自我がないではないか。近代的自我はどうした、と。しかし、自然との距離を縮めてこれと一体化していく、さらには、私たちは自然の中の一部である、という作り方をしていくことは可能だし、そういうことが最も現代的ではないかと私は思うのです。ですから私は、伝統俳句が一番新しいといつも言っています。古い古いといわれながら逆説的ですが、一周遅れのトップになったような具合ですけども。

時間の制約がありますので、何か一言最後に、この作品を通して、石牟礼さんが最もおっしゃりたかったことを教えて下さい。

◆現代の神話

石牟礼　格別のことはございません。ただ、何でも、今岩岡さんがおっしゃいましたように、自然というのは人間と向き合っているのではなくて、人間そのものが、手つかずの自然といいますか、究極の自然ではないかと思っています。皆様、ご自分のことを考えていただくと、何よりもご自身が、自然ではないかと思います。人間も手つかずの存在なのです。どうしてかと言えば、あらゆる、目に見えるものから目に見えない観念的な世界を含めて、すべて最初は私たちが考え出したものだからなのです。その具体的な例としては、神話のような、この世にあり得ないことや人間では実現できないことを、神話の形に託して考えたことですね。神や仏も人間が考えたことですね。それから各国の古代の歴史というのは、神話から始まりますよね、どの文明も。すべて、人間が考え出したんですね。

よく見ると、古代的な神話では自然にこと寄せて、海幸とか山幸も含めて、草から生まれたり、石から生まれたりしておりますよね。それを現代において甦らせてみれば、どういう神話が生まれるかなあと思いました。この中では、先ほど岩岡さんがおっしゃいましたように、「あしのうらかそかに痛き今生の名残かな」という、上天するシーンですね。魂がこの世を離れるとき、間際ですが、今生にいたとき磯の石というのは、裸足で歩きますと、とても痛うございます。踏み立てられないくらい痛うございます。靴を履いていたら分かりませんけども、これは神話的な情景ですからもちろん裸足です。それで「あしのうらかそかに痛き今生の名残かな」なんです。この世の名残に足が痛い。そこでは磯辺の石と生身の人（人ではありませんけど）がふれあう最後の感触——つまりそこで肉体的に足の裏の痛みを感じたわけですが——そのことが、この世との名残であるというふうに書いたのです。その他いろいろ、海の中まで香っていくようなみかんの香りとか、全部、大自然の具体的なものたちと、生身の生きているものたちが、直にふれあいながら神話をつくっていきたいと思って書きました。まあ、成功しているかどうかはわかりませんが。

◆近代を超えるために

岩岡　私も、そこが一番のポイントだろうと思います。私は、言葉が足りないので、即物的とか俳句的とかいう言葉で申しましたが、それは感触の話なんですね。それがリアリティなんです。そこのところが言葉の力強さ、この文学の力強さになっている。しかもまた、自分のもう一つのこの世としての神話を描き持ち続けるということ、それが、一つの励ましであり、希望というものに繋がっていく。例えば、全体の神話というのもありますし、また、一人一人が、自分たちの小さな物語や神話を持っているわけで、それをもう一度回復しなければならない。しかもそれも生身の人間として、大自然なり、外界なり、そういった感触や感覚を通して実感し表現し、ついには、いわば振舞いになっていく。私はそれが、近代後の振舞いや文化とか、そういうものになっていくのだと思います。これが今の状況を超える——つまり近代を超える——ための道ではないかと思います。

＊〈熊本大学国語国文学会〉公開講演【対談】石牟礼道子・岩岡中正「石牟礼文学の世界——新作能「不知火」をめぐって」より（一部省略、構成・岩岡中正）、二〇〇二年十月四日、熊本大学文学部にて。

補論Ⅲ　共生の思想構造――近代を超えて

はじめに――共生のあり方を求めて

ここでは、近代(知)から脱近代(知)への知のパラダイム転換の中で、とくにジェンダーの視点から、共生の思想構造を明らかにし、あるべき共生関係について展望してみたい。

いうまでもなく男女の性別役割意識はつくられたものだが、その歴史をたどると、自由と平等という人類の解放をうたった近代においてむしろ強化されてきた。形式的とはいえ「自由」と「平等」を標榜しつつも、近代は、とりわけ「友愛」について大いに欠けるところがあった。私たちは男女の平等とあるべき共生を考えるに当って、そもそも近代(知)とは何だったのか、その近代(知)にひそむ特質やその差別の構造から問題にしなければならない。その上で私たちは、近代から近代後への新しい知への転換の中で、男女という二元論的発想による性差意識を超えた、人間としての共生がどうあるべきかについて論じなければならないだろう。

実は「共生」とは、本来生物学上の用語であって、社会科学上はあいまいな概念である。この「共生」を思想史の枠組みの中で論じ、近代後の新しい共同性のあり方の問題としてこれに理論的内実を与えることも、意義のないことではないと思われる。

一．知のパラダイム転換——ジェンダーの視点から

（一）近代と近代知——「男性」原理の支配

(1)近代(化)と女性たち

たとえば、「自由・平等」をうたった市民革命や市民社会において女性が真に自由でも平等でもなかったことは、よく知られている。[1] 産業革命による資本主義システムの成立によって、働く有職者の男性と家庭を守る女性という性別役割意識は、むしろ近代化の中でつくられ固定されていった。それは、たとえばヴィクトリア朝時代の英国の生活・文化・道徳に典型的に示され、いわゆる「主婦神話」として確立され社会規範化された。さらに、それは資本主義のグローバル化とともに拡大し、わが国にも明治後半期に流入することになる。たしかに日本の前近代的社会は、武家社会にみるように、基本的に男性支配社会であった。にもかかわらず、とくに農民社会のように男女の労働によって成り立つ社会では、男女の地位には実質的平等が成り立つ余地もあったものの、工場制と資本主義化という近代化は、女性にとってはむしろ経済的無能力化を招くものであった。近代化に伴うこのような男女の経済的＝政治的＝社会的不平等の固定化と男性支配は、次にみるように、近代ないしは近代知そのものの特質に由来し、照応するのではないかと思われる。

(2)近代知の特徴——「力」と「支配」

近代知ないし近代思考は、図〈A〉にみるように、認識の主体としてのデカルト的な近代的自我が、客体（自己、他者、自然）を対象として要素へ分解・分類して認識し、機械論的世界として再構築して理解しこれを支配

図〈A〉（近代の知から脱近代の知へ）

	近代の知	脱近代の知
方法	・分析・単純化・カテゴリー化の知 ・二項対立とステレオタイプの知	・包括主義《ホーリズム》（全体知）と複雑性の知，多様性の知
	・幾何学の精神 ・単一化と普遍化の精神	・繊細の精神と再帰的思考 ・差異化の精神 ・物語性とエッセーの知
主体と関係	・理性と理論知 ・知識と主知主義 ・啓蒙思想と知の普遍的支配	・感受性と想像力 ・関係の知・臨床知・身体知あるいは知恵 ・多文化主義
	・功利主義と自由主義	・〈功利主義＝自由主義〉批判と共同体主義
	・「行為」および機能・競争・効率の重視	・「存在」の肯定と，自足の思想
	・原子論的個我	・個性，関係の自我
	・自我の自立 ・自己中心主義と，力による支配 （自己支配（自立と心身二元論） 他者支配（組織と効率） 自然支配（収奪と破壊）	・共生の知 ・脱権力・脱支配 ・協働と参画
	・関係性・共同性・公共性の崩壊	・関係性・共同性・公共性の再構築
世界像	・近代主権国家の発想枠組み ・中央集権主義	・脱中心主義 ・脱国家的発想，分権主義・地域主義 ・エスニスティ，多元主義，ネットワーク化
	・機械論的世界像	・生命論的世界像（複雑性と自己生産論）
	・進歩史観	・持続可能社会
ジェンダー	・「男性」原理の支配 ・性別役割意識の強化	・「女性」原理の台頭 ・性別役割意識の克服

しようとするものである。その思考の特徴は第一に、世界の中心としての自我が一切を対象化しようとする、主体と客体の二項対立（二元論）的思考であり、さらにこれを極端なまでに単純化・法則化しモデル化しようとする幾何学の精神にある。ここから、一切の関係性と複雑性を捨象した、普遍化や原子化の機械論的思考の過ちのひとつとして、ステレオタイプ化した思考も生まれるのである。

　次に近代知の第二の特徴は、近代知にとって、このように世界を対象化し認識することは、世界を支配することに他ならなかったという点である。つまり、功利主義的な近代の自我は世界を認識し法則化して、対象を自己の一定の目的（企図）に応じて利用したり、再組織化しようとする。例えば自然に労働を加えることによって価値を引き出し富を蓄積しようとする。ここにおいて、F・ベーコンがいうようにまさに「知は力」であって、ホッブズの自然状態におけるような「力につぐ力の欲求」に突き動かされる近代人の支配の欲求の拡大が、近代知の特徴となる。

さらに、こうした近代知という力の支配は、近代啓蒙思想に典型的に現れる。この「啓蒙」という言葉が示すように、啓蒙主義という知的近代化の思想は、知的に「蒙昧《もうまい》」な人々の蒙を啓《ひら》くという、知的優越主義と知的強者の論理として機能した。それは、前近代の呪術からの解放をうたいつつも、普遍化と文明の名の下に「文明」対「野蛮」という形で知的序列化と差別を生み出していった。それは、人びとが前近代社会の身分制支配からの解放の代償として与えられた、知的支配への組み込みと隷属ということもできるであろう。

以上のような、一切を単純化・普遍化・法則化して企図へ向けてすべてを従属させる、近代知に特徴的な目的合理性や知の力によって一切を支配しようとする衝動ないし「力の神話」は、まさに近代（知）に底流する「男性」原理に他ならない。また、こうした、力と支配の「男性」原理としての近代の究極の形が、国家レベルではとくに二〇世紀に顕著な主権国家間の近代戦争（総力戦）であり、自然との関係では未曾有の環境破壊にほかならないのである。

(3)「価値」としての近代

以上の「男性」原理の力と支配という近代の知の一面に対して、やはり他方で、近代の知が「価値」としてもつ普遍的意義もまた強調しておかねばならない。それはまず何よりも、近代的自我の自立であって、その中に種々の未知の展開の可能性と方向性を秘めた「自我」の確立として行われた。それは、とくに近代初期のルネサンス・ヒューマニズムにおける人間の発見であり宗教改革における内面的自我の確立である。いずれも、アンビバレントではあれ、躍動する生の原点を蔵した自我であって、とくにこの初期近代の自由な人間像は、近代批判をこえて、近代後の課題としての「共生」の前提としての自立する自我として評価し継受しなくてはならない。その意味で近代の知から脱近代の知への展開は、あれかこれかの二者択一ではなくて、後者による前者の乗り越えである面と同時に、前者の近代の知の中に既にあった生き生きとした知が後者の脱近代の知を通して再生し展開するという、全体として近代の進化という側面ももつのである。

（二）脱近代の知――「女性」原理の台頭

⑴一九六八年革命とパラダイム転換

私たちはいまなお、世界史的に大きな価値のパラダイム転換のさなかにある。それは、ウォーラースティンも指摘するように、「近代の終り」のはじまりとしての「一九六八年革命」ともよぶべき、近代から近代後へ今日もなお続いている価値のパラダイム転換である。この革命は、一九九〇年代の冷戦構造崩壊の予兆として、国際関係、国家レベル、社会運動、思想や価値観のレベルで、一切の近代的なるものに対して、生きた人間の解放が対置された、ポスト・モダンと脱構築のエポックメイキングな幕開けとなった時代である。また、それは、さらに大きな歴史のスパンでいえば、ルネサンス以来の近代化の世界史的サイクルが一つの極点に達して、また新たなサイクルが始まるという、近代の進化ともよぶべき文明史的転換である。(2)

⑵新しい知

こうした世界史的転換は同時に、近代から脱近代へのラディカルな知の転換であって、それをキーワード風に

対比すれば、次の通りである。(図〈A〉参照)

つまり、近代知が単純化と分析・法則化という幾何学の知であったのに対して、脱近代の知は、対象を全体として把握する包括主義（ホーリズム）をその特徴とし、その認識方法も従来の近代科学の純粋に二元論的に客観化する方法というよりも、自分自身もまた対象としての全体の一部分であるものとしての視点からの接近である。そこでは、全体として対象を理解するために、法則化へ向けての要素還元主義による普遍化の方向ではなく、複雑性、差異性、多様性をそのまま受けとめ、自らを含む対象全体を分解し分類するのではなく、相互に関係性や共同性をもった有機体的全体として把握しようとする。

また、近代知が理論や合理化を重視するのに対して、脱近代の知はむしろ感情や想像力を含めた人間の総体的認識能力を動員し、対象のそれぞれの個性や差異に配慮する、いわば近代知のデカルト的幾何学の精神に対するパスカルの繊細の精神ともいうべき知に特徴がある。この繊細の精神こそが、いわば「男性」原理である近代の理論知がともすれば力や権威と化したり自己目的化したりするのに対して抵抗する、ルネサンス・ヒューマニズムの伝統の系譜をひくものであり、ここに「人間」という複雑多様な知の集積体にふさわしい、物語とエッセーの知が再生するのである。また、この脱近代化の繊細の精神は、自己の内へ向けては、自己反省と自己言及という再帰的な思考方法に特徴があるが、これは、機械論から生命論へという新しい思考のパラダイム転換と軌を一にするものである。

さらに近代知が自己・他者・自然に対する主知主義的な自立と支配を貫徹し、企図へ向けての競争や支配の効率を重んじるのに対して、脱近代の知は、自足と自己肯定を通して、自らの個性とそれをとりまく豊かな関係性を重視する。つまり、前者が力による支配と管理を貫くのに対して、後者は協働と参画による友愛を重視するのである。

こうして、以上の知のパラダイム転換は、ひとことでいえば、近代の機械論的世界像から生命論的世界像へ、あるいは力と支配という「男性」原理から、生命と共生の「女性」原理への意識の転換をもたらしたのである。

(3)近代の進化

こうした「男性」原理の支配から「女性」原理の台頭という、時代の大きな意識転換は、これら両者のいずれを優位すべきかということではなく、私たちが、そもそも近代の二元論的な対立思考と「らしさ」への思いこみを超えて、普遍的な「人間として」のレベルで「共生」を考える地点に達したことを示している。私たちは、この知のパラダイム転換を通して、あれかこれかの二者択一の価値選択としてでなく、普遍的な共生のあり方を問われているのである。私たちは、自我の自立などの近代の諸価値を継受し、その自我の肥大化と越境などの問題を克服しつつ、新たに近代後の脱近代の知によって共生の世界像をめざすという意味で、進化した近代の時代へと進んだのである。私たちは、ここで男女の性別役割意識の呪縛を超えた、普遍的な共生の問題に到達するのである。次に、この共生の構造とそのあり方について考えてみよう。

二　共生の構造——差異を超えて

(一)支配から共生へ

(1)二項対立とステレオタイプ思考——「らしさ」を超えて

一七世紀の科学革命以来、近代の思考方法は、理性を駆使して一切の対象を要素に分解・分類し法則化するという特徴をもっていた。このように対象の属性をできるだけ単純化・数量化・抽象化する機械論的思考様式は、対象を極限にまでカテゴリー化しステレオタイプ化する強い傾向をもつ。それは一面では対象の可能な限りの「形式化」であって、対象の生きた「実体」をどんどん捨象することを意味した。この実体の忘却は、前近代社会における身分的差別とまでいえるような「男らしさ」や「女らしさ」の意識をさらに強化した。というのは、近代特有の単純な機械論的精神は、それぞれの人間の実体のそれぞれの差異に対して敏感な脱近代の繊細の精神とは対極の精神だからである。

こうした二元論の呪縛からの解放が、共生をめぐる今日の課題である。[3] 近代の認識方法は、本来、自然科学から発しあくまで自然をカテゴリー化しこれを支配する方法にすぎなかったものだが、それが、逆に認識主体である人間の意識を規定し人間を含む一切をカテゴリー化する思考を生み出し、「らしさ」意識を強化してしまった。しかもこの「らしさ」への思いこみや「らしさ」を演じることやその役割への期待が、個々の人間をその実体から遠ざける、一種の疎外をもたらした。それは、近代的自我が自律とアイデンティティの強化という形で心身を支配していった過程と同様である。こうした二元論と「らしさ」の支配からの解放とあるべき共生関係の構築が、今日求められているのである。

(2) 支配からネットワークへ——関係としての自我

単純化と要素還元主義をめざす近代の思考方法は、自我についてもまた、その単一性を前提にしている。しかし、私たちの自我のアイデンティティなるものは決して単一要素から成り立つものではなく、実は私たちが複数の顔をもっていることを、私たちは知っている。つまり、私たちの生の実体は、一面的にカテゴリー化されそれを通して社会に組み込まれて生きているのではなく、多面的な自我がとり結ぶ複雑なネットワークの関係の中で生きている。脱近代の知である自己言及は、いわば再帰的な方法で自己の内なる差異を見つめ、それを通して新たな自己を再生していく方法である。私たちは、自らの内なる複雑性に応じた多様なネットワークを外に対しても常に作り続けていくのである。

前近代の身分制において、あるいは近代の目的合理的組織内の役割においてを問わず、人間はその単純化された一面において社会に組み込まれ支配されてきた。これに対して脱近代の知は、自己の内なる複数の自我が複数の他者ととり結ぶ関係の中に一個の自我が存在するという、「関係的な自我」のありようを教えている。いわば、「私をめぐる関係そのものが私」という自我である、とまで言えるであろう。

さらに、近代知の分析・分類志向に対抗する脱近代の知の包括主義は、自分が、機械論的な全体の中で単なる従属的な一部分ではなくて、全体につながりつつその不可欠の生きた一部であることを自覚させる。このような有機体的な社会のネットワークの中で全体に結合しなおかつ生きた自己であるような共生が、これからの進化した近代の共生のあり方であると思われる。

(3)個性は、共生の器《うつわ》――自我の拡大

次に、こうしたネットワークや共生を支える人間という主体自身の転換について、「個」と「個性」をキーワードに見てみよう。近代化は、共同体を解体し、個人を究極的に原子論的な個へと分解した。その典型的な社会モデルがベンサム功利主義の原子論的社会観だが、この思想上の嫡子であるJ・S・ミルは、現代の大衆化社会を射程に入れつつ、この個を超える個性論を展開した。ミルは『自由論』第三章「幸福の一要素としての個性」で、閉じられた主体としての個ではなく、経験と陶冶によって自らの共同性の力自体を形成し拡大していく、「開かれた個性」論を展開している。ミルによれば、この開かれた個性の十分な伸長が人格の完成であり、それが人間の

幸福の重要な一要素なのである。

このミルの個性論は、ミルの啓蒙主義の完成主義《パーフェクショニズム》を基調に、ロマン主義的な生命論の影響も見ることができるが、それは今日の思想状況の中では、いわば共生の器としての、生きた自我の成長と拡大の議論として読むことができる。個々人が、一方で前近代的共同体や近代「国家」という閉じられた共同空間でもなく、他方で普遍的抽象的で不毛な地球市民的共同性の観念に依るのでもなく、個々人の関係の能力であるネットワークなどを通して個性としての人格の拡大をめざすことが、具体的で新しい共同性への展望をひらくものと思われる。

（二）共生の構造——脱近代の知と共生

⑴差異の肯定と想像力

次に、共生はどのようにして可能か、どうあるべきかについて、その思想構造から考えてみよう。この問題についての鍵は、差異の肯定にある。見田宗介は「差異の銀河へ」という論文で、次の三つのテーゼを提示する。(4)第一に、まず差異（差別）はこれを否定するのではなく、これを肯定し楽しむという方向で乗り越えられるべきであるということ。第二に、民族や男女などによって人間をカテゴリー化することは、その差異を否定する必要はないが、それは、人間一人一人の個としての差異に比べればほんの小さな差異にすぎないし、むしろ個々人の差異の豊饒でもって差別の境界の貧困を埋め尽くすべきだということ。第三に、共生は、人間間の異者との共生のことだが、これは、人間を人間以外のものから差別する感覚をこえること、つまり存在のあらゆるかたちとの共生を享受する感覚によってはじめて深く支えられるということである。

つまり私たちは、個々人の輝くような個性の差異の肯定によって、カテゴリー化された差異を克服するとともに、さらに共生の輪を人間からそれ以外の存在の一切へと拡大することによって共生を確かなものとせねばならない。差異を肯定的に楽しむ感覚と、共生を拡大する想像力が、いま私たちに求められているのである。

以上の共生論は、まさに先に検討した知の転換の産物である。つまり、第一に、近代知がカテゴリー化の知であるのに対して、脱近代の知は、差異化の精神であり多様性を重視する。第二に共生は近代知が行為や機能を重視するのに対して、脱近代の知がそれぞれの存在自体を肯定することと深く関係している。第三に、共生は脱近代の知である想像力の拡大によって支えられているのである。

(2) 共生の生命論的構造

共生とは、究極的には近代知によって破壊された生態系システムの回復のことであって、内部にさまざまな差異を抱えつつ、想像力の拡大によってひろがっていく世界のありようである。私たちはこれを、水俣病という近代の病理に挑む石牟礼道子の生命論的共同世界の回復にかかわる前述の議論から知ることができる。すなわち、以下の通りである。近代（化）の極限としての水俣に象徴される公害によって人間＝自然＝社会の一切の全的世界の関係破壊が行われた。その回復へ向けて、石牟礼の共同性論から①連鎖性、②原初性、③内発性の三つの特徴を引き出すことができる。

つまり、共生の基礎は、石牟礼によれば、まず私たち人間と生命あるものすべて、さらに存在する一切のものが、①有機的に連鎖していること、②人間をはじめとする一切の存在は、自らに深く立ち戻って考えると、すべてが存在の根においてつながっていること、③この根底への立ち帰りとそこでの一切の連鎖は、たえず内発し循環するエネルギーによって支えられていることの自覚によって支えられている。すなわち共生は、一切が根底でより大きく根源的な生命につながっていることの自覚によって成り立つ。それは、中世の固定化された神学的目的論的ヒエラルヒーでも、近代の作為と機能による合理的システムでもない。共生とは、たとえば男女という差異を肯定しつつも、その差異を超えてそれらが究極の根底においてお互いに生き生きとつながっている、多様な統一の、まるで曼陀羅のような生命論的世界のありようをいうのである。この共生において、多様な個は、単に孤立した個ではなく、それが、根源でつながっていることへの自覚を通して、全体につながり、その不可欠の一部として自立をとげるのであって、これこそが、近代的自立を超える、真の自立にほかならない。

このようにして見ると、たとえば男女の差異を問題とするフェミニズムは、究極のところエコロジズムという最も大きな共生の問題の中に包含されることになる。とは云え、もちろん、エコロジズムでは一切の問題が解決するわけでは決してない。私たちは日々の生き方において、具体的に共生のあり方を問われているのである。

おわりに――共生の文化へ向けて

近代から脱近代へ、近代知から脱近代の知へ、「男性」原理から「女性」原理へ、さらには支配から共生とネットワークへと、時代は大きく転換しつつある。私たちは、近代知に特有の二元論的発想やカテゴリー化思考さらには、「らしさ」を超えて、差異を肯定しつつ想像力を拡大することによって共生を追求していかなければならない。私たちは孤立した「個」ではなく、共生の器である「個性」として他者と豊かな関係をとり結んでいかなければならない。固定化された前近代の共同性でもなく、また、企図や国家へ向けた近代の共同性に限定されない新しい内発的共同社会のあり方を求めて、脱近代の共生と秩序形成が問われている。

この共生の実現には、何より脱近代の知である感受性の復権から始めなければならない。近代の幾何学の精神にかわる繊細の精神によって差異に気付く感受性、さらにはこの差異を超えて人間と人間や他者とが深い根底の生のレベルでつながり連続していることに思い至る再帰的な想像力の拡大こそが共生を支えている。

つくられた性差意識の歴史は長く根深い。それだけに、これを克服するには、共生へ向けて意識の奥深くから、私たちの感受性や日々のふるまいが問われている。つまり、いま何よりも「共生の文化」の構築が求められているのである。

補論Ⅳ　地域思想の可能性——思想の脱近代

はじめに

(1)　課題——地域思想の可能性

本章で私は、今日の地域をめぐる脱近代へのパラダイム転換の中で、地域と思想の関係についての二つの事例を通して、地域（形成）における思想の可能性について考えてみたい。同時に私は、このように地域から内発する思想を地域アイデンティティの重要な構成要素として位置づけることによって、地域研究と思想研究の新たな架橋ができないかと考えている。

思想を地域から見直すこうした試みは実は、思想の意味と役割について脱近代の視点と展望をもたらすものである。ここで私は、地域（形成）に意味と役割を持つ思想を、「地域思想」と名付けたい。したがって、ここでいう「地域思想」とは、従来のような「地域に関する思想や研究」つまり「地域論」のことではなく、地域から内発し地域を構成する「地域の思想」を意味する。

(2)　脱近代化パラダイム転換と地域

現代思想史的視点で「近代後」や「脱近代」と位置づけられる今日、かつての「中央vs.地方」という近代パラダイムは崩壊し、価値創造の原点としての地域のもつ意味がますます重くなってきたことは、周知のとおりである。地方分権や地方主権という政治行政レベルに限らず、経済はもちろん文化、価値観、思想、生き方の一切が、地域という場における一人一人から内発的に創造され再構築されねばならないことに、いま誰もが気づきはじめている。つまり地域こそが、人間が生きる意味のある拠点であり一切の価植創造の原点であるという、価植観と方法における脱近代へのパラダイム転換が、この「地域」という場においてはじまったのである。

(3) 思想のパラダイム転換——地域思想へ

こうした、地域を軸とする脱近代パラダイム的転換は同時に、地域における「思想」の位置づけと連動している。そもそも「思想」とは、時代と社会が解決を迫って止まない大きな課題に対する解決策であるが、それは二〇世紀までの近代パラダイムにおいては、意識するとせざるとにかかわらず、(たとえそれが国際的な課題であっても)ナショナルな思考と言説の枠組みの中で、地域より上位である(とされた)国家やイデオロギーのような「大きな課題」にかかわる「大きな物語」をめぐるものであった。

しかし今日、思想はその意味と位置を大きく変容させつつある。ナショナルレベルからローカルレベルへという、思想が解決すべき課題の転換を踏まえて、思想もまたナショナルレベルでの言説を超えて、まさに一人一人が「いまここに」生きる「地域」というローカルな現場から生まれた一見小さな——しかし実はそれが根源的かつ普遍的であるような——課題に対応する解決策(地域思想)という意味と位置づけを持ち始めるとともに、そこで共有される地域思想さらには規範や価値観が地域を形成する重要な要素として意味をもちはじめたのである。

（一）　思想の意味変容――思想と地域

つまり今日、思想は、こうした一人一人の生活に直に関わる切実な地域問題を直接解決する、きわめて身近で内発的な解決策と位置づけうるベクトルを持ちはじめた。私たちは今、かつての近代パラダイムの中で一切の思想を縛っていたナショナルな呪縛から解放され、極言すれば、地域性をもたない思想はありえないことに私たちは気づき始めた。さらにこのように思想がローカルなものとなり地域に生きる人々の血肉と化すことによって、思想は地域公共圏の重要な構虚要素となったのである。これを、思想の脱近代的意味転換ということができるだろう。こうした脱近代的コンテキストから地域思想の意味と位相を整理すると、以下のとおりである。

(1)　地域思想とそのベクトル転換――地域からの思想

思想は、かつての抽象的普遍的（ときにイデオロギー）なレベルあるいはナショナルなレベルから、地域（公共圏）レベル、共同体レベル、生活レベルへと下降した。しかしそれは、下降というよりむしろ、思想をとりまく空間がより具体化しローカルレベルになったということである。つまり課題は生活に近ければ近いほどよりリアルかつ切実で、その解決である思想もさらに大きな生産性をもつからである。これまで、「中央（国家）から」発せられていた思想の近代的ベクトルが、「地域から」という脱近代的ベクトルへと方向転換しはじめた。「ここがロードスだ。ここで跳べ」であって、私たちはいま、自分たちの地域から思想する公共空間を得たのである。

(2)　地域思想がもつ内発性と生産性

したがって、(1)の当然の結果として、思想における中央集権から地域主権へ、つまりは思想の内発性の優位が、特徴となる。およそ優れた思想はその言葉の本来の意味から、その解決が生きた生命力をもち、その点で、機械論的合理性、過度の分析志向、プロトタイプ思考という形で形骸化してしまった近代思考とは対極のものである。思考の生命力という点で、地域に内発する思想こそが、時代の課題を解決する最も具体的生産的で根源的な思想である。およそ思想が「思想」と呼びうるのは、それが旺盛な解決能力をもつからである。こうして、地域課題から出発し地域に内発する地域思想こそが、今日、真に思想と呼べるものである。

⑶　**地域公共圏の構成要素としての地域思想**

さらに、この地域思想が地域アイデンティティの中核的役割を果たす。地域アイデンティティの内実として、思想（理念、倫理観、価値観ほか）、歴史文化（神話、風習、伝統ほか）、景観（美意識）、およびそれらの自覚的無自覚的な共同記憶の集積などがあげられるが、思想は、これらの生きた記憶の中で中核的役割を担っている。つまり思想は、地域がその時々の歴史社会環境の中で直面する問題に対して、課題設定・解決・実行・規範化してきた記憶の集積――これらの総体を私は「地域思想」と呼ぶが――として地域の人々の日々の生活の中に生き生きと生きているものである。

また、地域思想は地域アイデンティティの中核であると同時に、それが地域課題の解決の過程を通して地域公共圏[1]を形成するという意味で、地域公共圏のもっとも重要な構成要素でもある。

（二）　地域思想の条件

このように地域思想は、地域課題解決の中で発生し地域の中に生きて働いているものである。この地域思想の条件として、⑴地域性（ローカリティ）・内発性・生産性、⑵地域性と普遍性（＝グローカリティ）、⑶現実性（リアリティ）を挙げることができる。

(1) 地域性（ローカリティ）・内発性・生産性

地域思想が地域性を持つことは当然で、地域思想は、より具体的で切実な課題に直面して、最初は地域の比較的無名の個人や集団によって発見され課題設定されその解決策として生まれる。つまり、地域思想とは地域に内発し解決が試みられ、それがより有効性や展望を持ちえたとき、生産性のある「地域思想」と呼べるものとなる。つまり地域思想は、地域アイデンティティの重要な構成要素として、そこで地域課題への有効な解決の思想として発生し記憶され続けるという意味で、地域性（ローカリティ）・内発性・生産性をもつのである。

(2) 地域性＋普遍性＝グローカリティ

さらに、地域思想が思想として真に解決能力＝生産性を持ちうるためには、それが課題解決へ向けて広く深く開かれていなければならない。つまり地域思想が地域を超えて普遍的課題に答えうる生産性を持つときにそれは真の「思想性」を獲得し、普遍性ももつことになる。これに対し、閉じられた地域思想は、たんなる無力でノスタルジックな記憶・慣習、あるいは地域利害やときには地域的偏見に陥ってしまいがちで、ここに思想の生産性はない。

問題は、思考のベクトルにかかわることであって、時代の大きな課題は実は地域の小さな課題に発するものであって、その逆ではない。生活者にとってまずあるのは、具体的な地域課題と地域思想であって、それが他地域の思想と共鳴しそこからナショナルあるいはグローバルな思想へ展開するのである。つまり地域思想は、地域に根ざすローカリティと同時に普遍的課題を内包しその解決にも資する普遍性や世界性（グローバリティ）、つまり地域性と普遍性を併せた「グローカリティ②」をもつのである。

(3) 現実性＝リアリティ

地域思想は、地域アイデンティティの構成要素の中核として、内にも外に対してもリアリティをもつ。それは、地域の人々の意識に生きた規範として刻まれ日々顧みられ、しばしばその記憶のひとつの表象として景観の中に生き続けることもある。あるいは、こうして培われた地域思想は、後述の水俣の例のように、ときに切実な現実課題に直面すると「運動」として、思想が現実を変える力となることもある。

(三) 地域思想＝地域を創る力——二つの事例

次に、以上の三点を特徴とする地域思想の具体的事例を二つあげる。それぞれ特徴の重心は異なるが、(1)は、私が監修した平成一六年度「八代地域女性の歩み調査事業」[3]（熊本県八代地域振興局）の中の郡築小作争議とその女性リーダー「杉谷つも」に見る地域思想であり、(2)は、平成一六年からにわかに問題化した水俣市における産業廃棄物最終施設反対運動に見る地域思想である。もちろんこれらは、以上述べた地域思想のほんの一例にすぎないし、またこの「地域思想」の概念規定にはさらに多くの議論が必要なことはいうまでもないが、ここではその議論の導入としてこれらの身近な例を取り上げる。

(1) 郡築小作争議と杉谷つも

上述の平成一六年度調査事業では、熊本県八代地域で明治から昭和にかけて教育・文学・社会運動・政治の諸分野で女性の社会進出の先駆者である四人が取り上げられたが、この中でとくに杉谷つも（一八八七・明治二〇年〜一九四六・昭和二一年）の思想は地域思想の事例と考えられる。その思想と運動の内容についてここでは立ち入らないが、この郡築小作争議の女性リーダーの地域思想は、資料的には限られてはいるが、郡築小作争議という最も切迫した地域の内発的な生活課題から出発し、それが大正デモクラシーと小作争議という同時代のナシヨナルレベルの思想や運動と連動し、さらには普遍的な人権意識にまで到達する普遍性をもち、その思想と運動が共同体の記憶や研究史[4]に記されたり郡築神社の碑という景観として象徴的に残されるという現実性（リアリティ）ももっている。ここに「地域を創る力」としての地域思想を見ることができるが、その意味について私自身、以下のように述べている[5]。

《いま分権化の社会の到来の中で、あらためて「地域」が注目されるようになりました。これまで全てが「国（中央）から」と考えていたものが、今日、「地域から」発想する時代へと転換しつつあります。私たちが実際そこに生き、そこから一切の価値が生まれる「地域」こそが全ての原点なのです。私たちはいま、あらためて自分たちの地域の成り立ちと意味について考える時期に来ています。

この小さな本は、八代という地域に生き、地域を作った四人の女性たちのたくましい生きざまの物語です。地域には、地域が解決を求めている困難な課題があり、この課題解決のための思想や運動を担う人たちが生まれます。本書で取り上げた四人の女性は、もちろん全国的には有名ではありませんが、しかし、この地域でさまざまな困難と闘いつつ課題解決に努めて地域と新しい時代を切り拓いた人たちです。

さらに彼女たちは、それぞれの地域課題解決を通して、女性の自我確立と地位向上、農民の地位向上、教育や福祉、つまり人権という普遍的な課題に目ざめていきました。……

本書の四人の女性たちは、この八代地域の文化的歴史的遺伝子とエネルギーを受け継ぎつつ地域をつくった「地の塩」のような人たちです。片岡マサは、ミッションスクールによる地域の女性教育に生涯を捧げ、杉谷つもは、郡築争議のリーダーの一人として社会問題と人権に目ざめ、運動を通して女性の力を歴史に刻みました。保田蕾は、県下初の女性県議会議員として、戦後民主主義の中での女性の政治意識と女性の地位向上を訴えました。坂口釋子は、教師から作家への転身の中で、文学表現を通して女性の自我を確立していきました。……

最後に地域史という点で私は、杉谷つもと関連する郡築神社を初めて訪れて、先人の思想と運動が、神社の碑という眼に見える形で地域アイデンティティの中核として今なお生きているのを見て、心から感動しました。「地域を創る力」をここに見た思いがしたのです。》

(2) 地域思想としての「環境＝人間の思想」——産業廃棄物処分場反対運動と水俣の地域思想

一九五六（昭和三一）年の水俣病公式確認から丸五〇年にあたる二〇〇六年の今、水俣市では、市内で水俣川と合流する湯出川上流に建設予定の産業廃棄物処分場建設問題が最大の地域課題となっている。二〇〇四年三月に民間会社による建設計画が明らかになって以来、江口前市長や県への働きかけを含めた各団体の反対運動が急速に全市に広がり、これが折りしも二〇〇六年二月の市長選と重なりその争点となって、建設阻止を掲げた宮本新市長が当選した。

この産廃問題はもちろん、水俣病問題と全く同じというわけではないとはいえ、「被害者の全面救済」が「今でも未解決の社会問題」であり、また産業廃棄物としての水銀ヘドロがいまなお水俣湾に閉じ込められている水俣に、「もうひとつの産廃」[6]としてその建設の是非が選挙で問われることになった。この産廃建設の是非は、本章のテーマではないが、私が注目するのは、この産廃施設建設問題という地域にとって最も重大な課題を契機として、水俣という地域の骨格に関わる「地域思想」がいま浮上したという点である。

つまり水俣市が水俣病の反省に基づき、吉井元市長のイニシアティヴによって政策レベルで、地域の共同性の回復へ向けて「もやい直し」や全国に先駆けた資源ゴミ分別運動など地道な環境都市づくりを展開し始めたのは周知のことだが、さらに今回、この産廃問題で反対運動をする市民が、この水俣病の歴史を強く意識しているところに、水俣病の教訓を自分たち自身の問題として自覚化し思想化しようとする契機を見ることができる。(7) つまり、それまでの立場の相違や自覚の有無はともかく、「二度と繰り返してはならない」という市民の思いの中に、水俣病問題を教訓化しこれを自分自身の問題として思想化しようとする契機が見えるのである。これこそ地域思想の発生であり、この地域思想が基礎にあって、たとえば市長選挙という地域形成にとって重大な判断が行われたと考えられる。ここに、水俣が未曾有の公害から学んだ「環境と人間」という地域的で普遍的な地域思想が定着しはじめているのを見ることができるだろう。

今回の産廃問題にさかのぼる水俣病問題において、地域のこの切実な課題を問題として取り上げその解決のため地域から内発する「地域思想」を提起したのは、石牟礼道子に始まる。『苦海浄土』にはじまり新作能『不知火』に至る石牟礼の思想は実は、文学や文明論である前に、何よりも地域課題へ向けた地域思想なのである。それは、ナショナルレベルでの問いかけでも文明レベルでの告発でもなく、何より水俣という地域の現場から発せられた思想に他ならない。地域という現場に近ければ近いほど、悲劇も痛みも真実であり、そこで生まれる思想も真実である。そもそも水俣病の発生も拡大も、すべてが地域から離れた中央の論理――より端的に言えば、地域や周縁への徹底した無関心と蔑視――から始まった。これに対して石牟礼は徹底して地域から考える思想家であり、さらには地域よりもっと身近に己れ自身の身体から直接痛みを感じそれをそのまま思想化できる思想家である。しかもまた逆説的なことに、石牟礼はこの徹底した直接性と根源性のゆえに、地域的でありつつ「人間といのち」の思想という真の普遍性と思想性を持ちえたのである。

栗原彬は、戦後政治の中で一九六八年を起点とする「人間の政治」の流れについて論じている。そこで栗原は、近代以来の「市民の政治」からこれを突破する脱近代への転換点に水俣や石牟礼の「人間の政治」があるとする[8]。それはつまり、近代の中央集権的で生産力ナショナリズムを至上価値とする国家とその利益政治やイデオロギー政治ではなく、「市民」よりもさらに普遍的で具体的な「人間」に価値を置く「地域という現場からの思想」への転換であって、新たな公共圏はこの地域思想からはじまるのである。

こうして、石牟礼に代表される「人間といのち」の思想を中核とする地域思想が、産廃問題に当たっても生きた力として地域に根付き、一種の公共圏を形成しつつある事例を、水俣に見ることができる。

（四）　おわりに

「地域の時代」とは、「地域思想の時代」でもある。以上は、地域のパラダイム転換と思想の転換、つまり思想の脱近代的変容と地域思想の浮上、地域公共圏の形成における地域思想の意味と役割に関する試論である。ここでは、郡築小作争議と水俣産廃反対運動という、地域思想が生きて働く事例を通して、グローカルな地域思想がもつ脱近代的意味と可能性について述べた。今後さらにこの「地域思想」の概念と方法を具体化し検証して、地域研究と思想（史）研究の架橋を試みたい。地域（形成）における思想の意味と可能性を地域というフィールドで考えるという、興味尽きない課題が目の前に広がっている。

第Ⅰ部（注）

1章

（1）「柔構造社会における反抗」については、「シンポジウム〝学生の反逆〟と現代社会の構造変化」（『中央公論』一九六八年七月号）、五三〜四頁、永井陽之助発言。
（2）村上淳一「『権威主義』から『人間性の回復』へ」（『世界』一九六八年五月号）、一五九頁、一六五頁。
（3）高橋徹「ステューデント・パワー――アメリカの新左翼とは何か（6）」（『世界』一九六八年二月号）、一四〇〜一頁。
（4）この点で、六八年を「〝近代〟の終り？」ととらえる長洲一二の着想はきわめて示唆に富む（長洲一二『変革期の思潮』朝日新聞社、一九六九年、二五五〜六九頁）が、私は、この年を同時に、近代への原点回帰への起点として理解する。
（5）近代民主主義の原点というピューリタニズムの位置づけについては、たとえば A. D. Lindsey, *The Essentials of Democracy*, Oxford University Press, 1929. 永岡薫訳『民主主義の本質』（未来社、一九六四年）を参照。
（6）この時期、『中央公論』一九六八年八月号では、戦後民主主義を問い直すという視点から、「戦後民主主義の再検討」という特集が組まれた。
（7）大木英夫「終末論的考察」（『中央公論』一九六八年八月号）、一五一頁。
（8）同、一五一頁。
（9）岩岡中正『詩の政治学――イギリス・ロマン主義政治思想研究――』（木鐸社、一九九〇年）のジャコビニズム批判に関する部分（五九〜六四頁）を参照。
（10）同、とくに四六〜五一頁の商業精神批判の部分を参照。
（11）北沢方邦「現代文化批判」（『展望』一九六七年七月号）、一六〜三八頁を参照。
（12）近代における自然と人間との関係、およびこれに対するロマン派の批判については、本書八〇〜二頁ほかを参照。
（13）高橋徹ほか「学生運動への視角」（『世界』一九六八年九月号）、一五八〜六二頁（阿部斉「問題提起」）などを参照。
(14) 村上淳一、前掲論文、一六六～八頁。
(15) 高橋徹、前掲論文(「ステューデント・パワー」)、一三九～四一頁。
(16) J・P・サルトル、D・コーン＝バンディ(海老坂武訳)「想像力が権力をとる」(『中央公論』一九六八年八月号)、一八五～八頁(コーン＝バンディ発言)。
(17) 同、一九〇頁(サルトル発言)。
(18) J・P・サルトル(三保元訳)「『五月革命』の思想」(『世界』一九六八年九月号)、一九四～五頁参照。
(19) H・マルクーゼ(清水多吉訳)「ユートピアの終焉」(『世界』一九六八年八月号)、一五二頁。
(20) 加藤周一「世なおし事はじめ」(『世界』一九六八年八月号)、一八頁。
(21) 同、二五頁。
(22) キャロル・グラック「戦後と『近代後』――二〇世紀後半の歴史学――」(テツオ・ナジタ、前田愛、神島二郎編『戦後日本の精神史』岩波書店、一九八八年)、三九三頁。
(23) 市井三郎ほか「討論・チェコ問題をどう受けとめるか(Ⅱ)」(『世界』一九六八年一二月号)、八七頁(市井三郎発言)。
(24) I・ウォーラーステイン(友部謙一訳)「八〇年代の教訓」(『世界』一九九〇年一月号)、五六、五八頁。
(25) 同、五八頁。
(26) 同、五〇頁。
(27) 市井三郎ほか、前掲論文(「討論・チェコ問題をどう受けとめるか(Ⅱ)」)、八九頁(市井三郎発言)。
(28) J・P・サルトル、前掲論文、一九四、一九六頁。
(29) いいだ・もも「直接民主主義の復権」(『中央公論』一九六八年八月号)、一六九頁。
(30) 日高六郎「直接民主主義と『六月行動』」(『世界』一九六八年八月号)、三二～六頁。
(31) 高畠通敏「『発展国型』学生運動の論理」(『世界』一九六九年一月号)、二四七～八頁。
(32) 酒井角三郎「沈黙の論理と暴力の意味――戦後民主主義の啓蒙主義的体質――」(『中央公論』一九六八年

八月号)、一〇五頁。

(33) 大木英夫、前掲論文、一五一、一五三頁。

(34) たとえば、急進主義におけるアナーキズムと直接民主主義の限界および組織化の必要を論じたものとして、ネイザン・グレイザー(高橋正訳)「ニュー・レフトとその限界」(『中央公論』一九六九年二月号)、一五七～八頁、運動の暴力化のなかに想像力の貧困と不毛なニヒリズムをみたものとして、北沢方邦「ステューデント・パワーの頽廃」(『世界』一九六九年一月号)、二八〇～二頁、などを参照。

(35) 長洲一二、前掲書、二五五頁。

2章

(1) J. Gray, *Post-Liberalism — Studies in Political Thought* (Routledge, 1993), pp. viii-ix. ほか参照。

(2) 近代における未来時間の獲得や、時間論からの近代の考察については、今村仁司『近代性の構造』(講談社、一九九四年)、六二～一〇一頁参照。

(3) 自己支配にはじまる近代については、同書一六五～九頁参照。

(4) 近代がもつ排除と差別化については、同書一九四～二三四頁参照。

(5) ペーター・コスロフキー(高坂史朗・鈴木伸太郎訳)『ポスト・モダンの文化』(ミネルヴァ書房、一九九二年)の、とくにⅣ章参照。

(6) R. Inglehart, *The Silent Revolution*, Princeton University Press, 1977 (三宅一郎・金丸輝男・宮沢克訳『静かなる革命』東洋経済新報社、一九七八年)参照。

(7) 近代の特徴を「企図」とする見方については、J・ハーバーマス(三島憲一訳)「近代―未完のプロジェクト」(『思想』一九八二年六月号)、佐伯啓思・柏木厚・的場昭弘「近代の発見――二〇世紀末から近代を読み返す」(『社会の発見』神奈川大学評論叢書、第四巻、御茶の水書房、一九九四年)、今村仁司、前掲書のとくに第二章ほかを参照。

(8) マティ・カリネスク(富岡英俊・栂正行訳)『モダンの五つの顔』(せりか書房、一九九五年)、三七一～二頁、およびJ・リオタール（小林康夫訳）『ポスト・モダンの条件』（風の薔薇、一九八六年）参照。
（9）フリーマン・ダイソン（鎮目恭夫訳）『多様化社会――生命と技術と政治』（みすず書房、一九九〇年）、今田高俊「自己組織性とモダンの脱構築」（『社会の発見』神奈川大学評論叢書、第四巻、御茶の水書房、一九九四）、D・ボーム（井上忠・伊藤笏康・佐野正博訳）『全体性と内蔵秩序』（青土社、一九九六年）、G・ニコリス、I・プリゴジーヌ（小畠陽之助・相沢洋二訳）『散逸構造――自己秩序形成の物理的基礎』（岩波書店、一九八〇年）、I・プリゴジン（小出昭一郎、我孫子誠訳）『存在から発展へ――物理学における時間と多様性』（みすず書房、一九八四年）、武者利光『ゆらぎの世界』（講談社、一九八〇年）ほか参照。
（10）今田高俊、前掲論文、四三頁。
（11）宇野重昭・鶴見和子編『内発的発展と外向型発展――現代中国における交錯』（東京大学出版会、一九九四年）、鶴見和子『女書生』（はる書房、一九九七年）参照。
（12）鶴見和子・川田侃編『内発的発展論』（岩波書店、一九八九年）、四九頁。
（13）鶴見和子、前掲書（『女書生』）二二七、二二五～八頁。
（14）これはたとえば、石牟礼道子『花をたてまつる』（葦書房、一九九〇年）――以下、『花をたてまつる』と略す――、『陽のかなしみ』（朝日新聞社、一九九一年）――以下、『陽のかなしみ』と略す――、『葛のしとね』（朝日新聞社、一九九四年）――以下、『葛のしとね』と略す――、『形見の声――母層としての風土』（筑摩書房、一九九六年）、『蝉和郎』（葦書房、一九九六年）ほかで展開される。
（15）石牟礼道子『葛のしとね』、石牟礼道子『潮の呼ぶ声』（毎日新聞社、二〇〇〇年）――以下、『潮の呼ぶ声』と略す――、岩岡中正「石牟礼道子著『葛のしとね』書評」（熊本日日新聞、一九九四年五月一六日）ほかを参照。
（16）L. E. Cahoone, *From Modernism to Postmodernism: An Anthology* (Blackwell, 1996), pp. 9-10.
（17）「外なる無限」と「内なる無限」については、佐藤観樹『近代・組織・資本主義――日本と西欧における近代の地平』（ミネルヴァ書房、一九九三年）、三二五頁参照。

第Ⅱ部（注）

3章

（1） Cf. J. Mendilow, *The Romantic Tradition in British Political Thought* (Barnes & Noble Books, 1986), pp. 9~10.

（2） J. S. Mill, Coleridge : ed., F. R. Leavis, *Mill on Bentham and Coleridge* (Chatto & Windus, 1950), pp. 121-6. J・S・ミル（松本啓訳）『ベンサムとコウルリッジ』（みすず書房、一九九〇年）、一五八～六三頁。

（3） ロマン的自我における自律性と共同性という面からの共同性の問題への接近については、前掲拙著一九〇～二〇九頁を参照。

（4） この点に関連する、コールリッジによる機械論哲学批判に関しては、S. T. Coleridge, *On the Constitution of Church and State, According to the Idea of Each* (2nd ed., 1830)――以下、*CS* と略す――: *Collected Works of Samuel Taylor Coleridge*, eds., K. Coburn and B. Winer (Routledge & Kegan Paul and Princeton University Press, 1969-)――以下、CCと略す――10, ed., J. Colmer (1976), p. 64. および、S. T. Coleridge, *The Statesman's Manual: Lay Sermons*: CC 6, ed., R. J. White (1972) ――以下、*SM* と略す―― pp. 108-10. および、B. Knights, *The Idea of the Clerisy in the Nineteenth Century* (Cambridge University Press, 1978), pp. 41-2 ほかを参照。またコールリッジにおける、'body politic' としての国家観については、CS, p. 65, p. 65 note 5. および、S. T. Coleridge, *The Friend*: CC 4, ed., B. E. Rooke (I-II vols. 1969)――以下、*Friend* と略す―― I, pp. 298-9. ほかを参照。

（5） J・S・ミルの思想が、ベンサム功利主義を修正・展開した、いわばその「発展モデル」であったのに対して、コールリッジの人間・社会理論は、ベンサム主義に対抗する「再生モデル」として位置づけられよう。両者のモデル化とその違いについては、本書九五～七頁参照。

（6） *SM*, p. 60.

（7） *SM*, pp. 69-70, p. 89.

（8） Cf. S. T. Coleridge, *Biographia Literaria*, ed., J. Shawcross, 2vols. (Clarendon Press, 1907)――以下、*BL* と略す――vol. I, p. 183（桂田利吉訳『文学評伝』法政大学出版局、一九七六年）、一七三～四頁、および CS, p. 116.

（9） コールリッジ独自の「教会」論である国民教会論に関する、わが国での紹介としては、石上良平「コールリッジの国家論」(1)(2)(3)（『政治経済論叢』第十五巻一号、二号・一九六五年、四号・一九六六年）や、半澤孝麿・三辺博之・竹原良文・安世舟『近代政治思想史（３）』（有斐閣、一九七八年）、七〇～四頁、前掲拙著、八七～九一頁ほかを参照。

（10） *CS*, pp. 97-101, p. 103.

（11） S. T. Coleridge, *Table Talk*: CC 14, ed., C. Woodring (I-II vols, 1990), vol. 1, pp. 220-1.

（12） *CS*, p. 97, p. 104.

（13） *CS*, pp. 24-8, pp. 85-6, p. 95.

（14） S. T. Coleridge, A Lay Sermon : *Lay Sermons* : CC 6, pp. 216-7, *CS*, pp. 73-4.

（15） 一九世紀イギリスにおける知的エリートや文化の役割りという問題意識の展開、とりわけこの点でのコールリッジの、T・カーライル、M・アーノルド、F・D・モーリス、J・S・ミルらへの影響については、たとえば、B. Knights, *op. cit.* や C. R. Sanders, *Coleridge and the Broad Church Movement* (Octagon Books, 1972) ほかを参照。

（16） *CS*, p. 35, p. 71.

（17） *CS*, pp. 46-8.

（18） *CS*, pp. 42-3.

（19） Cf. *CS*, p. 42. 個人や社会にとっての文化的健全さを意味する陶冶（cultivation）や文化（culture）と、物質的繁栄を意味する文明（civilization）という二つの概念の区別は、コールリッジによってイギリスに紹介され、また、この区別から、コールリッジは、「陶冶にもとづかない文明」や「過度の文明」の危険性に対しても警告を発している。（*CS*, pp. 42-3 note 2, p. 49, *Friend*, I, p. 494, p. 494 note 5.）

（20） *CS*, p. 52

（21） *Friend*, I, p. 191.

（22） *CS*, p. 54.

（23） *CS*, p. 54.
（24） *CS*, p. 43, p. 43 note 2.
（25） *CS*, p. 107.
（26） *CS*, p. 177, cf. A. Taylor, *Coleridge's Defense of the Human* (Ohio State University Press, 1986), pp. 183-9.
（27） 「自由」に関するコールリッジの議論については、前掲拙著、一〇五～六頁を参照。
（28） 世俗全体への救済装置、ないしは仲保者としての国民教会に関しては、「キリスト教会」・「国民教会」・「狭義の国家」の三者の関係に関するコールリッジの議論（*CS*, p. 56.）を参照。
（29） *CS*. p. 68, p. 68 note 3.
（30） S. T. Coleridge, Conciones ad Populum ; *Lectures 1795: On Politics and Religion: CC 1*, eds., L. Patton and P. Mann (1971), p. 43.
（31） *CS*, pp. 129-45, J. R. Barth, *Coleridge and Christian Doctrine* (Harvard University Press, 1969) pp. 167-8.
（32） *CS*, pp. 124-5.
（33） W. Wordsworth, *The Convention of Cintra*――以下、*Cintra* と略す――: *The Prose Works* of *William Wordsworth*, W. J. B. Owen and J. W. Smyser eds., 3vols. (Clarendon Press, 1974)――以下、*WPW* と略す――vol. I, p. 325.
（34） *Cintra*, p. 325.
（35） W. Wordsworth, *A Guide through the District of the Lakes: WPW*, vol. II, p. 206.
（36） *Cintra*, pp. 231-2.
（37） ワーズワスによる悟性批判・啓蒙主義批判については、前掲拙著、一〇八～一一四頁を参照。
（38） *Cintra*, pp. 304-6.
（39） *Cintra*, p. 326.
（40） *Cintra*, pp. 263-4, pp. 289-90.
（41） Cf. R. J. White ed., *Political Tracts of Wordsworth, Coleridge and Shelley* (Cambridge University Press, 1953), ―以下、*PT* と略す――Introduction, p. xxxv.

（42） *Cintra*, p. 292.

（43） *Cintra*, p. 247.

（44） *Cintra*, pp. 294-5.

（45） *Cintra*, pp. 326-9.

（46） R. J. White ed., *op. cit.*, Introduction, pp. xxvii-xxxv.

（47） とくにヨーロッパ史を中心としたシェリーの歴史記述については、P. B. Shelley, *A Philosophical View of Reform*（『議会改革に関する哲学的見解』1819-20）――以下、*PR*と略す――in R. Ingpen and W. E. Peck eds., *The Complete Works of Percy Bysshe Shelley* ――以下、*SCW*と略す――vol. VII, Chapter I, pp. 5-20, を参照。なお、シェリーの歴史観については、前掲拙著、一五五～八頁を参照。

（48） シェリーにおいては、歴史の原理は詩による改革の原理にほかならなかった。そのことは、『議会改革に関する哲学的見解』第一章の結論部分（*PR*, pp. 19-20）が、ほぼそのまま『詩の擁護』（P. B. Shelley, *A Defence of Poetry*: *SCW*, vol. III――以下、*DP*と略す――上田和夫訳『詩の擁護』：『世界文学体系』九六、筑摩書房、一九六五年所収）の結論（*DP*, p. 140. 邦訳、一八〇頁）とされていることからもうかがえよう。

（49） 『議会改革に関する哲学的見解』の第二章（*PR*, pp. 21-41）は、当時の英国の社会矛盾の経済的原因と改革の必要性について、第三章（*PR*, pp. 42-55）は、とりうる具体的で漸進的な議会改革の方法について論じている。また、ロマン主義政治思想からの、同書についての、わが国での先駆的で示唆的な研究として、竹原良文「P・B・シェリー『〈議会改革〉の哲学観』考」（『法政研究』第四〇巻二～四合併号、一九七四年）を参照。

（50） *DP*, p. 131（邦訳、一七五頁）、p. 140（邦訳、一八〇頁）。

（51） *DP*, p. 126（邦訳、一七三頁）。

（52） *DP*, p. 113（邦訳、一六六頁）、p. 115（邦訳、一六七頁）、p. 121（邦訳、一七〇頁）。

（53） *DP*, p. 117（邦訳、一六八頁）。

（54） *DP*, p. 118（邦訳、一六八頁）。シェリーはまた、「生命論」（On Life）の中でも、人間を、「高邁な憧憬をもった存在」と定義する（*SCW*, vol. VI, p. 194）。

(55) *DP*, p. 118（邦訳、一六八頁）。
(56) *DP*, p. 124（邦訳、一七一頁）、p. 140（邦訳、一八〇頁）。
(57) *DP*, p. 135（邦訳、一七七頁）。
(58) *DP*, p. 128（邦訳、一七四頁）。
(59) *DP*, p. 136（邦訳、一七八頁）。
(60) *DP*, p. 137（邦訳、一七九頁）。
(61) P. B. Shelley, Hymn to Intellectual Beauty: *SCW*, vol. II, pp. 60~1, lines 40~3. 星谷剛一訳『シェリー詩集』（世界詩人全集4『キーツ・シェリー・ワーズワス詩集』、新潮社、一九六九年）九四頁。
(62) もちろん、前述のように、シェリーは『議会改革に関する哲学的見解』の中で、具体的提言を行っている。しかし、この議論の中でも、これらの改革や政策の提言と、シェリーのいう「詩」・「詩人」との関連、あるいは、政策の中での「詩人」の役割は具体的に明らかとはいえない。
(63) R・J・ホワイトによれば、ワーズワスが「共和主義的農民」に、コールリッジが「プラトン主義的貴族」に信を置いたのに対して、シェリーはどの階級にも信を置かず、すべての人びとが普遍的な詩の精神に目覚めて解放されることを望んでいた（R. J. White ed., *op. cit.*, Introduction, p. xxxvi.）。

4章

(1) たとえばサウジーの *Sir Thomas More : or Colloquies on the Progress and Prospects of Society*, 2 vols. (1859), 2nd ed., 2 vols. (J. Murray, 1831) は、全体として、バランスのとれた産業革命・資本主義批判として読むことができる。サウジーの問題意識は、進歩を不可避としつつも、それによる弊害を家父長主義で緩和することにあった（R. W. Harris, *Romanticism and the Social Order 1780~1830*, Blandford Press, 1969, p. 276）。
(2) ロマン主義政治思想は、とりわけ創造的自我というその人間観において保守主義思想とは異質であって、そのヴァリエーションのひとつではない（前掲拙著、一八九頁参照）。
(3) ベンサムからJ・S・ミルへの人間観の拡大と個性の重視、およびそれに対するコールリッジの影響については、W. F. Kennedy, *Humanist versus Economist*, (University of California Press, 1958) p. 49を参照。また、ベンサムとコールリッジの社会構造論の違いについては、とくに、*ibid.*, p. 3を参照。

（4） コールリッジの哲学は理性／悟性哲学を出発点としているが、コールリッジによれば、ロック以降の悟性万能哲学あるいは機械論哲学こそが時代精神である商業精神を生み出したのである。コールリッジによる悟性の定義とこれへの批判については、とくに、*SM*, p. 73, p. 77, p. 89, pp. 108-10 etc. を参照。

（5） *Friend*, I, p. 200.

（6） A. Taylor, *op. cit.*, p. 196.

（7） *Ibid.*, p. 195.

（8） vol. 1, p. 183. 邦訳、一七三～四頁。

（9） W. Wordsworth, *The Excursion*, in W. Wordsworth, *The Poetical Works of William Wordsworth*, vol. 5. (Oxford University Press, 1949) ——以下、*Excursion* と略す—— Bk. IV, p. 139, lines 956-68. 田中宏訳『逍遥』（成美堂、一九八九年）、一三四～五頁。

（10） *Excursion*, Bk. IX, p. 290, lines 113-22. 邦訳、四九六頁。

（11） *Ibid.*, Bk. IV, pp. 144-5, lines 1128-32. 邦訳、一四四頁。

（12） *Ibid.*, Bk. VIII, p. 275, lines 315-7. 邦訳、四七一頁。

（13） W. Wordsworth, A Poet's Epitath, in W. Wordsworth & S. T. Coleridge, *Lyrical Ballads* (R. L. Brett and A. R. Jones eds., *Lyrical Ballads*, Methuen, 1963——以下、*Lyrical Ballads* と略す—— pp. 207-8.「詩人の墓碑銘」（宮下忠二訳『抒情歌謡集』、大修館書店、一九八四年）、二〇四～五頁。

（14） W. Wordsworth, Wordsworth's Preface of 1800 and 1802, *in Lyrical Ballads*, p. 240.「ワーズワスによる『序文』」（宮下忠二、前掲訳書）二三八頁。

（15） *Ibid.*, p. 253. 邦訳、二五六頁。

（16） ロマン派にとって、近代的自我の崩壊と社会結合の崩壊はいわばコインの両面をなしていたのであり、その点から、自我における自律性と共同性の回復がロマン派によってめざされたのである（前掲拙著、一九〇～九頁)。

(17) *The Friend* を中心とするコールリッジのジャコビニズム批判については、前掲拙著、五九～六四頁を参照。

(18) A. Chandler, *A Dream of Order* (University of Nebraska Press, 1970), pp. 9-11. さらにまた、初期ヴィクトリア朝時代における「パターナリズム」の復権にロマン派が重要な影響を与えたのも、この「中世主義」の場合と同様、レッセ・フェールの新しい平等社会の到来に対する不安からであった(cf. D. Robert, *Paternalism in Early Victorian England*, Croom Helm, 1979, esp. pp. 66-99, pp. 212-5.)。

(19) *Excursion*, Bk. VIII, pp. 271-2, lines 183-216. 邦訳、四六四～六頁。

(20) *Ibid.*, Bk. VIII, p. 272, lines 222-5. 邦訳、四六六頁。

(21) *Ibid.*, Bk. IX, pp. 286-7, lines 1-15. 邦訳、四八九～九〇頁。

(22) W. Wordsworth, Lines written a few miles above Tintern Abbey, on revisiting the banks of the Wye during a tour (1798), in *Lyrical Ballads*, p. 114, lines 94-103.「ワイ川の岸辺を再訪した折、ティンタン僧院の数マイル上流で書いた詩章」邦訳、一〇七頁。

(23) *Excursion*, Preface to the Edition of 1814, p. 4, lines 52-5. 邦訳、七頁。

(24) Cf. J. Robert Barth, *op. cit.*, pp. 19-20.

(25) CS, p. 13.

(26) S. T. Coleridge, *op. cit. (Lay Sermons)*, pp. 76-9, p. 89, p. 114.

(27) W. Wordsworth, *Guide to the Lakes*, the 5th edition, 1835, ed., by E. de Selincourt (Oxford University Press, 1977), p. 67. cf. *ibid.*, pp. 59-60.

(28) *Ibid.*, pp. 67-8, note 1.

(29) *Lyrical Ballads*, p. 138, lines 163-5. 邦訳、一一九頁。

(30) *Ibid.*, p. 140, line 214, lines 217-8. 邦訳、一三一頁。

(31) *Ibid.*, p. 146, line 400. 邦訳、一三八頁。

(32) *Ibid.*, pp. 227-8, lines 254-7. 邦訳、二二五頁。

（33） *Ibid.*, p. 231, lines 377-81. 邦訳、二二八頁。
（34） *Ibid.*, p. 202, lines 67-79. 邦訳、一九九頁。
（35） *Ibid.*, p. 203, lines 106-8. 邦訳、二〇〇頁、および p. 202, lines 83-7. 邦訳、二〇〇頁。
（36） *Ibid.*, p. 202, line 92. 邦訳、二〇〇頁。
（37） *Ibid.*, p. 204, line 140. 邦訳、二〇一頁、および lines 142-6. 邦訳、二〇一頁。
（38） *Excursion*, Bk. IV, pp. 147-8, lines 1204-17. 邦訳、二四八～九頁。
（39） なお、ワーズワスの共同体論については、「社会的想像力」と「ナショナリズム」の観点からこれを論じたものとして、前掲拙著、第二章第三節「『シントラ協定論』の政治思想」一一四～二〇頁を参照。
（40） ワーズワスの労働疎外論については、M. H. Friedman, *The Making of a Tory Humanist* (Columbia University Press, 1979), pp. 187-9. を参照。
（41） 自由の完成途上にあるヨーロッパ史という視点からのシェリーの政治改革論については、*PR*. Chapter I, pp. 5-20. を参照。
（42） P. B. Shelley, On Love, in *SCW*, vol. VI, p. 201.
（43） *Ibid.*, p. 201.
（44） *Ibid.*, pp. 201-2.
（45） P. B. Shelley, A Discourse on the Manners of the Ancient-Relative to the Subject of Love, in *SCW*, vol. VII, p. 228.
（46） *DP*. p. 118. 岡地嶺訳「詩の擁護論」（岡地嶺編訳『イギリス詩論集（上）』中央大学出版、一九八〇年）、四九七頁。

5章

（1） *CS*, p. 98, p. 103.
（2） J. Mendilow, *op. cit.*, pp. 9-10.
（3） *PT*, Introduction, xxvii-xxxv. なお、イギリス・ロマン派の中でも、とくにワーズワスとシェリーにおける共同性の回復に関する議論については、たとえば M. H. Friedman, *op. cit.*, Chap. Six, pp. 243-93. ほかを参照。

（4）*SM*, pp. 73-8, p. 89, p. 96, pp. 108-10, p. 108 note 1.

（5）J. Mendilow, *op. cit.*, pp.60-1. ほかを参照。

（6）シェリーの「愛」論については、本書八七〜九頁を参照。

（7）W. F. Kennedy, *op. cit.*, p. 3. また、人間における自由と個性の根拠としての潜在的神性に関するコールリッジの議論については、前掲拙著、二〇五〜六頁、二〇八頁、および A. Taylor, *op. cit.*, pp. 78-9, pp. 191-3. を参照。

（8）ミルの思想形成における「コールリッジ論」の位置づけについては、たとえば山下重一『J・S・ミルの思想形成』小峰書店、一九七一年、一三一〜五頁、三三〇〜九頁ほかを参照。また、とくにミルの個性論の成立とコールリッジの思想との関係については、W. F. Kennedy, *op. cit.*, esp. p. 49 を参照。なお以下の「コールリッジ論」および「ベンサム論」の引用は、*Mill on Bentham and Coleridge*, ed., F. R. Leavis (Chatto & Windus, 1950, reprint, Greenwood Press, 1983) 松本啓訳『ベンサムとコウルリッジ』（みすず書房、一九九〇年）に拠っており、以下、たとえば、Coleridge、原文頁数（訳文頁数）と表記する。

（9）J. S. Mill, *Autobiography, Autobiography and Literary Essays*, Collected Works of John Stuart Mill, 1, ed., J. M. Robson and J. Stillinger (University of Toronto Press and Routledge & Kegan Paul, 1981), p. 227. J・S・ミル（朱牟田夏雄訳）『ミル自伝』岩波文庫、一九六〇年、一九〇〜一頁。

（10）Bentham, p. 71. 九二〜三頁。

（11）Coleridge, p. 102. 一三五頁。

（12）Coleridge, pp. 108-13. 一四二〜八頁。

（13）Coleridge, p. 114. 一五〇頁。

（14）Coleridge, p. 115. 一五一頁。

（15）J. S. Mill, *op. cit.*, (*Autobiography and Literary Essays*), pp. 269-71. J・S・ミル、前掲訳書『ミル自伝』二三六〜九頁。なお、直覚主義道徳論のア・プリオリズムに対するミルの批判については、関口正司『自由と陶冶』みすず書房、一九八九年、二五一〜八頁、および、矢島杜夫『ミル「論理学体系」の形成』木鐸社、一九九三

年三二一～四一頁、三三九～四三頁を参照。

(16) Bentham, pp. 61-3. 八〇～一頁、pp. 70-1. 九二～三頁。

(17) Coleridge, p. 100. 一三二頁。

(18) Coleridge, p. 124. 一六一頁、p. 129. 一六七頁。

(19) Coleridge, p. 130. 一六八～九頁、pp. 131-3. 一七一～二頁。

(20) Coleridge, pp. 140-60. 一八二～二〇六頁。

(21) *CS*, pp. 42-3.

(22) なお、これとはまた別の民主主義論のコンテキストで、マクファーソンは、ベンサムの「防禦的民主主義」に対して、J・S・ミルを「発展的民主主義」とモデル化している。Cf. C. B. Mcpherson, *The Life and Times of Liberal Democracy* (Oxford UP, 1977), pp. 23-76. 田口富久治訳『自由民主主義は生き残れるか』岩波書店、一九七八年、三九～一二五頁。

(23) 以下、『自由論』からの引用は、J. S. Mill, On Liberty, *John Stuart Mill, Three Essays*, ed., R. Wollheim (Oxford UP, 1975)、塩尻公明・木村健康訳『自由論』（岩波文庫、一九七一年）に拠っており、以下、On Liberty、原文頁数（訳文頁数）と表記する。

(24) バーリンによれば、「人間が動物と異るのは根本的には、理性を所有するからでも、また道具や方法を発明するからでもなくて、選択しうる存在、選択する場合に最も自分自身となり、手段として選択されるときにそうではなくなる、という存在であるから、……自分自身の仕方で目的を追求するから、そうなのであります」。I. Berlin, John Stuart Mill and the Ends of Life, *J. S. Mill on Liberty in focus*. eds., J. Gray and G. W. Smith (Routledge, 1991), p. 135. 小川晃一、小池銈訳「ジョン・スチュアート・ミルと生の目的」、『自由論』2、みすず書房、一九七一年、四〇一頁。

(25) On Liberty, p. 72. 一一八頁。

(26) On Liberty, p. 72. 一一七～九頁。

(27) On Liberty, p. 77. 一二六頁。

（28）　On Liberty, p. 78. 一一七頁。

（29）　On Liberty, p. 78. 一一七頁。

（30）　本書第Ⅱ部3章六六頁、七二頁参照。

（31）　T. Bridges, *The Culture of Citizenship —— Inventing Postmodern Civic Culture* (State University of New York Press, 1994), pp. 237-41.

第Ⅲ部（注）

6章

（1）　パラダイム転換をめぐる、オートポイエシスと社会科学とくに社会学との関係については、今田高俊、前掲論文（「自己組織性とモダンの脱構築」）、二九～六一頁ほかを参照。

（2）　ここでいう「目標」とは、近代特有の「企て」に関わるものである（今村仁司、前掲書の、とくに七三～六頁、参照）。

（3）　石牟礼における「知」の問題について、下村英視は哲学史的コンテキストから、近代知に対する「もうひとつの知」という視点で石牟礼の思想に接近している（下村英視『もうひとつの知』創言社、一九九四年）。

（4）　石牟礼道子『陽のかなしみ』一三一～二頁。

（5）　同、四五七頁。石牟礼道子『葛のしとね』四五～五四頁、一四八頁。

（6）　同、『歌集　海と空のあいだに』（葦書房、一九八九年）、一四七～五八頁。

（7）　同、『句集　天』（天籟俳句会、昭和六一年）、一〇頁。

（8）　『陽のかなしみ』四〇〇頁。石牟礼道子『花をたてまつる』一四五～六頁。

（9）　石牟礼道子『苦海浄土』（講談社、一九七二年——以下、『苦海浄土』と略す——）二三二頁、『陽のかなしみ』四二六頁、『花をたてまつる』一五四～五頁。

（10）　『花をたてまつる』九八頁、一二〇頁。

(11) 同、一一四～六頁、一四五～六頁。『葛のしとね』一一～二一頁。
(12) チッソという企業によって近代化してきた水俣の歴史的形成と、水俣病後のその再生のあり方への石牟礼の批判は、本章の「はじめに」で規定した「近代的共同性」への批判に他ならない。この点についてはたとえば、企業城下町水俣の再生を探る「水俣市発展市民大会」に対する石牟礼の批判を参照（『苦海浄土』二九二～四頁）。
(13) 『花をたてまつる』六九頁。
(14) 同、七〇頁。
(15) 同、七〇頁。
(16) 同、五八頁。
(17) 『陽のかなしみ』五九頁。
(18) 『苦海浄土』一二四頁。
(19) 同、一一五頁。
(20) 同、一二四頁。
(21) 同、一二六頁。
(22) 『陽のかなしみ』五五頁、八五頁。また、石牟礼はこの幻視を、「いま・わ・のきわ」に「花」を見る幼い病者に自らを重ねて見ている（『花をたてまつる』三三～四四頁）。
(23) 『花をたてまつる』一九五頁。
(24) 『陽のかなしみ』五五頁。
(25) 同、七六頁。
(26) 『花をたてまつる』四五～五五頁。『葛のしとね』一三〇頁。
(27) 渡辺京二「石牟礼道子の世界」（『苦海浄土』所収）、三一九頁。
(28) 『花をたてまつる』三六頁。『陽のかなしみ』三七八頁。
(29) 『花をたてまつる』一三七頁、一四五～六頁。

(30) 渡辺京二、前掲論文（「石牟礼道子の世界」）、三三四頁。
(31) 同、三三四頁。
(32) 『陽のかなしみ』三七九頁。
(33) 同、三八〇～一頁。
(34) 同、三八一頁。
(35) J. S. Mill, op. cit. (On Liberty), pp. 69-91. 前掲訳書、一一三～五〇頁。
(36) 『陽のかなしみ』四二六頁。
(37) 『陽のかなしみ』四三五頁。
(38) 石牟礼道子「波と樹の語ること」（『現代思想』一九九八年、五月号）――以下、「波と樹の語ること」と略す――三六頁。
(39) 『花をたてまつる』九八頁。
(40) 『葛のしとね』一九頁。
(41) 石牟礼道子『形見の声』（筑摩書房、一九九六年）、二〇一頁。
(42) 『花をたてまつる』六〇～三頁。
(43) 『葛のしとね』一二五頁。
(44) 同、一二四頁。
(45) 『花をたてまつる』六八頁。
(46) 同、一三五頁。
(47) 『葛のしとね』一二五～六頁。
(48) 同、五三頁。
(49) 同、六二頁。
(50) 『花をたてまつる』一三七頁。
(51) 「波と樹の語ること」三六頁。

(52) 『陽のかなしみ』四二七頁。
(53) 『苦海浄土』四七～六六頁。
(54) 「波と樹の語ること」三九頁。
(55) 『葛のしとね』五四頁。
(56) 同、一二四頁、四五～六頁、五四頁。
(57) 同、一四八頁。『陽のかなしみ』三七八頁。
(58) 『花をたてまつる』一五四頁。
(59) 『葛のしとね』二二頁。『陽のかなしみ』三二一頁。
(60) 『葛のしとね』二四～五頁。および同書、一四九頁を参照。
(61) 『形見の声』五四頁。

7章

(1) 「本願の会」とは、平成六年（一九九四年）三月、十七名の水俣病患者によって、「水俣病とそれを生んだ『深き人間の罪』を決して忘れず記憶し続けるために」結成された組織である（季刊「魂うつれ」第六号、二〇〇一年七月）。
(2) 石牟礼における知の問題については、下村英視、前掲書が、西洋近代哲学の文脈から、「科学の知」とは異なる新しい知を石牟礼の思想の中に見出している。本章は、それ以降の資料とその後の石牟礼の思想の展開も含めつつ、知のパラダイム転換と共同性の視点から石牟礼の思想を扱うものである。
(3) この点については、渡辺京二の（『渡辺京二評論集成Ⅰ　日本近代の逆説』（葦書房、一九九九年）や『逝きし世の面影』（葦書房、一九九八年）を参照。
(4) 岩岡中正「『もうひとつの近代』の模索――『渡辺京二評論集成』全4巻完結に寄せて――」（熊本日日新聞、二〇〇〇年一〇月一七日付）。
(5) 石牟礼道子『石牟礼道子対談集――魂の言葉を紡ぐ』河出書房新社、二〇〇〇年――以下、『対談』と略す

――二七四～六頁。
(6)『対談』二七六頁。
(7)同、四〇頁。
(8)同、三四五頁。
(9)石牟礼道子『蝉和郎』葦書房、一九九六年――以下、『蝉和郎』と略す――一七七～九頁。
(10)『花をたてまつる』一三八頁、一五四頁。『対談』一二四頁参照。
(11)『対談』三三〇頁。
(12)『陽のかなしみ』、三五四頁、四〇〇頁。『潮の呼ぶ声』三四～五頁。
(13)『対談』八七頁。
(14)『花をたてまつる』一四四～五頁。『潮の呼ぶ声』三五頁。
(15)『対談』二四三頁。
(16)『潮の呼ぶ声』二四頁。
(17)同、三五頁。
(18)同、三九頁。
(19)『陽のかなしみ』四〇八頁。
(20)『花をたてまつる』二〇五～六頁。
(21)『対談』二四七～八頁。
(22)同、二五〇頁。
(23)同、二四三、三一四頁。
(24)同、三一五頁。
(25)同、二二頁。
(26)同、九五頁。
(27)渡辺京二、前掲論文（「石牟礼道子の世界」）、三一五頁。

(28)『対談』三三三頁。
(29) 渡辺京二、前掲論文（「石牟礼道子の世界」）、三一三頁参照。
(30)『花をたてまつる』一三七頁。「陽のかなしみ」三七九頁参照。
(31)『対談』一二〇～一三一頁。季刊『魂うつれ』第五号、二〇〇一年四月、一一～三頁。
(32)『陽のかなしみ』二六四頁。
(33) 同、三七七～九頁。
(34)『花をたてまつる』一七〇～一頁。『陽のかなしみ』五五、四三八頁。
(35)『花をたてまつる』一七〇頁。
(36)『陽のかなしみ』三一一頁。『蝉和郎』一五〇頁参照。
(37)『対談』一二七～九頁。『潮の呼ぶ声』八九～九二頁、一三一～二頁、一四三～五頁。
(38)『潮の呼ぶ声』二一六頁。
(39)『対談』二六九～七〇頁。P・B・シェリーの『詩の擁護』における詩の内発性・始源性を暗示する石牟礼の詩論については、『陽のかなしみ』三八〇～二頁参照。
(40)『対談』四四頁。
(41)『陽のかなしみ』一八頁参照。
(42)『対談』二七四頁。なおこの点は、石牟礼との対談者（佐藤登美）の指摘による。
(43) 同、一八四～五頁。同、一七三～五頁参照。
(44) 同、一三二頁。
(45)『陽のかなしみ』四六～八頁。
(46)『蝉和郎』一二一頁。『対談』八三頁。
(47)『対談』二一七～八頁。
(48)『陽のかなしみ』三八二、四四四頁。
(49) ルソー（前川貞次郎訳）『学問芸術論』（岩波文庫、一九六八年）六頁。

（50）『苦海浄土』二三四〜三七頁。
（51）同、六六頁。
（52）『対談』二六九頁。
（53）『葛のしとね』一二五頁。

8章

（1）石牟礼道子の新作能「不知火」（二〇〇二年）は、二〇〇二年七月十八日、梅若六郎、桜間金記らにより国立能楽堂（東京）で初演、翌二〇〇三年十月二八日、熊本県立劇場で上演され、二〇〇四年八月二八日、水俣市百間埋立地で上演が予定されている。なお、以下、「不知火」の上演詞章（台本）の引用は、石牟礼道子・熊本公演パンフレット「不知火」二三〜五頁によった。また、その詞章の原作は、石牟礼道子『新作能・不知火』（平凡社、二〇〇三年）、五五〜七二頁所収。
（2）渡辺京二・岩岡中正「石牟礼文学をどう読むか」（渡辺京二『渡辺京二対談集　近代をどう超えるか』弦書房、二〇〇三年）――以下、『渡辺京二対談集』と略す――一二六頁参照。
（3）本書、一一一〜三頁の「原罪としての近代」を参照。
（4）岩岡中正「石牟礼道子における文明と社会――『天湖』を中心に」（『九州法学会会報・二〇〇二年』、九州法学会、二〇〇三年）、一九頁。および、本書、一三六〜四一頁参照。
（5）本書、一九二〜三頁。
（6）石牟礼道子、前掲書（熊本公演パンフレット「不知火」）二一頁。同「いじらしさを花にして」（前掲書『新作能・不知火』）、一二一頁。
（7）石牟礼道子、前掲書（『新作能・不知火』）七九頁。
（8）笠井賢一「初めて能を観る人へ」（『不知火通信』第三号、二〇〇三年七月）、二、四頁。
（9）栗原彬「草の声　そして人間の問い」（石牟礼道子、前掲書『新作能・不知火』）、八頁。
（10）たとえば、下村英視、前掲書のとくに第五章を参照。

（11）本書、二〇三～四頁。
（12）『渡辺京二対談集』一〇三～五頁。
（13）笠井賢一は、能の舞の姿を「ただ静かにゆるゆると回りながら過去を回想し、思い出に浸っていく。静かな舞の中に、自分の一生が全部流れてくる」と述べている（笠井賢一、前掲）、二一頁。
（14）『渡辺京二対談集』一〇八頁。
（15）石牟礼道子、前掲書（「いじらしさを花にして」）、二一〇頁。
（16）本書、一九九、二〇四頁。
（17）石牟礼道子、前掲書（『新作能・不知火』）、二一〇頁。
（18）石牟礼道子『天湖』（毎日新聞社、一九九七年）とくに三四〇～一頁。
（19）石牟礼道子、前掲書（「いじらしさを花にして」）、二二二～三頁。
（20）本書、一九六頁。
（21）このような時代転換の方向性を、私は「自足」、「自己肯定」、「安心《あんじん》」と定義している。（岩岡中正『転換期の俳句と思想』朝日新聞社、二〇〇二年、五七～八頁ほかを参照。）
（22）本書、一九一～四頁。
（23）『渡辺京二対談集』一一八頁。
（24）同、一二二頁参照。
（25）岩岡中正、前掲論文（「石牟礼道子における文明と社会――『天湖』を中心に」）一二一頁参照。

補論Ⅲ

（1）岩岡中正「脱近代の知と個性」『生涯学習研究』創刊号、熊本大学、二〇〇二年、一三～四頁。
（2）本書1章一五～三一頁参照。
（3）同　前掲論文（「脱近代の知と個性」）、一六頁～七頁。なお、二元論の終焉については、たとえば、今枝法之『溶解する近代』世界思想社、二〇〇〇年、二一〇～二頁、二三一頁を参照。

（4）見田宗介「差異の銀河へ」、栗原　彬編『共生の方へ』弘文堂、一九九七年、三二頁。
（その他の参考文献）
・富士谷あつ子・伊藤公雄監修『ジェンダー学を学ぶ人のために』世界思想社、二〇〇〇年
・青柳篤子・森永康子・土肥伊都子『ジェンダーの心理学』ミネルヴァ書房、一九九九年
・松村安子・松村泰子『エンパワーメントの女性学』有斐閣、一九九五年
・池内靖子・武田春子・二宮周平・姫岡とし子編『21世紀のジェンダー論』、晃洋書房、一九九九年
・佐藤和夫『女たちの近代批判』青木書店、二〇〇〇年
・今田高俊、前掲論文（『自己組織性とモダンの脱構築』）
・今村仁司、前掲書（『近代性の構造』）

補論Ⅳ
（1）「地域公共圏」の概念については、岩岡中正・伊藤洋典編『「地域公共圏」の政治学』（ナカニシヤ出版、二〇〇四年）のとくに五二〜七九頁を参照。
（2）「グローカリズム」の概念およびその地域形成との関係については、岩岡中正「地域形成とグローカリズム」（田中雄二・大江正昭編『グローカリズムの射程』成文堂、二〇〇五年）一〜八頁を参照。
（3）その成果は、末吉駿一『語り継ぎたいやつしろの女性たち』（岩岡中正監修・熊本県八代地域振興局、二〇〇五年）として刊行。
（4）杉谷つもの思想と運動については、内田敬介「郡築小作争議と杉谷つも」（岡本宏編『大正デモクラシーの体制変動と対抗』熊本近代史研究会、一九九六年）ほか同氏の先駆的研究を参照。
（5）岩岡中正「地域を創った女性たち」（末吉駿一、前掲書）四三〜四頁。
（6）熊本日日新聞「水俣病五〇年　第一部　もう一つの産廃」①〜⑨（二〇〇六年一月一日〜一一日）。
（7）同②（二〇〇六年一月三日）。
（8）栗原彬「『存在の現れ』の政治――水俣病という思想」（岩波書店、二〇〇五年）一四二〜三頁。なお、「一

九六八年」については、本書、第Ⅰ部1章を参照。

〈初出一覧〉

はじめに・・・書き下ろし

第Ⅰ部1章・・・「思想史における『一九六八年』」岡本宏編『「一九六八年」――時代転換の起点』法律文化社、一九九五年、所収。

2章・・・「普遍・解体・再生――近代と近代後をめぐる覚え書――」平成八～十年（一九九六～八）度科学研究費補助金・基礎研究（B）（2）・代表・岩岡中正、研究成果報告書「西欧・非西欧における『近代』の検証と近代化の普遍的条件に関する思想文化的研究」一九九八年、所収。

第Ⅱ部3章・・・「共同性の諸相――イギリス・ロマン主義――」柏經學・小山勉・松富弘志編『近代政治思想の諸相』御茶の水書房、一九九四年、所収。一九九六年度政治思想学会報告（於、九州大学）。

4章・・・「ロマン主義における共同性――ワーズワスとシェリー」『政治研究』4号、一九九四年。

5章・・・「個性と共同性―思想史からのアプローチ」清正寛・丸山定巳・中村直美編『現代の地域と政策』成文堂、一九九七年、所収。一九九四年度日本イギリス哲学会報告（於、金沢大学）。

第Ⅲ部6章・・・「共同性のパラダイム転換――石牟礼道子と共同性の回復――」『熊本法学』97号、二〇〇〇年。

7章・・・「知のパラダイム転換と共同性――石牟礼道子と共同性の知――」中村直美・岩岡中正編『時代転換期の法と政策』成文堂、二〇〇〇年、所収。

8章・・・「神話の回復と新しい知――石牟礼道子『不知火』と現代」岩岡中正・伊藤洋典編『「地域公共圏」の政治学』ナカニシヤ出版、二〇〇四年、所収。

補論Ⅰ・・・「石牟礼道子と現代」岩岡中正『道標』一五号、人間学研究会、二〇〇五年

補論Ⅱ・・・〔対談〕石牟礼道子・岩岡中正「石牟礼文学の世界――新作能『不知火』をめぐって――」岩岡中正・伊藤洋典編『「地域公共圏」の政治学』ナカニシヤ出版、二〇〇四年、所収。

補論Ⅲ・・・「共生の思想構造――近代を超えて」山中進編『女と男の共同論』成文堂、二〇〇四年、所収。

補論Ⅳ・・・「地域思想の可能性――思想の脱近代」伊藤洋典編『「近代」と「他者」』成文堂、二〇〇六年、所収。

おわりに・・・書き下ろし

あとがき

私が故・竹原良文九州大学教授のもとでイギリス・ロマン主義研究を始めたのは、一九七〇年代初めである。それは遥か昔のような気がするが、しかしそれは確かに、今日まで連続する近代批判と時代転換の出発点であった。さらに私が、この思想史研究を自分なりに客観化して現代史の中に位置づけて考えようと思ったのは、前著『詩の政治学――イギリス・ロマン主義政治思想研究』（木鐸社）をまとめた後の一九九〇年代、これもまた冷戦構造の崩壊から世界史的変動が始まる時期であった。この現代の時代変動とその思想史的意味に関心をもつきっかけとなったのは、故・岡本宏熊本大学教授が組織された共同研究（「『一九六八年』の研究」）への参加であった。ここで私は現代史と思想史が最も鋭く交差する六八年に始まる、近代から脱近代への思想のパラダイム転換を扱い、これを契機に近代思想の本質解明へ向けての科研費共同研究（「西欧・非西欧における『近代』の検証と近代化の普遍的条件に関する思想文化的研究」代表・岩岡）へ進み、さらには近代批判の視点から渡辺京二氏に導かれつつ、この時代転換を象徴する思想家・石牟礼道子にたどり着いた。

本書はこうした私の個人的な関心の推移に従ってささやかに行ってきた研究をまとめたものだが、なかでも主要な関心はロマン主義から石牟礼道子へと貫く近代批判と共同性の問題にある。本書で述べているように、近代後の社会形成という時代の課題に対して、市民主義を超える石牟礼の近代批判と脱近代的共同性の思想は今日、大きな示唆を与えてくれるものと思っている。『石牟礼道子全集　不知火』（藤原書店）の刊行で研究条件が整えられつつある今日、私は本書をひとつのステップとして石牟礼道子の思想の豊かな鉱脈からさらに時代の再生への鍵を探っていきたいと思っている。

本書の刊行に際して、石牟礼道子さんと渡辺京二氏に心からの感謝を述べたい。お二人の豊かな著作・思索・示唆がなければ、私のこのようなささやかな研究でも一歩も進まなかったであろう。身近にあってその研究対象者から直接示唆を得られることは、全くの僥倖というほかはない。ただ、私の力不足のため本書がいかにも貧しく、お二人の御厚意に応えられないことをお詫びしなければならない。その他、謝辞を述べるべき方は多いが、とくに前著と同様、懇切に編集・出版の労をとっていただいた木鐸社の坂口節子社長には心より御礼を申し上げたい。

なお本書は、平成18年度熊本大学学術出版助成を受けて刊行される。ここに記して感謝したい。

二〇〇六年十月　熊本江津湖に初鴨の渡るころ

岩岡　中正

著者略歴

岩岡中正（いわおか　なかまさ）

1948年　熊本市生まれ
1970年　九州大学法学部卒業
1976年　九州大学大学院法学研究科博士課程単位取得
現　在　熊本大学法学部教授（政治思想史専攻），博士（法学・九州大学）
著　書　『詩の政治学－イギリス・ロマン主義政治思想研究』（木鐸社，1990年）
『転換期の俳句と思想』（朝日新聞社，2002年）
『時代転換期の法と政策』（中村直美・岩岡中正編，成文堂，2002年）
『「地域公共圏」の政治学』（岩岡中正・伊藤洋典編，ナカニシヤ出版，2004年）
『石牟礼道子の世界』（岩岡中正編，弦書房，2006年）

ロマン主義から石牟礼道子へ

2007年2月28日　第1版第1刷印刷発行 ©

（乱丁・落丁本はお取替致します）

著者との了解により検印省略

著　者　岩　岡　中　正
発行者　坂　口　節　子
発行所　㈲　木　鐸　社
印　刷　㈱アテネ社　製　本　高地製本

〒112-0002　東京都文京区小石川5-11-15-302
電話（03）3814-4195　ファクス（03）3814-4196
振替　東京00100-5-126746　http://www.bokutakusha.com/

ISBN978-4-8332-2385-0 C1031